オメガ城の惨劇

SAIKAWA SOHEI'S
LAST CASE
BY MORI HIROSHI

森博嗣

講談社

オメガ城の惨劇

SAIKAWA Sohei's Last Case

カバー装画
Kouchill

ブックデザイン
鈴木成一デザイン室

SAIKAWA Sohei's Last Case
by MORI Hiroshi
2022

オメガ城の惨劇

登場人物紹介

ジェリィ・グリーン……物理学者

アラン・レーヌ……数学者

ジャネット・シモン……心理学者

ルカス・ゾンネフェルト……医者

ウヅキ・フミオミ……画家

ヘンリィ・ニモイ……執事

ミヤチ・ノエミ……記者

サイカワ・ソウヘイ……研究者

ヤマシタ……刑事

ルベル……編集長

ソフィア……友人

神なるものがあるとすれば、それは自然界の創造者であり、同じくまた天啓《てんけい》の創造者である。神は一方を説明するために、他方をわれわれに与え、さらに両方を調和させるために理性を与えたのである。

生物体の中から汲みとりうる知識を信用しないことは、自然と天啓とを、相互に衝突《しょうとつ》しあう二つの相反したものとして眺めることであり、従って、神はその数多くの創造物において矛盾し、われわれを欺《あざむ》くものなり、という途方もないことを、大胆にも支持することになる。

（人間機械論／ド・ラ・メトリ）

プロローグ

そこで魂の種々なる状態は、肉体の状態と常に相関関係にある。だがこの全依存《ぜんいそん》関係ならびにその原因をいっそうよく示すために、ここに比較解剖学《ひかくかいぼうがく》を援用することにしよう。人間と動物との内臓を開いてみるのである。人間および動物の両方の身体構造の正確な比較研究によって光を与えられていないならば、いかにして人間の本質を知る方法がありえようぞ！

新緑の輝かしさも、丘をゆっくりと登ってくる白い霧も、あるいは、どこかで啄木鳥《きつつき》が鳴らす勤勉なリズムも、私にとってはあまりにも無関係な存在にしか感じられなかった。こんな静謐《せいひつ》な朝を求めてここへ来た、というわけではないものの、私の細《ささ》やかな期待や機運を曇らせたのは何だろうか、と新たな問題に思いが至る。けれども、答を幾つか連想できた。なにしろそれが、名探偵の言う「基本的」な境界条件にちがいないからだ。

村の外れの安い宿で、私は寒くて目が覚めた。窓の隙間《すきま》から外気が漏《も》れ入ったのか、それとも毛布が薄すぎたのか、どちらにしても快適性に欠けている。寝直すために、なにかもう少しまともに暖まる方策はないものか、と思案しているうちに目が冴《さ》えてしまった。

着替えてから一階のロビィへ下りていったが、残念なことに暖炉《だんろ》の火は消えていた。しかも、誰もいない。二重の扉を押し開けて外に出てみると、正面から日差しが私を包み込んだ。むしろ屋外《おくがい》の方が暖かいのではないか、と感じた。これから気温が急激に上昇しようとしているのだ。現状よりも志を評価しろ、ということか。

風もなく、寒くもなかったので、少し歩いてみることにした。空の高いところに雲が広がっていて、ちょうど太陽がある辺りだけに青い空が見えた。もう少し時間が経《た》てば、この奇跡的な暖かさは消散しそうだった。

前庭を歩き、ゲートが開いていたので、そのまま道路に出た。向いの土地は、ちょっとした森林で、公園のようだ。柵《さく》は一部にしかなく、自由に出入りができる。左右を見て、人も車もいないことを確かめてから道路を横断し、公園の中に入った。

生い茂った樹々の間を進み、視界が広がる場所に出る。鋳鉄《ちゅうてつ》と木材で作られたベンチが置かれていたので、そこに腰掛け、二回深呼吸をした。

昨夜この国の空港に降り立ち、深夜近くにここへ来たばかりである。今眺《なが》めている風景が、私には異国の初体験といっても良いだろう。

気がつくと、いつの間にか日差しは届かなくなっていた。霧が立ち込め、太陽が覗《のぞ》き見ていた雲の隙間も閉ざされて、そちらに明るい天体があることだけがわかる。少し肌寒くも感じたので、私は部屋に戻ろうと思った。しかし、そのとき後方から物音が聞こえた。

鳥か小動物でもいるのか、と思ったが、黒いコートの男性が現れる。メガネをかけ、髪はグレィだったが、日本人だとわかる風貌《ふうぼう》とファッションだった。私に気づいたのか、軽く頭を下げる。目が合ったわけではない。彼は何を見ているのか。地面だろうか。私も地面を見たが、なにか重要なものがあるようには思えなかった。

「あの、もしかして、サイカワ先生では？」私はベンチから立ち上がって、日本人のようにお辞儀をした。

「日本語がお上手ですね」彼はほんの少し微笑《ほほえ》んだようだった。「どうして……、私のことを？」

「昨夜、私が宿で記帳したとき、すぐ上に先生のお名前がありました。見るつもりはなくても、見えてしまったのです。早朝に散歩をされるなんて意外です。時差で眠られなかったのではありませんか？」

「貴女《あなた》は？」

「失礼しました」私は、もう一度頭を軽く下げる。「はじめまして、ミヤチ・ノエミと申します。ミヤチは日本の漢字で書けますが、ノエミは最後にeがつきます」

「時差で眠れなかったのは、貴女ですね」彼は平坦《へいたん》な口調で言った。「私は、こちらに来て五日めです。早起きは、なんとなく、その、習慣というのか……」

「失礼かもしれませんが、島のオメガ城にいらっしゃったのでは？」私は、期待に声を弾ませていたかもしれない。

「ええ、そうですよ。では、貴女も？」彼は、片手を私の方へ差し出した。

「はい、そうなんです」私は微笑んだ。体温が上昇しただろう。「ご一緒できて、とても光栄です。

先生のご高名は、以前からよく存じております」

「へえ、ご高名ですか、残念ながら、私は知りません。なにか悪い噂《うわさ》でも流れていなければ良いのですが」

「いいえ、とんでもない、そんなことはありません。日本ではどうなのかよく知りませんけれど、フランス、いえドイツでも、ベルギィでも、知らない者はいません」

「大袈裟《おおげさ》なことをおっしゃいますね。そんなはずはない。正直になりましょう」

「えっと、つまり、見識者の間では、という意味です。大袈裟ではありません。その……」

「見識者というと、フランスに二十四人くらいですか？　いや、そんなにいませんね。スペシャルな人の間で、悪い噂が立っている。貴女は、スペシャルな人なのですか？　建築学？　それともコンピュータ？」

「あ、いえ、建築学やコンピュータの専門家ではありません。私は……」そこで上着のポケットを探ったが、カード入れが見つからない。

「昨夜着ていた上着ではない」彼は指を差して言った。「到着して、スーツケースを開けただけで眠ってしまった。今のその上着は、起きて、一番上にあったものを選んだのでしょう？」

「ええ、でも、どうしてそれを？　先生の部屋から、私の部屋が見えましたか？」

「折り目が残っている」彼は、私の袖《そで》に指を当てた。「それに、飛行機や電車に乗る服装ではありませんから」

「沢山《たくさん》の事件を解決されたそうですね」私は汗をかくほど興奮してきたようだ。「あの、正式にインタヴューさせていただけないでしょうか？　お時間の許すときでけっこうです」

「今、それをしているように感じていますが」

「あ、そうかもしれません。私は、科学雑誌の記者をしています。専属ではありません。フリーです。是非、サイカワ先生のお話を伺いたいと、以前から熱望していました」

「熱望ですか。メールをいただいたことがありましたか？」

「申し訳ありません。準備が整ってから、と考えていました。忙しい毎日で、つい」

「正直でけっこうです」彼は微笑んだ。

「駄目ですか？」

「何が？」

「インタヴューです」

「オフレコなら、いつでも。普通に話くらいはする人間です」

「ありがとうございます。でも、内容を公表しては困る、という意味ですか？」

「それは、誰でも普通そうでしょう？　貴女がどんな方かもわからないのに、お約束はできません。それに、私は、なるべく大勢の人に知られたくない、という方針で生きていますので」

「知られたくないのですか？　どうしてですか？」

「さあ、どうしてでしょう。大勢に知られたいと考えている人が多いことは知っています。私には理解できない感情です」

「感情でしょうか？　誰でもが自然に持っている欲求ではないでしょうか？　承認欲求です。先生も、論文を発表されますよね？」

「仕事なので、しかたなく」

「しかたなく、論文を発表されるのですか？」

「そうです」

「同じ分野の研究者に自分を認めてもらいたい、とは考えませんか？」

「考えません。というよりも、そういった期待をしません」

「そうですか……」

「貴女は、人に認められたいのですか？　もしそうなら、それはどうしてですか？」

「認められたら、仕事が沢山もらえるし、社会的地位の確立につなげられるからです」

「仕事は増えると何が良いですか？　社会的地位には、どんな価値がありますか？」

「あの、すいません」私は、控えめに苦笑した。「私がインタヴューされているような気がします」

「インタヴューを受けるのがお嫌いなのですね。これは失礼しました」

「いえ、嫌いなのではありません。それよりも、先生のことを伺いたいだけです」

「今は、この先へ少し歩いてみたいので……」彼は、既に歩き始めていた。

「え、あぁ、はい……」私は頷《うなず》いた。

彼の後ろ姿を見送るしかなかった。起伏のある道はカーブしていたため、すぐに見えなくなった。

私は急いで宿に引き返した。玄関から入ると、フロントのカウンタに若い女性が立っていた。

こちらを見て笑顔で挨拶《あいさつ》をする。

「あの、今、外でサイカワ先生にお会いしたのですが、彼の部屋はどこですか？」

「はい、ミヤチ様のお隣になります」係員はなにも見ずに即答した。

小さな宿なので、部屋数は多くても十数室だろう。宿泊客がその半分もいるとは思えない。プライベートなことなのに、抵抗もなく教えてくれたのも、おそらく田舎《いなか》ゆえのことだろう。

私は部屋に戻り、シャワーを浴びてから化粧をした。そのあと、着るものを考えた。ただ、選択肢は多くはない。いちおうスーツを選んで、それを着ながら窓辺に立った。太陽は明るく、庭園やゲートを照らす高さになっていた。シャツのボタンをかけながら眺めていると、サイカワが戻ってくるのが見えた。公園の散策が終わったようだ。

次は、通路側へ行き、ドアの手前でしばらく耳を澄ました。五分ほど待ったが、誰も通路を歩く気配はない。

彼は部屋に戻らず、ロビィにいるのだ。そう判断して、私は部屋を出た。

階段を下りていく。ロビィの隣に食堂があって、奥の窓際のテーブルに彼の姿を発見した。朝食はビュッフェのようだ。壁際のテーブルにグラスやカップが積まれていた。食堂に入ると、良い香りがする。自分も空腹だったことに気づいた。

サイカワは、テーブルの上に置いた端末を睨《にら》んだまま、片手に持ったコーヒーカップをときどき口へ運んでいた。こちらへ視線を向けるようなことはなかった。食堂には、彼のほかに客はいない。定められた朝食の時刻になったばかりで、料理はこれから出揃《でそろ》うところのようだ。厨房《ちゅうぼう》からは慌《あわ》ただしく作業をする音が聞こえている。

サイカワに倣《なら》って、私もひとまずコーヒーだけにした。ポットからカップに注ぎ入れ、それを持って、彼のいるテーブルまで歩いた。

「あの、ご一緒させていただいてもよろしいでしょうか?」声をかけると、彼は少し遅れて顔を上げ、私を見た。そして、無言で頷いたあと、また端末に視線を戻す。

私は、カップを置いてから椅子《いす》を引いて、そこに腰掛けた。彼はまだ顔を上げない。とりあえず、熱いコーヒーを一口飲んだ。振り返ると、エプロン姿の男性が、大皿の料理を並べている。こちらをちらりと見て、どうぞと手で示して微笑んだ。

再びサイカワを見る。彼に変化はない。十秒間ほど間近に観察することができた。シャツは昨日着ていたもののようだ。ネクタイはしていない。

ようやく、視線を上げて私を見てくれた。軽く微笑んで返すと、そのまままた視線を落とした。その後三十秒間ほど、私は誰の目も気にせず、ゆっくりコーヒーを楽しむことができた。もっとも、薄いし、淹《い》れてから時間が経ちすぎている。お世辞にも美味《おい》しいとはいえない。単にコーヒー以外の飲みものではないというだけである。

「先生、料理ができたみたいです」私は声をかけた。彼は無言で頷いた。「なにか、取ってきましょうか?」

彼は視線を上げた。メガネの上から覗《のぞ》くように、私を捉《とら》えた。

「コーヒーが薄い?」彼は小声で言った。

「え？　コーヒーですか？　ええ……、アメリカンのようです」

彼のカップを見ると、まだコーヒーはそれほど減っていない。飲んだとしても、ほんの少しのようだ。ミルクは入っていない。スプーンがなく、砂糖を入れた様子もなかった。

突然、彼が立ち上がったので、私は驚いて、持っていたカップのコーヒーを溢《こぼ》しそうになった。なにか、気に障《さわ》ったのだろうか、と思ってしまったほどだ。しかし、そのまま、彼はテーブルを離れ、料理が並ぶ壁際へ歩いていった。私も、カップを置いて、彼のあとに従った。

サイカワは、ソーセージとハムとポテトサラダを一つの皿にのせただけで、テーブルへ戻った。私は、もっといろいろ食べたかったので、トレィに皿を三つのせ、パン、スクランブルエッグ、サラダ、ローストビーフ、カップのスープ、それにフレッシュジュースもグラスに入れてから戻った。私が席に座ったときには、彼の皿にはなにもなかった。もう食べてしまったようだ。

「スープもありましたよ」私は言った。

「私に話がありますか？」サイカワがきいた。

「はい、あります」私は、フォークを置いた。「今、お話ししてもよろしいですか？」

「もう話しているのでは？」

「すみません、お邪魔をして……。お一人で静かにお食事をされたかったのではありませんか？」

「それが、話したいことですか？」

「いえ、あの、違います」私は姿勢を正した。「オメガ城へいらっしゃった目的を、おききしたかったのです」

「目的？　招待されたから来ただけです。目的は、招待した方にあるのでは？」

「何のための会合なのか、ご存知《ぞんじ》ですか？」

「いえ」彼は短く首をふった。「貴女はご存知なのですか？」

「私も、知りません。招待状が社に来たので……、出張してきました」

「では、同じです」

「どなたが、参加されるのか、ご存知ですか？」

「知りません。知合いが招待されたという話も聞きません。貴女は、ほかに誰か、参加する人をご存知ですか？」

「いいえ、全然知りません」

「招待された人は、公表するようなものではない、という気がします。出席したら判明するでしょう？」

「それは、そうですけれど」

「何故《なぜ》、貴女は参加しようと決めたのですか？」

「それは、上司に行けと言われたからです。あ、いえ、でも、もちろん、その、とても興味があったからです」

「何に？」

「うーん、つまり、招待主に興味がありました」

「でしょうね。参加する人は、たいていそうでしょう、同じ思いだと」

招待状には、誰が参加するのかは書かれていなかった。何のための集いなのか、具体的な説明も一切なかった。しかし、招待主の名前は記されていた。それは、〈MAGATA Shiki〉である。

「貴女も、当然、いろいろ調べてきたのでしょう？」サイカワは、私を見据《みす》えて尋《たず》ねた。食事をしたためか、さきほどよりも機嫌《きげん》が良さそうだった。

「はい、オメガ城について調べました。いつ建造されたのかは不明ですが、所有者は島の持ち主と同じだそうです。城の名前については、何故オメガなのか、理由はないようですね。一般公開もされていません」

しかし、外観の写真を三枚、内部の写真二枚をネットで見つけることができた。誰がそれを撮影したのかは不明だった。中世ヨーロッパの宗教建築様式で、規模などのデータも公開されていない。もし、それが遊園地に建てられたものなら、話はわかる。しかし、それ以外の目的で、たとえば住居として使用するために存在するのだとしたら、少なからず狂気を感じさせる。個人の趣味で建造するには規模が大きすぎるだろう。想像できるのは、プライベートな応接を目的としたもの、といったくらいか。金持ちがパーティを開くために作った可能性もある。しかし、それならもっと広く情報が伝わっているはずだ。

「先生は、あの建物にご興味があるのですね？」私は彼に尋ねた。

「あります」サイカワは小さく頷いた。「内部が見てみたいと思います」

「何人くらいの人が招待されたのでしょう？　何人の人があそこを訪れるとお考えですか？」

「そういう不確定なことは想像しません」彼は口許《くちもと》を緩《ゆる》めた。「参加すればわかるのでは？」

「でも、百人なのか、それとも十人なのかくらいなら……」

「百人は多すぎると思います」彼はそこで、私から視線を逸《そ》らし、壁際を見入った。「コーヒーを淹れ直したようです」

振り返ると、エプロンの男性が、新しいコーヒーポットをセットしたところだった。

サイカワは立ち上がり、そちらへ行く。新しいカップに、そのコーヒーを注ぎ、すぐにこちらへ戻ってきた。テーブルにカップを置き、シートに再び腰掛けて脚を組んだ。そこで、左手を伸ばしてカップを摑《つか》み、それを口へ運ぶ。

「ちょっと、良くなった」彼は微笑んだ。今までで一番、笑顔に近い表情だった。「十人もいるかな?」

「え? ああ……」招待された人数の話か、と思い出した。「十人以上は招待したのでは?」

「招待された人はね」彼は頷いた。「でも、実際に来る人は多くはない」

「どうしてですか?」

「不審に思うか……」彼は言った。「あるいは、本気にしない」

「先生は、本気にされたのですね?」

「たとえ本気にしても、怖くて来られない、という人が多いとも考えます」

「怖い? 何が怖いのですか?」

「貴女は、怖くない? よく、のこのこと一人で出てきましたね。その勇気に敬意を表しましょう」

「え? そうなんですか? 勇気がいるような、その……、えっと、なにか危険があるのですか?

そんな話は聞いていません」

「そうは言っていません。しかし、危険がないとも断言できない。どんな場合でも、そうでしょう？」

「私の場合、その、出版社に招待状が来たので、あの……、編集長の指示で、出張できるのなら、と喜んで引き受けてしまったんですけれど……」

そうだ、休暇気分でのこのこと出かけてきた。もちろん、興味はあったし、著名人が集まる可能性が高いとも予想していた。その第一の候補が、ドクタ・サイカワだった。何故なら、ドクタ・マガタといえば、ドクタ・サイカワを連想するのが、フランスでは一般的だ、と聞いたからだ。したがって、既に第一目的は達成されたといっても過言ではない。朝に弱い私が、たとえ時差ぼけだったとしても、こんなに舞い上がっているのは、無理もない状況なのだ。もっとも、ドクタ・サイカワのことを私に吹き込んだのは、親友のソフィアである。彼女が正真正銘のファンであり、私は単に〈にわかファン〉にすぎない。

「では……」突然、サイカワは立ち上がった。「失礼」

「あ、あの……」私もつられて立ち上がっていた。

しかし、彼は食堂から出ていった。こちらを振り返ることもなかった。

どうも適当にあしらわれている感じがする。アポを取ったわけでもないし、こちらは無名の記者である。当然かもしれない。

今できることは、食事だ。私はゆっくりと時間をかけて朝食を楽しんだ。ドライフルーツやヨーグルトのデザートを二度も追加しにいった。

三十分ほど経った頃、食堂の窓から見える前庭に人影が現れた。ロビィの方から話し声が聞こえたので、未練はあったがテーブルから離れることにした。

黒いコートを着た老紳士がロビィのソファに座っていた。大きなトランクが二つ、フロントの近くまで運ばれている。白髪《はくはつ》のその顔に見覚えがあった。物理学者のジェリィ・グリーンである。半年ほどまえになるが、雑誌の企画でインタヴューをしたので、思わず嬉《うれ》しくなって駆け寄った。

「グリーン先生、おはようございます」私は英語で挨拶をした。彼はフランス在住だが、イギリス人だからだ。「今、いらっしゃったのですか？」

「えっと、どなたでしたか？」片方の眉《まゆ》を上げて、睨むようにこちらへ視線を送ってきた。残念。覚えられていないみたいだ。

名乗って、ポケットから名刺を取り出した。握手はしてもらえなかった。

「メガネがバッグの中でね。今の私には、これは読めない」受け取った名刺を軽く持ち上げる。

「フロントで記帳もできなくてね。荷物を預けるだけで、トランクを開けるのも大変だから、今は体力が回復するのを待っているところだ。宿泊するわけではないのだから、記帳しなくても問題はないだろう。まあ、しばらく休んでから、メガネを探すつもりだよ。それとも、私の代わりに、君が名前を書いてくれるかな？」

「はい、私で良ければ」そう答えて、フロントのカウンタへ歩いた。

ホテルの係員は、私たちのやり取りを見ていたようだ。笑顔で私の前にノートをスライドさせた。幸い、スペルに悩むような名前ではない。記帳したあと、係員にペンを返し、私はグリーンの近くまで戻った。

「お一人でいらっしゃったのですか？」記帳を頼めるような秘書か助手かの随行者《ずいこうしゃ》がいなかったので、私は尋ねた。「いつこちらへ？」

「たった今」彼は答えた。「駅までは昨夜のうちに到着したが、できるだけ大きなホテルの広いベッドで寝たかった。助手が来たのは、そこまで。私一人しか招待されていないのだから」

「それでは、先生もオメガ城へ行かれるのですね？」

「そうでなかったら、こんな田舎へ来る用事はないだろう」彼は口を歪《ゆが》め、首の骨でも鳴らすような仕草《しぐさ》を見せたが、音はしなかった。「まあ、ここも地球上にはちがいないが」

「私も、オメガ城へ行く予定です。ご一緒できて光栄です」

「ほう、そう……。招待されたのかね？」

「はい。日本のサイカワ先生も、こちらにお泊まりです」

「サイカワ？　いや、知らないが」

「ドクタ・マガタの最初の事件を解決された方です」

「ああ、なるほど……。それなら、少しだけ知っている。すると、彼も招待されたわけだね。うーん、どういった分野に声をかけたのだろうか？　君は、それを知っているのかね？」

「いいえ、知りません。参加する方も、把握《はあく》しておりません。ここに三人いる、ということしか……」

「科学者の集まりというわけでもなさそうだ。そのサイカワ先生のご専門は、何だったかな？」

「建築学と情報科学だと思います」

「では、工学だ。君は？」

「え、私ですか？　私は、その、単なるライタです。ジャーナリストです。でも、いちおう、科学分野をメインに担当してきました。現在所属している出版社も、その関連の書籍を扱っております」

　私は、出版社の名前を告げ、彼が手に持っている名刺を指さした。フランスでは当該分野で五本の指に入る出版社だが、単に創業が早かったという程度の象徴しかないのも事実である。グリーンは、それにピントを合わせようと腕を伸ばし、目を細めたが、首をふった。読めないようだ。

「ああ、しかし、思い出したよ。知っている……、そう、私の本を出しただろう？」

「そのとおりです。でも、残念ながら、発行が少々遅れておりまして……、正確には、これから出る、もうすぐ、ということになります。私はその本で先生の担当をさせていただきました。インタヴューもさせていただきましたが……」

「そのゲラは、たしか、もうだいぶまえに見たはずだが」

「はい、ありがとうございました。先生の分は、既に校了しております。別の著者が入院された関係で、発行が遅れています。まもなく、その問題は取り除かれるはずです」

それは、十二人の科学者の対談やインタヴューで構成されている本で、いずれも現代の最先端科学に関する話題だったのだが、内容が難しすぎるため、編集部では頭を抱《かか》えているのが現状である。

ジェリィ・グリーンは、量子力学が専門で、重力や多世界による統一理論へのアプローチについて語られたものを、私が文章として書き起こした。ただ、自分で書いた文章については、文法的に正しいことしか自信が持てない。なにもかも不確定で、すべてが多様に存在し、常識的な既往の知識では理解が困難な事象が、繰り返し語られる内容となってしまった。

「船が出るのは、夕方だそうだね」グリーンが言った。

「はい、そう聞いています」私は答える。

オメガ城のある島へは、一日に一便の連絡船が運航している。この近くの港から一時間ほどの距離らしい。招待客は、今夜は島に宿泊し、明日の午後に解散となる予定である。

グリーンは、おそらく、明日この宿に泊まるつもりで、荷物を預けたのだろう、と私は想像した。私自身も、明日はここに宿泊するつもりでいる。空港や鉄道の駅から遠い不便な場所なので、どうしても無駄な時間ができてしまう。もっとも、無駄な時間を楽しむつもりで来たので、まったく不満はない。ときどきのこうした出張が、私には貴重な気晴らしとなっているのだ。

「先生は、どなたか、ほかに招待客をご存知でしょうか？」

「一人だけ」グリーンは指を一本立てた。「アラン・レーヌが来る」

「そうですか。では、四人が判明していることになりますね」

アラン・レーヌは、現在フランスで最も有名な数学者の一人だ。直接会ったことはないが、テレビで数回彼を見た。まだ四十代ではないだろうか。グリーンよりは二十歳は若い。なんらかの交流があって、今回の招待について二人の間で話題になったのだろう。

グリーンは、この近辺で時間を潰《つぶ》すと話していた。私は部屋に戻り、編集長に電話をかけた。この時間は眠っているのではないか、と想像したが、案の定そのとおりだった。サイカワとグリーンに会ったこと、それからレーヌも招待されているようだ、という情報を伝えたら、その程度のことはメールで充分だ、と叱《しか》られた。次からそうします、と謝って、私は電話を切った。

時間があることはわかっていたので、招待主であるドクタ・マガタについて、情報を頭に入れておく仕事を午前中はするつもりだった。しかし、サイカワ、グリーン、レーヌの三人に関する情報をさきに調べることにした。

マガタ・シキについては、既にざっと調べてあるが、何十年もまえの古い情報か、最近のものでは不確かな情報しか見つからなかった。サイカワ・ソウヘイについては、友人が知っているだけで、私はほとんど知らなかった。ジェリィ・グリーンは、比較的よく知っている方だが、それは彼の業績についてであって、プライベートなデータではない。また、アラン・レーヌは顔を知っているだけだ。オメガ城で話をする機会があるはずだから、話題を仕入れておくべきだし、彼の専門の話題を避ける意味でも、数学以外の個人情報が欲しい、と考えた。

そもそも、自分が派遣された理由は何か、という点が今ひとつ理解できていない。それは、編集長も同じかもしれない。どうして、うちの出版社に招待状が届いたのか。ほかにも、マスコミ関係の参加があるのだろうか。少なくとも、情報を抽象的にしたまま編集長が周辺を調査したかぎりでは、そういった兆候は認められなかったそうだ。

マガタ・シキが、世界的なビッグネームであり、もし本人が姿を現すならば、それだけでまちがいなく価値のある取材対象だ。しかし、どういった形で、誰に向けたレポートが可能なのかは、何のための会合なのかがわかった時点でしか議論できないだろう。そんなになにもかもペンディング状態で、私は成果を出すよう指示されているのだ。

沢山の文章に、スキャンするように目を通した。時間がないし、じっくりと読んでも理解ができない可能性が高いことは、最初からわかっている。科学関係の取材が多いものの、私は大学と大学院では文学を専攻した。出版社に就職したのも、そういった関係で、できれば歴史とか考古学のジャンルが希望だった。

エジプトのピラミッドの発掘調査について取材をしたのが最初の仕事だったのだが、そこで科学分析を担当していたチームに随伴《ずいはん》した。理系の研究者と知り合い、その関係で転職をしたため、今の分野から抜け出せなくなってしまった。

犯罪科学についても、たびたび扱ったが、ドクタ・サイカワのことは知らなかった。だから、出張のまえに、友人のソフィアからレクチャを受けた。マガタ・シキについての話だったのに、ソフィアが入れ込んでいるのはサイカワだとわかった。彼は、ほとんどマスコミの前に姿を見せないことで有名だそうだ。

まさか、今回の集いで本人に会えるとは思ってもいなかった。運が良いとしかいいようがない。もちろん、ドクタ・マガタが主催者なのだから、当然連想されたし、可能性があるとは考えていた。これは、記者としての勘だったともいえる。

最近、いろいろ忙しかった。プライベートなことで不愉快なことがあって、多分に滅入《めい》っていたところだった。この際、好転することを期待しよう。

ソファで端末を見つめているうちに、眠気に襲われた。目を覚ましたのは、ドアがノックされたためだ。

　返事をしてドアを開けると、宿のスタッフだった。ベッド・メイキングのために部屋に入りたい、という。今は仕事をしているので、午後にしてくれないか、と頼んだ。どうせ、今夜は戻らないのだから、掃除なども明日でも良い、と話しておいた。

午後は、少し早めに港へ出かけ、船に乗ろうとしている面々をチェックしなければならない。

いったい誰が来るのだろうか、と期待が膨《ふく》らむ。

　そして、孤島の城で、どのようなイベントが待っているのかも、あと数時間で判明するのである。食事のときのドレスもチェックをした。不足のものはないはずだ。

第1章

七人の招待客

かくのごときがわれわれの観念の混沌《こんとん》状態であり、絶えざる急速な継起《けいき》状態である。互に追いかけあうのである、ちょうど一つの波が別の波を押すように。だから、もし想像力が、いわば、その筋肉の一部分を使用して、脳の綱の上にからだの平《へい》衡《こう》を保《たも》つといった具合になり、やがて逃げていこうとする対象の上にしばらく立ち止り、まだ眺めるべきときでない他の対象の上に落ちてゆくことを防がなければ、想像力は断じて判断力なる美名に値しないであろう。

I

宿から港までは歩いてもいける距離だが、十人ほどが乗れる小型のバスで送迎するサービスがあった。これは、数軒の宿で共同運用しているものらしい。私は早めに出発したため、私一人だけを乗せてバスは走った。五分もかからない距離であるが、丘を越えたところで風景が一変し、灯台や桟橋《さんばし》が見えてきた。当然ながら船も多い。何をするための船かはよくわからないが、漁船か観光船か、あるいは個人が所有するものだろう。ヨットも狭いエリアに集まり、マストを並べていた。

　バスから降りて、私は桟橋の方へ歩いた。二階建ての鉄筋コンクリート造の建物が駐車場のむこうに見える。そこから船が出る、とバスの運転手から聞いた。その建物の中に食堂もある。観光客向けの土産物《みやげもの》も販売しているようだった。広い舗装された駐車場には、十台ほどの乗用車があった。まだクリケットができるほどの面積が残されている。

　まず、連絡船の運行を確認するために、事務所の受付に向かった。出港時刻が掲示板にあった。予定どおりのようだ。乗船券を購入して、係員に話をきいた。この船は、いくつかの島を巡って戻ってくるらしい。コースの二つめの島が、私たちの目的地だが、それは案内図などには書かれていなかった。個人の土地であり、滅多《めった》に往来はないという。それほど小さな島のようだ。そこで降りる客が乗っているときか、乗る客から電話があったときに限り、その島に寄港することになっている。島の名は、私が告げたものとは違っていたが、オメガ城がある島だと説明したら簡単に話が通じた。当地で呼ばれている島の名称を事務員が口にしたのだが、私にはよく聞き取れなかった。

　それから、港の近辺を歩いて回ったものの、賑《にぎ》わっている場所はなく、店などもほとんど見当たらなかった。数少ない店も、営業しているのか、準備中なのかわからない。地元の人でなければ入りにくい雰囲気《ふんいき》が漂っていて、外からちらりと眺めるのがせいぜいだ。

重い鞄《かばん》を転がしているため、階段などは上がるのが面倒だった。しかたがないので、ランチのために最初の場所に戻った。そこの食堂も賑わっている感じではない。窓際に座っている紳士が一人だけだった。近づくと、数学者のアラン・レーヌだとわかった。もちろん、彼がこちらへ来ると聞いていたからわかったことで、なにも情報がなければ、あるいは客が大勢いたら、判別は不可能だっただろう。

職業的使命感から、私は真《ま》っ直《す》ぐ彼に歩み寄り、隣のテーブルの椅子に腰掛けた。店員がほとんど同時に注文を取りにきたので、まずはメニューを見てオーダをした。その作業が終わり、店員が立ち去ったところで、私は横向きに座り直して、レーヌに声をかけた。

「失礼ですが、アラン・レーヌ先生ではありませんか？」彼は機敏に私に視線を向けた。まるで鳥類のような首や眼球の運動だった。几帳面《きちょうめん》で神経質な印象を誰でも抱くだろう。「オメガ城へ行かれるのですね？」

「君は、ジャネット・シモン？」彼はきき返した。

「いいえ」意外な質問を返された私は、慌《あわ》てて首をふった。「私は、ミヤチ・ノエミといいます」

「ああ、失礼」レーヌは、目を見開いた。彼の前にはワンディッシュの軽食が置かれていて、まだ半分ほどしか食べていないようだった。だが、彼はスプーンもフォークも持っていなかったし、食事が終わったという配置にあった。私は彼がまだ話すものと考え、黙って待った。「つまり、こういうわけです。私は、ジャネット・シモンと会うことになっている。約束したわけではないけれど、偶然にも、目的地が同じだとわかったからです。しかしながら、私はシモンをよくは知らない。いや、よく知っているともいえるが、彼女をこの目で見たことがない。握手をしたことさえない。これが、勘違いをした理由です」

「私は、ジャネット・シモンを知りません。有名な方なのですか？」

「まあ、ある界隈《かいわい》では、そうだと思います。心理学者というのか、精神医学者というのか、そんなふうに認識している人が多いのかな、と私は感じています。君は、何のためにここへ？　もちろん、ランチを注文したことは知っている。しかし、ここにいるのは、船に乗るためですね？」

「はい、そうです」私はすかさず立ち上がり、名刺を彼に手渡した。「実は、レーヌ先生がいらっしゃることを、グリーン先生からお聞きしました」

「そう……」と軽く頷いて、レーヌはしばらく黙った。

四十代で、華奢《きゃしゃ》な体格の男性。金髪は後ろで結ばれ、黒縁のメガネをかけている。緑色のスーツを着ていたが、椅子にコートが掛けられていた。私の半分くらいのサイズのトランクもあった。ちょっとした出張に出かけるくらいの荷物である。

「まだ、出港まで一時間半もありますから、その、シモン先生も、いずれこちらへいらっしゃるのではないでしょうか」私は、無駄なことを話した。当たり前すぎる。しかし、人間というのは、言葉のやり取りをしていないと不安になる動物なのだ。

彼は頷きもしなかった。といって、窓の外を眺めるふうでもない。私に視線は向けられていないが、顔はこちらを向いている。

「先生は、オメガ城での集いがどんな種類のものか、ご存知ですか？」

レーヌは無言で、少し口を尖《とが》らせて首をふった。それは、そうだろう。少なくとも招待状には説明がなかった。

「なにかのパーティでしょうか？」さらに質問してみた。

「多くの場合、なにかを祝うようなイベントだが、今回はそうではないだろう」レーヌは答えた。「パーティだったら、普通は夫婦同伴だろうし、もちろん、何を祝うのか知らされなくては成立しない。それが普通でしょう？」

「そうですよね」私は頷いた。夫婦同伴はどうかと思ったけれど、祝う対象を知らせるのは、そのとおりだ。

「あるいは、なにかの議論の場として用意された、ということかもしれない」これは、独《ひと》り言《ごと》のような口調だった。

「どのような議論でしょうか？」

「まあ、もうすぐ、それはわかりますよ」レーヌは、微《かす》かに引きつった表情を見せた。微笑んでいるのかもしれないが、そうだとしたら、骸骨《がいこつ》の笑い方に似ている、と私は連想した。

「何が目的なのかわからない集いなのに、こんなに遠方まで出かけていらっしゃったわけですよね？」私は、多少失礼かもしれない質問を試みた。レーヌは自分と年齢が近いという条件が、この非礼を許容できる気がしたからかもしれない。「どのような成果が期待できるとお考えですか？」

「そう、それは、すべて、招待主の名前ですよ」彼は普通に答えた。「来ない人はいないのでは？

少なくとも、彼女の名前を知っている人間なら、万難《ばんなん》を排して馳《は》せ参《さん》じる、と私は考えますが、これは、私の個人的な価値観であり、誰かの行動を非難するつもりはありませんけれど」

「どなたか、招待されても来ないと決めた方をご存知なのですか？」

「あ、いいえ、そういう意味ではありません。ただ、あまり日程に余裕のない招待でしたから、スケジュール的に来られないという人は多かったのではないか、と考えました。それだけの意味です」

私の上司、ルベル編集長の話では、招待状が届いたのは二週間ほどまえのことらしい。編集長自身が、自分は大事な仕事を抱えていて行けない、と話していたことを思い出した。私も、それなりの予定があったし、それらをキャンセルしなければならなかった。もちろん私の場合は、天《てん》秤《びん》にかけなくても、こちら方が圧倒的に重いのは確実だった。その意味では、レーヌの理由に近いかもしれない。

グリーンのことを話題にしようか、それともサイカワの名前を出そうか、と迷っていたところへ、早くも店員が料理をテーブルに届けにきた。あらかじめ作ってあったとしか思えない早さである。レーヌもむこうを向いてしまったので、一旦《いったん》会話を諦《あきら》めることにした。

料理は、冷めていたわけではない。懐《なつ》かしい感じの、つまり田舎の料理だった。パリではなかなか食べられないだろう。それを食べながら考えた。わからないことだらけだが、たしかにあと数時間すれば、だいたいのことは判明するだろう。

詳細を明かさないで、ゲストに期待を膨らませる手法は珍しくない。ただ、集められた人たちが、多少特殊である。ちょっとしたサプライズで大はしゃぎするような若者ではない。堅物《かたぶつ》といっても良い職業、アカデミックでスペシャリストで、なによりも年配者が中心のようだ。グリーンが話していたとおり、専門分野が散らばっているように思える。同じテーマで集められたわけではないのは確かそうだ。

「私の研究があちらの方面で役に立つとしたら、何だと思う？」突然、レーヌがこちらを向いて話しかけてきた。

少し考えてみたが、何を問われているのか、まるで見当がつかない。レーヌは数学者だ。数学というのは、科学の基礎となる学問だとしても、直接なにかの役に立つとは思えない。それは、物理学でも同じかもしれないが、いずれにしても私の想像を超える世界であることはまちがいない。

「申し訳ありません」私は首をふった。「あの、あちらの方面とおっしゃったのは、つまり、ドクタ・マガタが興味を持つようなジャンル、という意味でしょうか？」

「もちろん。君はなかなか勘が良いね」

褒められてしまったが、少しも嬉しくなかった。むしろ、馬鹿《ばか》にされているような気分になった。もっとも、コンピュータ技術と数学が具体的にどう関連するのか、さっぱりわからなかった。

「無理もない」レーヌが微笑んだ。「現代の数学は、コンピュータ技術の多大なる恩恵を受けているが、ほとんどの数学者は、放っておいてくれと訴えている。数値解析的な解決を心の底では望んでいない。逆に、数学の何が役に立つのかというと、欠かせないものがある。それは暗号技術だね。新しい方程式が作り出されること、あるいは関連の諸問題の式化や証明には、コンピュータ技術者は興味津々のはずだ」

「なるほど、先生は、その分野の研究をされているのですね？」

「いや、全然」レーヌは首をゆっくりとふった。「興味がない。だから、私はなにも献上することができないよ」

「献上？」

どういう意味で、その単語を使ったのか、私にはわからなかった。

「いったいどういう目的で我々を集めたのか、それが一番の関心事だろう」レーヌは窓を見ながら語った。「誰にとってもね。もしかしたら、それを知っている人間がいるのかもしれないけれど、その場合は、まちがいなく、そいつが招待主だろう」

「え？　では、招待したのは、ドクタ・マガタではない、とお考えなのですか？」

「それは、たぶん、みんながそう疑っているだろうね」そう言うと、彼はこちらへ振り返り、またあの引きつったような骸骨の顔で微笑んだ。

マガタ・シキでなければ、いったい誰が主催者なのか。また、その目的は何か？

ドクタ・サイカワは、情報工学だから、直接的な結びつきがあるように思える。グリーンの場合は、言葉だけからの連想だが、量子コンピュータなら関連がありそうだ。そこへいくと、数学がどう実用に絡《から》むのか、と私は首を捻《ひね》ることしかできなかった。

2

　出港の三十分まえに、サイカワとグリーンが船着場に現れた。私が乗ってきたのと同じバスを利用したようだ。そのほかにも、数人の観光客らしき人々が集まり始めているが、知った顔はないし、目的地がどこなのかもわからない。店で商品を眺めたり、観光案内のパンフレットを手に取ったりしている。集まって話をするようなこともなく、距離を置いている様子だった。

　グリーンは、食堂にいるレーヌのところへ行き、彼と話を始めた。私は桟橋が見えるデッキにいるサイカワに近づいた。

「アラン・レーヌ先生によれば、ジャネット・シモンという心理学者が参加するそうです」私は報告した。「ですから、これで招待客は五人が確定しました」

「ばらばらですね」サイカワは軽く呟《つぶや》いた。おそらく、集まる人の属性についての感想だろう。工学、物理学、数学、心理学、それに記者だ。私が一番異質な人間に思われるが、誰もそれを指摘しない。

「グリーン先生もレーヌ先生も、何の集まりなのか、わからないとおっしゃっています。私からすれば、それでも、お忙しい先生方がこうして遠方へ足を運ばれたことが不思議です」

「それは、ドクタ・マガタという価値のためでしょう」

「でも、レーヌ先生は、主催者は別にいる可能性がある、とおっしゃっていました」

「ええ」サイカワはまた軽く頷いた。表情はまったく変わらない。「誰もが、そう想像するでしょうね」

「え、そうなんですか？　私は考えもしませんでした。どうして、主催者が別にいると思われるのですか？」

「というよりも、ドクタ・マガタがこんなことをするとは思えない、という観測かと」

「よくわかりませんけれど、そういったこと、つまり人を集めるようなことが嫌いな方なのですね？」

「どうかな……。彼女なら、アリストテレスとダ・ヴィンチとニュートンとオイラとアインシュタインを招待するでしょう。そういうことです」

　ますますわからない。どうしたら、そんなことができるのか。単なるジョークだろうか。しかし、サイカワは笑っていない。私は、呼吸が止まってしまって、言葉が出なかった。ドクタ・マガタならば、時空を超えることができるとでもいう意味か？

　そこへ、編集長から電話がかかってきた。三十分ほどまえに、判明した参加者をメールで知らせたからだ。

「写真をできるだけ撮っておきなさい」いきなり命令形である。「そのほかは誰が来るか、もうわかった？」

「いいえ、まだ船に乗っていません。メンバが揃《そろ》うのは、どうでしょう、島に到着したときですから、二時間くらいあとになると思います。メールでお送りしたとおり、三人は確定。もう一人は名前だけ聞きました。しかも、ドクタ・マガタが現れない可能性もありそうです。皆さんが、そう考えているとか」

「それは困るなぁ。大したことないイベントに、時間と経費を使ったとなると非常に問題だ」

「そのとおりです。その場合、どうしたら良いですか？」

「その場合は、帰ってこなくて良いから。しばらくそちらで休暇にすれば？」編集長は笑った。もちろん、これは冗談であるが、だいたい皮肉屋で、ハラスメントすれすれの言動が日頃から多い人物だ。

電話はすぐに切れた。そういえば、まだ写真を一枚も撮っていない。なにしろ、どんな集会なのかわからないわけで、何をレポートするのか、どんなテーマなのか、さらには、記事をどこでどのように発表するのか、すべて未定なのだ。有名な研究者が集まりつつある、というほんの欠片《かけら》ほどの兆候が見られる段階、なにもかも霧の中といえる状況である。

電話をしていた間に、サイカワはどこかへ行ってしまった。レーヌは、ずっと食堂にいて、同じ席で本を読んでいる。とうに料理は片づけられ、コーヒーカップだけがテーブルの上にあった。食堂は相変わらず空《す》いている。

グリーンはどこか近くを散策しているのだろう。私はそれをもう試した。入るような店もないし、座って休憩ができるのは、船着場くらいである。

タクシーやバスが何回か駐車場に入ってきて、少しずつ人が増えてきたようだ。といっても、二十人もいない。広い場所に散らばっているので、閑散とした雰囲気に変化はない。太陽はまだ

第 1 章
七人の招待客

高い位置にあって、日差しにコンクリートが温められたのか、気温がだいぶ上がった。けれど、海から吹く風が心地良く、暑いとは感じなかった。

船が出る十五分まえになり、桟橋の入口の近辺に自然に人が集まり始めた。しかし、サイカワやグリーンは、まだ二百メートルほど離れた場所で防波堤の階段に腰掛けているのが見えた。早く乗り込んで良いシートを確保しようという気はないみたいだ。

船が近づいてきた。あんな小さな船に乗るのか、と私は驚いた。漁船といって良いくらいの大きさ。全長は十メートルもない。何人乗りだろうか、と心配になった。

桟橋の手前でゆっくりと方向転換し、バックして接岸した。ロープを投げて結んだあと、タラップと呼ぶほどでもない短い板を渡した。スピーカから行き先と乗船を促《うなが》すアナウンスが流れても、特に行列はできていなかった。船に乗り込んだのは、私が五人めだった。後部の甲板《かんぱん》から少し下がったところにドアがあって、それが開いていた。キャビンに入るとプラスティックの簡素なシートが並んでいて、周囲には丸い窓が左右に三つずつ。部屋の奥行きは五メートルもないが、シートは二十人分はある。客室というのは、この一室だけだ。そこに入らず、甲板に出ていても良いのかもしれないが、周囲には手摺《てす》りがあるだけで、誤って海に落ちる危険があるだろう。小さい船だから、そうとう揺れるのではないか、と心配になった。

ドアのところにいる船員に、どのシートに座れば酔わないか、と尋ねたが、どこでも同じだ、と素《そ》っ気《け》ない返答だった。「突っ走るから、酔わない」とも話した。突っ走るという意味が、私にはよく理解できなかったが、比較的高速度で走るということなのか。

私は、ドアに近い一番後ろの端《はし》に座ることにした。シートベルトはない。ライフジャケットも着るような指示はなかった。

　つぎつぎと客室に人が入ってきて、シートに腰掛ける。サイカワ、グリーン、レーヌの三人も座った。レーヌの隣には白髪の女性が腰掛けた。おそらく、彼女が心理学者のジャネット・シモンだろう。約束どおり会えたというわけである。挨拶にいこうかと考えたが、あまり広い場所ではないし、大きなトランクなどが沢山壁際に置かれていて、簡単に移動ができそうになかったので、島に到着してからにしようと決めた。

　結局十人ほどが客席のシートに座った。周囲の窓から見える範囲では外には、誰もいない。船員は、この客室の上にある操舵《そうだ》室に入ったようだ。アナウンスがあり、船はエンジン音を唸《うな》らせ、静かに前進を始めた。

　防波堤の外に出ると、エンジン音はますます高まり、船は速度を上げる。陸に近いうちはそれほどでもなかったが、しだいに前後の揺れが大きくなる。波が高くなったのか、まるで飛魚《とびうお》が跳ねるようにして進んでいく。唸るエンジン音とともに、どん、どんと船底を叩《たた》くような低音も響く。これでは、シートで眠ることなど絶対にできないだろう。船酔いよりも、目が回りそうな感じがした。壁の窓を覗きにいったり、ほかのシートへ移動したりする気にもなれない。

　しかし、私のすぐ前のシートに座っていた男性が、脚を横に出し、躰《からだ》も横向きになり、上半身を捻って私の方を向いた。

「モータボートみたいですね」彼が英語で話しかけてきた。たぶん、話をすることで少しでも落ち着こうという心理だろう。「どちらへ行かれるのですか？」

「オメガ城のある島へ」私は答えた。島の名前が言えなかったし、言えてもたぶん相手に通じないだろう、と思った。

「そうですか」男は驚いた顔をする。「では、同じだ。私は、ルカス・ゾンネフェルトといいます。ベルギィで医者をしています」

「ミヤチ・ノエミです」私は手を伸ばし、握手をした。「では、招待されたのですね？　ドクタ・ゾンネフェルト」

「そうです。貴女もですね。いったい何があるのか、ご存知ですか？」静かな環境ではないので、すぐ近くにいても、どうしても声が大きくなる。しかし、ほかの客には聞かれないだろう。

「残念ながら、知りません」私は首をふった。「私は、科学関係の雑誌の記者をしています。私が招待されたのではなく、編集部に招待状が来ました。私は、単なる担当者にすぎません」

「私は、どういった理由で呼ばれたのか、さっぱりわかりません。しかし、もう引退の身ですから、一人旅行を楽しむつもりで出てきたしだいです」

　ゾンネフェルトは、体重が私の二倍はありそうだった。鼻の下に髭《ひげ》がある。空気で膨らんだようなジャンパは、マスタードの色と同じだった。ハンチングを被《かぶ》っているので頭髪は一部見えないが、豊かではなさそうである。ベルギィと聞いて、私は探偵ポアロを思い浮かべたが、もちろん、似ているなんて誰にも言えない。

　私は、ほかにもオメガ城へ招待された人がいることを彼に教えた。男性三人と女性一人の四人である。会話は、途中からフランス語になった。

「ほう、錚々《そうそう》たるメンバではありませんか、ますます私が呼ばれた理由がわからない」

「ドクタ・マガタと、なにかつながりがあるのでは？」

「いいえ、お会いしたことはないし、関係するようなものも、とんと思い浮かびません」

「でも、名前を聞いただけで、錚々たるメンバだとおっしゃいました」

「ああ、ええ……、今聞いた名前は、すべて知っています。有名な方ばかりですから、その、テレビで見たか、それとも、なにかの本か雑誌で読んだかしたのだと思います」

「皆さんが、ばらばらの分野の研究者、それも一流の」

「私は、研究者ではありませんよ。たしかに、国立の研究所に四十代まで在籍しておりましたが、そこを辞めて、田舎の医院で臨床医となりました。専門は脳外科です」彼は、自分の頭に指を当てた。

「私も研究者ではありません」私は片手を振った。「研究なんてしたことがありません。ですから、研究者の集いというわけではないと思います」

「でも、科学雑誌なのでしょう？」

「いいえ、でも、専門誌ではありません。一般向けの雑誌です。半分は、子供や学生が愛読者です」

私は名刺を取り出して手渡した。彼は、メガネを上げて文字を読んだ。

「あ、知っていますよ。妻が読んでいます。定期購読しているはずです」

「そうですか、ありがとうございます」

「妻も一緒に連れてくれば良かった。きっと喜んだと思いますよ」

「それよりも、雑誌に今回の集いの記事が載って、先生のお写真が掲載された方が、奥様を驚かせられるのではないでしょうか？」

「そうか、ああ、あとで写真を頼みますよ」ゾンネフェルトは笑った。

3

陽気な医師と話をしていたおかげで、船酔いもなく、また退屈することもなく、航海は終わった。島が見えてきたとき、何人かが立ち上がって窓まで見にいった。その頃には、船の騒音と暴れ様にも慣れていた、といえるだろう。

その島については、特にアナウンスはなかった。近くに別の島はない。後方の陸地も既に見えなくなっていた。しかし、島が見えてから接岸までに意外なほど時間がかかった。船が速度を落としたこともあるが、ところどころ岩が突き出た場所があり、慎重に航路を進んでいるためかもしれなかった。

遠くから見たところ、小さな黒い島だったが、近づくと高さがあり、大部分が緑で覆《おお》われていることがわかった。一番高い位置の近くに白いものが見えていたが、それがオメガ城だった。空に向かって尖った形状の塔が幾つかあり、また城壁のような構造が、周囲に連なっていた。それ以外には、人工物は見当たらない。たしかに、〈城の島〉と呼ぶに相応《ふさわ》しい光景である。

さらに近づくと、岸壁の入江に浮桟橋が見えてくる。そこへ向かっているようだ。その桟橋の近くにも建物はないし、自動車も見当たらない。それどころか、道さえないようだった。どうやってオメガ城まで上がっていくのだろうか。エスカレータかエレベータが設置されていることを願わずにはいられなかった。なにしろ、荷物が重いので、階段は困る。

船から桟橋へ渡るときはスリルがあった。桟橋も船と同じように揺れている。しかも、渡り板の左右に手摺りがない。動かない陸地へ早く移りたいという気持ちでいっぱいになった。

その陸地、つまり島の入口というべき場所に、長身の老紳士が立っていた。タキシードを着ていて蝶《ちょう》ネクタイを締めている。仮装かと思えるほど不気味だったが、そうか、城のスタッフかと思い至って、たちまち許容できた。たしかに、オメガ城の雰囲気にマッチしている。彼はのちほど、ニモイという名であることが判明する。

「ようこそおいで下さいました。ご案内いたします」彼は頭を下げたが、話したのはフランス語ではなく英語だった。そういわれてみれば、イギリスのドラマに登場する執事の典型的な風貌にファッションでもある。執事かどうかはわからないが、とにかく案内役として、私たちを迎えにきてくれた城のスタッフだ。

振り返ると、船はバックして桟橋から離れていった。結局、下船したのは、サイカワ、グリーン、レーヌ、ゾンネフェルト、そして、ジャネット・シモンらしき女性、それに私の六人だった。この人数は、想像していたものよりだいぶ少ない。もっと大きなパーティを思い描いていたので、少々寂《さび》しいと感じた。もしかして、別の方法でやってくる人たちがいるのだろうか、と考えてしまう。

　ところで、目の前には城どころか建築物さえない。見えるのは、ほぼ垂直に立ち上がった岩壁だけだった。樹木も近くには見当たらず、岩の隙間に生《は》える雑草しかない。

　岩の上に道が作られていて、幅は三メートルほど。緩《ゆる》やかに上りながら、右手へカーブし、突き出した大きな岩を迂回《うかい》していた。案内役の後について六人が歩く。荷物を運んでくれる人員はいないようだ。レーヌは、自分の荷物とバランスを取ると言い、シモンの荷物の大きい方を引き受けていた。私の荷物を持ってくれる紳士はいなかったけれど、ご老体にそんな期待はできない。

　岩を回り込んだところに、小さな小屋のような人工物が待ち受けていた。ただし、小屋というには、形が特殊で、斜めに歪んでいる。平行四辺形なのだ。そこが道の終点だったが、小屋から少し離れたところにトンネルが見えた。岩をくり抜いたもので、幅も高さも二メートル程度しかない。

　案内役は、小屋のドアを開けて、中に入るように促した。

「モノレールだ」とグリーンが呟いた。

「ケーブルカーですよ」少し遅れて、サイカワが言った。

　つまり、小屋ではなく、乗り物の車庫、あるいは駅だとわかった。モノレールとケーブルカーがどう違うのか、私にはわからない。

　乗り込むと、車内には両サイドにシートが階段状に並んでいた。自動車ほどの幅しかなく、長さも三メートルくらいだった。乗車したのは七人で、シート以外の中央部は荷物でいっぱいになった。

一番奥の高いところに、案内役の老紳士が立っている。運転席のようなものは見当たらない。彼がなにか操作したのか、ブザーが鳴り、入口のドアが閉まった。次に短くブザーが鳴ったかと思うと、ガタンと一度だけ振動したあと、動き始めた。高い方向へ登っていくらしい。しかし、先はすぐトンネルなので、たちまち窓の外は真っ暗になってしまった。車内には照明が灯《とも》っていたが、それも薄暗い。なにか、とんでもないところへ来てしまった、と私は感じた。

「ケーブルカーだから、静かですね」と言ったのはサイカワだった。

その場では気づかなかったのだが、ケーブルカーというのは、坂道の高い場所に設置されたモータがケーブルを巻き取り、そのケーブルに引っ張られて車両が線路を登っていく仕掛けになっている。したがって、車両にエンジンやモータがなく、動力の音はしない。それでも、車輪とレールが擦《こす》れる走行音が響き、特にトンネル内では炭鉱の中に入ったような気分だった。

トンネルから出ると、右も左も鬱蒼《うっそう》と茂った森の中。線路は真っ直ぐではなく緩やかにカーブしているようだ。カーブした箇所でケーブルがどのようになっているのか、とゾンネフェルトが尋ねると、サイカワが水平の滑車で方向を変えている、と答えた。その言葉だけで説明が通じたようだが、私はイメージが追いつかず、理解できなかった。そもそも、ケーブルはどこにあるのか。車両の前方が窓から覗き見えるが、ケーブルは見当たらない。滑車などがあったら、車両に当たってしまうのではないか。

走行速度は極めてゆっくりだが、五分ほどすると、またトンネルに入った。こちらは、石積みの構造の中で、岩をくり抜いたものではなさそうだった。やがて、車両は停止した。左側にコンクリートの壁で囲まれた部屋があって、そちらへ降りるようだ。自動ドアが開き、近い者から順に荷物を降ろしながら、外に出た。

私が降りたときには、車両の後方へ見にいったグリーンとサイカワが、話している声が聞こえた。

「モノレールじゃないでしょう？」サイカワが指差している。「レールは二本です」

最後に降りてきた案内役の紳士が、「およそ海抜《かいばつ》八十メートルになります」と説明した。

石積みの通路が先へ延びていた。十メートルほど先が明るい。頭を下げて見上げると、空が広がっているようだ。さらに先には、五メートルほど上がる階段があった。

「お荷物は、こちらへお載せ下さい」案内役が言った。「荷物専用のリフトで上へ運びます」

金属パイプで囲まれたカーゴが、片隅《かたすみ》にあった。その先は急な傾斜のレールがある。カーゴ自体が既に四十五度くらい傾いている。一人ずつ荷物をそこに載せると、案内役が積み位置を修正した。途中で滑《すべ》り落《お》ちないようにロープで縛るのかと思ったが、なにもしないまま、カーゴは動き出し、ゆっくりと傾斜を上がっていった。

促されるまま、通路を進み、階段を上がった。老人が多いためか、端の手摺りのコースが人気だった。私が一番若いので元気を出し、中央を一番に上り切った。

そこは、テラスのような場所だった。明るい光に満たされ、澄み渡った空気に、海鳥だろうか、鳥の鳴き声が混じっていた。一部を除いて、周囲のどの方向にも遮《さえぎ》るものがなく、近くには森の緑、遠くには海の青が見下ろせる。太陽の光がすべてを輝かせ、そのそれぞれの影を際立たせていた。ただ、私たちが立っている場所は日陰《ひかげ》で、太陽は、唯一の障害物に隠れていた。西には、このテラスよりも高い構造物があったからだ。

　全体の色は淡いベージュで、外壁は石かレンガの組積造《そせきぞう》に見えた。窓は少ないものの、緑色の窓枠は鋼鉄製のようだ。高い塔状の部分が幾つかある。円柱形の上に円錐《えんすい》がのっているが、その頂《いただき》にはさらに空を突くような屋根飾りがあった。全体に、古い様式を真似《まね》て造られたものにはちがいない。大昔から、この場所にこのような建物があるはずがないからだ。

　どこにも、オメガ城という案内板などはなかった。客たちが勝手に感想を呟いていたが、案内役は無言で、これといった説明もない。私の耳に届いたのは、サイカワが発した「これを建設するための資材を、どうやってここへ運んだのでしょうね」という呟きだった。たしかに、そのとおりだ。小さな船しか桟橋に着けることができない。あとはあのケーブルカーに資材を載せたのだろうか。しかし、ケーブルカーを建設する資材は、どうやって運んだのだろう。あるいは、ヘリコプタで海を越えてきたのだろうか。だが、ヘリコプタが着陸できるほどの広さは、見た範囲にはないように思える。

　風景と建物をじっくりと眺めたあと、そのテラスの奥へ進む。途中で少しずつ高くなり、そのつど緩やかな階段が数段あった。この階段の両サイドには、細い水路があり、水が流れていることに気づいた。後ろを振り返ってみると、さきほどのテラスの両サイドに噴水の池らしきものがある。ただ、現在は水が噴き上げられてはいなかった。

この島で、この高さまで水を汲《く》み上げるためには、エネルギィと近代的な動力が必要になるはず。ここは、古くから無人島で、漁師の船が寄りつける場所もなかった、という情報を、事前に仕入れている。

両側が城壁になり、その奥に現代的なデザインの入口があった。大きなドアはガラス張りで、高級なホテルのような雰囲気でもある。城全体はクラシカルなのに、ここだけはモダンで洒落《しゃれ》ているな、と私は思った。

ロビィは奥に長い空間で、高いヴォールト天井《てんじょう》を支える円柱が両側に並んでいた。左右の窪《くぼ》んだスペースには、ヘルメットを被った天使の像が立っていた。人間よりも少し大きいだろうか。全身が金色だが、金属製かどうかはわからない。右の天使は剣を持ち、左の天使は槍《やり》を握っている。どこかで見た気がするので、もしかしたら、実在する像のレプリカかもしれない。

さらに奥へ進むと、左右に階段があった。

「この階段のどちらも、二階の同じ通路に出ます。正面側、つまり東側になりますが、客間が並んでおります。さきほどの荷物がドアの前にございます」案内役が、こちらを振り返って説明した。「キィはドアに差し込まれておりますので、そのキィで内側から施錠《せじょう》して下さい。夕食は、三階の食堂になります。午後六時にご集合いただければ幸いでございます」

4

自分の荷物が置かれた部屋に、それぞれが入った。私は一番端の一号室で、隣の二号室がサイカワだった。案内役のニモイによれば、建物のどこを歩いても、どの部屋に入っても問題はない、なにを撮影してもらってもかまわない、各自ご自由にとのことだった。また、迷わないようにとの配慮か、城内の配置図が、部屋のテーブルの上に置かれていた。私は、とりあえずラフな服装に着替えてから、この特殊な建築物を見学するため部屋を出た。もちろん、カメラを持って。

建物の中はひっそりと静まり返っていて、通路やロビィ、階段や広間のどこにも人影が見当たらなかった。ゲストたちは、まだ自分の部屋に籠《こ》もっているのだろうか。食事の準備や掃除など、なにがしかの仕事をするスタッフがいても良さそうなものだが、そういった人物に一人も出会わなかったし、声や物音さえ聞こえなかった。

ドアを開ける必要がある場所には入らず、歩けるところは一とおり見て回った。通路は直線ではなく、カーブしているところが多い。つまり、壁が曲面になっているのだ。そういえば、外観も円柱状の塔に調和するように滑《なめ》らかな形状をしていた。直角の角がない、ということだ。通路も、直角に曲がるような箇所はなかった。このようなデザインは、古典的ではないし、珍しいのではないだろうか。

ガラスのドアから、外が見える場所があったので、初めてドアを開けて進むと、バルコニィのようなスペースだった。広くはないものの、横に長く続いていて、外壁を取り囲むような形になっていた。端は顔の高さまで立ち上がった壁だが、ところどころ低い箇所が設けられ、そこには金属製の手摺りが据え付けられていた。

そこから、城の正面のテラスを見下ろすことができた。もちろん、周囲の森も、そして海も見える。客間のあるフロアよりずっと高く、四階になるはずだ。しかし、さらに高い塔が後方にそびえている。あの塔の上まで行くことはできるだろうか、と考えたが、配布された配置図によれば、塔は、塔のある部屋に入る必要があって、自由に入れるのかどうかはわからなかった。

ドアが開く音に振り返ると、サイカワが外に出てきた。私がいることに気づいても、表情一つ変えなかった。服装は来たときのまま同じである。ポケットに片手を突っ込んでいた。

「誰もいませんよね」私は、彼に日本語で話しかけた。

「どういう意味ですか？　誰かはいるのでは？」

「はい、通路を歩きまわったのに、誰にも出会わなかった、という意味です」

「今、出会ったじゃないですか」

「それは、そうですけれど……」私は苦笑した。いろいろな会話を跳ね返されるような気がする。けっこう難しい人格のようだ。「先生方は、部屋にいらっしゃるようです。珍しい場所に来たのですから、普通だったら、興味を持ってあちこち見て回りたい、と思いませんか？」

「貴女だけが普通なのでしょう。皆さん、普通じゃないのは確かです。興味ある対象は、自分の頭の中にあるのかもしれませんよ」

「サイカワ先生は?」

「私は、建築が専門ですから、こうして見て回っている」

「先生から見て、この城は、どうですか?」

「どうと言われても、うん、このとおりとしかお答えできません。言葉に還元する必要を感じません」

「建築的価値とか、芸術性とか、あるいは最新の工法が使われたとか、あぁ、そうだ。そもそも、どのような目的でこれを造ったのでしょうか。いつ頃建造されたものでしょう?」

「そうですね、見たところ、築十年程度でしょうか。目新しいものはありません。規模の割には、お金もさほどかかっていません。目的が何かまでは、私にはわかりません。持ち主におききになるのがよろしいかと」

「持ち主は、ドクタ・マガタでしょうか?」

「それはないと思います。こんな無駄なことをする人ではありません。ただし、彼女のために建造したいと考える人たちは、大勢いるはずです」サイカワは後ろを向き、城を見上げてしばらく黙っていたが、十秒ほどでこちらを振り返った。「まあ、様式的というか、デザインとしては、アールヌヴォーに近いのかな。部分的にあちらこちらの寺院、教会、あるいは公会堂などのディテールを真似ています。大雑把《おおざっぱ》な印象ですけれど、そんなところかと」

「これを造るのに、どれくらいかかるものですか?」私は尋ねた。記事を書く上で重要なポイントに思われたからだ。

「そうですね。場所が場所だけに、基礎工事が大変だったと思います。まずは、どこかすぐ近くに、ヘリポートを造ったはずです。最後に、そこは庭園として整備した。建築物の床面積は、ざっと五千から一万平米くらい。建築費は、そうですね、数百億円といったところでしょうか。それより安くはできない」

「誰かが住んでいるわけではないと思いますけれど、別荘という位置付けでしょうか。だとしても、凄《すご》い贅沢《ぜいたく》ですよね。ゲストを呼ばないかぎり、誰にも見てもらえませんけれど」

ネットで僅《わず》かな枚数の写真が公開されていただけで、オメガ城は一般には公開されていない。公園でもないし、貸し出しもされていない。自己満足だけのために、これだけのものを造ったとしたら、まちがいなく贅沢だし、純粋な欲求を具現化したものといえるだろう。

「著名な先生方が集まっているのですから、交流を楽しまれるものと思いましたが、そうでもなさそうですね」と私が振ると、

「交流なんて直接会わなくても、普段からいくらでもできますから」と彼は答えた。

「そうなるとますます、今回の集いが何のためのものか、わからなくなります」私は言った。

「皆さんも、それが第一の関心事ではないでしょうか？　ドクタ・マガタと直接会えると思っていらっしゃっているのでしょうか？　やはり、実際に会えるとしたら、価値がありますか？」

「人によりますね」彼は無表情のまま答えた。

「先生の場合は？」

「価値は大いにあります。それが、具体的にどんなメリットを生むのか、といわれると、はなは

だ説明が難しいのですが」

「ドクタ・マガタに直接お会いになったことがあるのですよね？　いえ、どこかでそう読みました。本当ですか？　どんな話をされたのでしょうか？」

「もうずいぶんまえのことです。まだ若かった。特に話の内容には、これといったテーマはありませんでした。ごく普通の短い世間話です」

「世間話ですか……。今のこの会話も世間話ですか？」

「たぶん、そうです」

「グリーン先生とは、どんなお話をされました？」

「量子の縺《もつ》れについてですが、まあ、あれも世間話です、多分に社交辞令的な」

「レーヌ先生とは？」

「あまり、まだ話をしていません。彼は整数論が専門ですから、比較的素人《しろうと》にも理解できる話題を豊富にお持ちのこととは思いますけれど、でも、そんなテーマで会話をしませんよ、普通は」

「物理学と数学の第一人者が、たまたま招待されたわけですか？」

「そういうことになりますね」サイカワは頷いた。「なにか、あっと驚く趣向があるのだろう、とお考えなのですね？」

「はい、もちろん、それを期待しております」

「まあ、それはないでしょう」サイカワは、そう言うと、向きを変え、遠くの海へ視線を移した。

「え、どうしてですか？」私はきいた。

「多大な期待ほど、つまらなさを引き寄せるものはありません」彼は、こちらを見ずに答えた。

「仕事柄、そんなわけにはいきません。読者を期待させなければ記事になりませんから」私は、少し抵抗したくなったようだ。「それに、期待しなかったら、生きる楽しみもないのではありませんか？」

「いえ、生きる楽しみは、静かに考える時間があれば自然に生まれます。自分を煽《あお》る必要はないと思いますよ」

「自分を煽る？　いえ、そうかなぁ……、煽っているつもりはありませんけれど」

「あ、船が来ました」サイカワが小声で呟いた。

バルコニィの端へ行き、塀の窪みから彼が指差す方向を見た。太陽は反対側で高度を下げている。そのため、島の影が長く広がっていた。しかし、船はその影の外で、まだ点のように小さかった。船自体よりも、尾を引くように伸びる白い筋が目立つ。

「クルーザみたいですね」彼が言った。

クルーザというのは、モータボートの大きいやつのことだろうか。それともヨットだろうか。私には区別がつかない。近眼なのでコンタクトを使っているが、船の形状まではまったく判別できない距離だった。サイカワはメガネをかけているが、視力が良いのだろうか。

5

　船は島の大きな影の中に入り、やがて森に遮られて見えなくなった。もともと、エンジン音はほとんど聞こえなかった。周囲に吹きつける風の音の方が大きかったからだ。

　しかし、この島に船が到着したことはまちがいないだろう。私は、見にいきたくなって、サイカワをそれとなく誘ったのだが、つれなく断られてしまった。どうぞご自由に、といった感じである。

　しかたなく、一人でまた城の中に戻り、通路を進んだ。配置図で確かめながら、階段を下りていき、エントランスのある一階に出た。そこからテラスに出ていくと、あの案内役の老紳士の後ろ姿が見えた。そちらへ駆けていく私を、彼は振り返った。

「ボートが来たみたいですね」私の声は弾んでいた。

「はい。下の船着場へお迎えにいくところでございます」彼は微笑んだ。

「一緒に行ってもよろしいですか？　あの、ケーブルカーに乗りたいので」私は嘘《うそ》を言った。それよりも誰が来たのかを見たかっただけだ。

「もちろんです。どうぞ」彼は、片手で私にさきに行くように、と促した。

　ケーブルカーに乗り込んだところで、この案内人に名前を尋ね、ニモイだと判明した。この城で働き始めて一年ほどになる、とのことだった。ブザーが鳴り、ケーブルカーは下り始めた。

「誰に雇われているのですか？」私はニモイに質問した。

「いいえ、お会いしたことはありませんし、名前も存じません。ただ、毎週きちんとお給料をいただいておりますので、信頼できる方だと感じております」

「今回の集まりは、どのようなイベントなのでしょうか？　招待状はドクタ・マガタの名前で出されていました。当然、ドクタ・マガタがいらっしゃるのですね？」

「申し訳ありません。私はなにも聞いておりません。ただ、指示どおりに準備を進め、皆様にご奉仕することが役目と心得ております」

「今、クルーザで到着したのが、ドクタ・マガタなのでは？」私は、そう考えていた。だから、期待して飛び出してきたのである。だが、サイカワが話していた、期待しないことだ、という言葉が一瞬だけ頭を過《よぎ》った。「城内のほとんどの通路を歩きましたが、人の気配がありませんでした。お城にいらっしゃる方、ニモイさんのようなスタッフは、何人くらいなのですか？」

「できるだけお客様のお邪魔にならないように、と指示をしてございます。私を含めて、十人ほどになります」

「そうですよね、それくらいは最低でも必要ですよね。ずっと十人が住込みでこちらにいらっしゃるのですか？」ときいたものの、通えるような場所ではないな、と思った。

「さようでございます」ニモイは頷いた。「ただ、常に全員がいるわけではありません。今回は、お客様がいらっしゃるので、料理人や給仕のために四人ほど増えております」

「ああ、なるほど……。では、城主というのか、ご主人はいつもいらっしゃらないわけですね。

ゲストは、ときどきいらっしゃいますか？」

「いいえ、私がこちらへ参りましてから、今回が初めてのお客様です。それで、いささか緊張しております」

「ああ、そうなんですか。いえ、全然そんなふうに見えませんでしたよ」私は、そう言いつつ微笑んでみせたが、ニモイはにこりともせず、僅かに目を細める程度だった。

　ケーブルカーが、終点に到着した。ニモイがドアを開けてくれたので、私がさきにケーブルカーから降りた。

　船着場の方へ出ていく道の途中に、一人の男性が、四角い古風なトランクに腰掛けて待っていた。髭が顔の周囲にあるが、日本人のような風貌に見えた。

「こんにちは」と日本語で挨拶をしてみた。「クルーザでいらっしゃったのですか？」

「驚いた」トランクから立ち上がった男性は微笑んだ。「日本語がお上手ですね」

「ミヤチ・ノエミといいます」私は片手を差し出し、彼と握手をした。

「ウヅキ・フミオミです」彼は名乗った。「ええ、連絡船に乗り遅れたので、チャータして、乗せてきてもらったんです」

「いらっしゃいませ。ウヅキ様、ご案内いたします」ニモイが彼の前に進み出た。「あちらのケーブルカーへ、どうぞ」

　私は、道を少し先へ歩き、桟橋や海が見える位置まで来た。既に、クルーザは桟橋を離れていた。方向を変え、エンジン音が唸ると、後方から白い泡が海面に放出された。

ニモイに呼ばれたので、急いでケーブルカーまで戻った。ウヅキは、四角いトランクを引きずるようにしてケーブルカーの中へ運んだ。私が乗るとすぐに発車になり、トンネルの中に入った。

ウヅキは、ラフな服装で、ほかの招待客とは少し雰囲気が異なっていた。いろいろ話を聞いたところ、職業は画家だという。長くフランスに住んでいたが、今は日本に戻り、田舎で創作活動をしているらしい。

また、彼も、ドクタ・マガタに招待された理由がわからないと語った。それでも、オメガ城の噂は以前から聞いていて、有名な絵画が展示された写真に興味を持ったので、訪ねてみることにした、と話した。

私は、城を訪れているほかの招待客を、一人ずつ名前を挙げてウヅキに説明した。そのいずれの名前にも、彼は首を傾《かし》げ、知らないと答えた。そのような著名なゲストばかりだと知っていたら、遠慮して来ることはなかった、と苦笑した。

ケーブルカーが終点に到着するまでに、私たちの情報交換は終わった。その間、ニモイは一言もしゃべらなかった。無口な執事である。

ニモイが荷物を載せるカーゴへウヅキを案内している間に、私は階段を上がり、テラスに出た。海の方を眺めると、島から離れていくクルーザの航跡が見えた。しかし、エンジン音はまったく届かなかった。

ウヅキとニモイが階段を上がってきた。彼らは城の入口へ向かった。ウヅキは私に、広げた片手を軽く持ち上げた。

見上げると、四階のバルコニィの凹《へこ》みから、こちらを見下ろしているサイカワの顔が見えた。まだ、あそこにいるようだ。ほかに誰かいるのかもしれないが、彼以外はこちらを覗かなかった。テラスは城の陰《かげ》になるが、それでも寒くはなかった。日中の日差しで、石材が温められているせいかもしれない。また、さきほどまで吹いていた風も、今はほとんど感じられなくなっていた。夕凪《ゆうなぎ》の時間が近いのか。

招待された人の中で、よく調べていなかったのが、ジャネット・シモンであった。テラスのベンチに腰掛け、ポケットから端末を取り出して、私は彼女の名前を検索した。非常に多くのサイトがヒットし、彼女が著名人であることがわかった。ついでに、医者のルカス・ゾンネフェルトと画家のウヅキ・フミオミを検索したところ、圧倒的に少数ではあるものの、それでも多くのサイトが表示された。無名の人物ではない、ということは確かなようだ。つまり、招待されているのは、やはりなんらかの条件に合致した人たちなのではないだろうか。

ジャネット・シモンは、女性の社会的地位の向上を訴える運動の旗手《きしゅ》でもある。心理学者としてよりも、そちらの方での業績が評価されているような記述が目立った。若い頃の写真も見つけたが、スポーツ選手のような精悍《せいかん》な風貌で、いかにもマスコミ受けしそうな感じに見受けられる。

そのときちょうど、建物からそのシモンが出てきたので、私は慌てて端末のモニタを切り換えた。検索していたら本人が現れた、というのは、日本の諺《ことわざ》で何というのだったか、そうそう、噂をすれば影？

「どなたかを待っているの？」シモンがきいてきた。私が首を振ると、彼女は微笑んだ。「庭を散策してこようと思ったんだけれど、ご一緒にどう？」

「はい、喜んで」私は、微笑み返して立ち上がった。

白髪の老女ではあるけれど、基本的な美貌《びぼう》は顔の輪郭《りんかく》や目鼻立ちに寄与しているのか、少々こちらの目の焦点をずらすだけで蘇《よみがえ》る。彼女は、私よりも背が高く、肩幅も広い。華奢な感じでは全然ない。姿勢が良く、颯爽《さっそう》とした歩き方だった。

テラスから南の方向へ緩やかなスロープが延びていたので、シモンと私は並んで歩いた。先の少しだけ低い位置に、芝生と花壇によって幾何学的に色分けされた庭園が見えてきた。

そちらへ下りていくと、赤と黄色の花が咲き誇っている。あいにく、私は植物には疎《うと》いので、花の名前はわからない。話題にしないようにした。

「こちらには、取材でいらっしゃっているんでしょう？」シモンが尋ねた。

「はい、そうです。招待状が編集部に届いたので、私が代表して出席することになりました」これは嘘である。代表しているわけでは全然ない。

「いったい、何のために集まるのかしら？　ご存知？」こちらを見ないで、歩きながらシモンがきいた。当然の疑問であり、今ここで話題にするには、その切り口しかない。

「私もわかりません。皆さんとも、それを話題にしましたが、どなたもが、これといった理由を挙げられませんでした。出席者に共通点はないし、関係があったわけでもない。それに、ドクタ・マガタと交友があった方も、いらっしゃいません」

「マガタ・シキと交友がある人なんていませんよ」シモンは、ふっと息を吐《は》いた。「サイカワ先生が、だいぶ以前にお会いしているらしいですね。その後、マガタ・シキは、公の場に姿を見せていませんから、誰も会っていないし、会っていても黙っているはず。だから、秘密の人物になっているわけ。生きているのかどうかも、誰も証明ができないのでは？」

「いろいろ発言はあるようですけれど、本人のものかどうかはわかりませんからね」

「私の想像ですけれど、大勢のインテリが、彼女を囲い込んでしまっていて、それがまた何重にもなってブロックしている、みたいな感じ。そういった集団は、えてして秘密主義になるものです。外部からの弾圧を恐れて、存在そのものを消そうとする。何故なら、周囲の承認を得ることなく、確固たる真理を遂行できるシステムを容易に構築できてしまうから。まあ、一種の宗教ともいえます。カルトと呼ぶには、人数が多すぎますけれど。それだけの知性が集まれば、奇跡なんていらないってことですよ」

「一流の知性は、自然に最高の知性に引き寄せられる、ということでしょうか？」

「そうね、外界から見た印象としてですけれど……。でも、もう少し具体的に観察すれば、現代科学の大部分がコンピュータによって支えられていることが関与しているともいえます。そのコンピュータのシステムも能力も、それに情報工学の全般にわたって、マガタ・シキが君臨しているのは事実ですから、どうしても誰もが無関心ではいられない。それに、反発しようにも当人が現れないから機会もないわけ。姿を消し、名前も出てこない、揚げ足も取れない。そんな神には、どう立ち向かえば良いのかわからない。なにかをしようとすれば、そこに人間的な欲求を見つけ出して、攻撃することができます。でも、行動も見えない、意思も方向性も、そして政治性も経済性も表に現れてこない」シモンは、そこで両手を開いた。「とても上手《うま》いやり方だと思う。そんなやり方、誰も真似ができないでしょう？　だって、普通の人間は、普通に生きていて、普通に暮らしている。自分の満足のための欲求があり、周囲の人たちとの関係が気になっている。社会の中で雁字搦《がんじがら》めになっているんだから。そんな天使か悪魔のような人格には、立ち向かう時間もエネルギィもないってこと」

「シモン先生は、ドクタ・マガタを評価しているのですか？　それとも反対に……」

「私は、中立」彼女は首を振った。「でも、興味はあります。もし会えるのなら、会ってみたい。もっと人間的な問題、あるいは社会的なスタンスを、彼女に問いかけてみたい。人類の未来についても、直接語ってもらいたい。あの方は、本の一冊も書かれていないのですからね」

「そうですね。マスコミのインタヴューを受けて、公開されたこともありませんね」私は言った。「もし、ご本人がここにいらっしゃったら、取材させてもらえるものでしょうか？」

「もちろん、それくらいのことは直接会わなくてもできます」シモンは軽く笑った。「でもね、どんな顔をして、どんな声で、どんな言葉遣いで、話されるのかは、実際に見てみたい」

「はい、本当にそうですよね、まったく同感です」私は大きく頷いていた。「今まで、どうも私、ドクタ・マガタには会えるはずがない、と思い込んでいました。でも、ここまで来たのですから、是非お会いしたいと思います」

「まあ、無理でしょうけれど」シモンは口を歪めて、戯《おど》けた顔を見せた。

「もし、招待主が姿を見せないとしたら、いったい誰がこの集会を仕切るのでしょう？　主催者不在の集会になりますよね。皆さんは、どうされるおつもりなんですか？」

「そうね、まあ、宿泊料と食事代を請求されないことを祈りましょう」シモンはオーバに手を振った。「会計士か弁護士の先生がいらっしゃれば良かった。そう、どんな様子だったかを、撮影したり、録音しておいた方が良いかもしれない。のちのち証拠になりますから」

そのような可能性は考えていなかった。今回の招待が、すべて詐欺《さぎ》行為だというのか。それにしては、手が込みすぎている気がする。詐欺ならば、会費とか保証金の名目で、事前にいくらかを徴収しておけば、もっと簡単で効率的だっただろう。

そんな話をしているうちに、平面の庭の端に至った。そこから階段を上がる。城の南側にいるが、今は西日が当たって、オメガ城の建物のエッジをより鮮明に輝かせていた。上がった場所も平面的な庭園だったが、こちらは水を湛《たた》えた浅いプールのような場所がいくつかあり、そこに浮かんだ水草がピンクの花を咲かせていた。まるで人工的なもののように色鮮やかで、これらの管理には労力がかかるだろう、と想像した。

その庭が、城の西側に回り込んでいて、片側にはさらに高い岩肌が迫っていた。オメガ城は、山の頂上に建てられたのではなく、頂上はさらに西になるようだ。ただ、高い位置には緑が生い茂る森はなく、岩肌が剝《む》き出《だ》しになり、苔《こけ》などの植物が岩に張りつくように広がっているだけだった。

城を見上げると、塔の高い場所に赤っぽい光が当たっていた。低い場所は、高い岩の陰になった。私たちの場所から太陽は見えないが、日没までもう一時間程度だろう。

高い空を群れをなして飛ぶ鳥が真上を通り過ぎる。もちろん、鳥の種類はわからない。風は完全に止《や》み、ときどき鳥の囀《さえず》りだけが聞こえた。私は、ここの夜の静けさを想像した。星空が鮮明なのではないか。

「ノエミは、歳はいくつ？」シモンがきいた。ファーストネームで呼ばれたことに、少しだけ抵抗を感じた。おそらく、親しさを示したのだろう。

「私は、もうすぐ、この四月で、三十七歳になります」正直に答えた。

「若いんだ。私と二十以上離れているわけか」シモンが微笑んだ。

差が三十歳と言われても、驚かなかっただろう。しかし、二十以上ではあるので、間違いとはいえない。学者の発言としては、正しいといえるのか。

6

庭園は、城の周囲を巡ってはいなかった。途中で岩壁に遮られ進めなくなった。城へ入る大きな扉があったものの、私たちの力では開けることができなかった。内側から鍵がかかっているのだろうか。呼び鈴などもなく、ノックをしてみたが、素手《すで》で叩いても、大きな音にはならない。

諦めて、戻ろうとしたとき、扉の横の高い位置にある窓が少し開き、見知らぬ女性が顔を出した。私たちの方を見て、無言で左右に首を振った。

「ここからは、中に入れないのですか？」私は尋ねた。大きな声を出したつもりだ。窓の女性に届かないはずはない。

しかし、その女性は窓を両手で閉めてしまった。磨《す》りガラスなので、彼女が窓から離れるのが見えた。

「言葉が通じなかったんじゃない？」シモンが指摘した。

あれは、この城で働いているスタッフだろうか。黒髪で色白の痩《や》せた中年女性だった。私は、彼女に英語で話しかけた。もしかしたら、シモンの言うとおりかもしれない。しかし、このドアと指を差したのだから、だいたいの意味くらい通じそうなものではないか。

扉の内側まで来てくれるだろう、としばらく待ったが、なにも起こらなかった。内部から物音も聞こえなかったし、窓が再び開くこともなかった。私とシモンは、来た道を引き返すしかなかった。

歩きながら、城の窓をたびたび見た。来るときは庭園の草花や周囲の風景を眺めて歩いたので、その反対側になる。城には、窓が点々とある。それらのどこかに人の姿がないか、と自然に探した。しかし、どの窓も無人だった。広く開いている窓はなかった。カーテンなどで内部が見えないもの、さきほどと同じく磨りガラス窓、あるいはステンドグラスの窓も幾つかあった。

結局、最初のテラスまで戻り、正面の玄関からロビィに入った。それから、階段で二階へ上がり、客室前の通路で、私たちは別れた。シモンは、私の部屋の二つ手前、つまり三号室。サイカワの隣の部屋だ。ただし、ルームナンバの表示はドアや壁にはなく、配置図に記されているだけだった。

そのかわり、各ドアには真鍮《しんちゅう》製の飾りが取り付けられている。植物の葉や花、あるいは動物がモチーフになっていて、これが部屋ごとに異なっていた。シモンの部屋はリスで、サイカワの部屋はキツネ、私の部屋は小鳥だった。シモンがリスの部屋の中に消えてから、私は自室の鍵を開けて中に入った。

改めて、配置図を眺めてみた。この図には、外に出られる場所が正面玄関しか示されていない。普通のホテルならば非常口が明記されているものだが、ここではそういった配慮はなさそうだ。また、屋外の庭園も図にはなかった。さきほどの裏口が、どこだったのか、方角から西の端であることはわかっているが、どのフロアになるのかがわからない。城は平地に建っているのではなく、西へ行くほど高くなる土地に築かれている。正面のテラスから、西へ行くほど庭園も高くなった。しかし、三階、四階の配置図には、出口らしい箇所がない。正確に描かれた図ではなく、客が利用できる部屋の配置だけを示したものなのだろう。現に、料理をする厨房や、スタッフの部屋なども図には見当たらなかった。

自室で、ベッドに横たわり、少しの間、ぼうっとしていた。躰は休憩だが、頭は回転している。これから、どんなことが起こるのだろう。当然、ディナがあって、ゲストが一堂に会することになるわけだ。私を含めて七人のゲスト以外に、誰がテーブルに着くのだろう。ここへ来て出会ったのは、執事のニモイと、さきほどの窓の黒髪の女性の二人だけである。ニモイはスタッフが約十人いる、と話していたが……。

端末にメールが届いた。サイカワのファン、ソフィアからだった。パーティはまだなのか、とあったので、これから、と返す。ついでに、凄いメンバで、物理学者、数学者、心理学者、研究者、医者、画家の集い、と知らせておいた。ソフィアとは、是非ともサイカワについて話をしたかったのだが、次の機会にしよう。

あと一時間余りで始まるディナのために、持ってきたドレスを着る準備をした。到着したときトランクから出して、ラックに掛けてあった。女性のゲストは二人だ。自分一人でなくて良かったと思う。ドレスは、もちろん仕事柄、控えめなもので、グレィのワンピースである。目立ってはいけない役目なのだから。

まず、シャワーを浴びて髪を洗った。ミラーの前でドライヤで髪を整え、化粧をし直した。そういえば、ジャネット・シモンは、ほとんど化粧をしていなかったように見えた。女性にしては長身であるし、男性的に見えたのはそのせいだっただろうか。

いずれにしても、ゲストはごく少数で、パーティと呼べるような騒ぎにはなりそうにない。ダンスも踊らなくて良さそうだ。この種のイベントでは、ダンスの相手をさせられることが多く、うんざりする場合が多々あるのだが、ほとんどの場合、はしゃぎたがるのは、スポンサ側の重役連中である。出版社や提携会社からやってくるし、マスコミの中にもその種の人間が割り込む。今日は、参加するメンバからして、静かで落ち着いた食事会になりそうだ。

部屋には、テレビもラジオもなかった。ただ、ワイヤレスのネット環境は整っていたので、端末は快適に使える。キャビネットの上に、そのための案内が簡単に記されていたが、パスワードなどはなく、すぐに使えた。逆に、携帯電話の電波は当然ながらつながらないエリアのため、電話はネットを通じてかけることになる。

　端末を確認したが、電話はかかってきていなかった。船に乗るまえに編集長とは話したし、参加者についてはメールで伝えたので、もう連絡することもないか、と思う。

　ディナの時刻の五分まえに部屋を出た。ドアの鍵をかけていたら、隣のドアが開き、サイカワが姿を現した。彼は、ここへ来たときとまったく同じスーツだった。着替えてもいないし、メガネも同じだ。髪型は少し膨らんだように見えたのは、ベッドで寝ていたからではないだろうか。

「なにか発見されましたか？」私は指を振って尋ねた。サイカワが城内を見て回ったことについてである。

「そうですね、入れる部屋と入れない部屋がありますね」サイカワは歩きながら話す。

「それって、当然ですよね」私は吹き出した。

「すべての部屋に入れる場合もありますし、すべての部屋に入れない場合もあります。そうではない状況だ、という意味です」

「あ、はい、わかります」私は作り笑いで返した。

「もし、すべての部屋に入らなければならないのに、すべての部屋に入れないとしたら、どうしますか？」サイカワが真面目《まじめ》な表情できいた。

「え？　何ですか？　それは、なぞなぞですか？」

「そうです。なぞなぞです。そんな状況になったとき、活路はありますか？」

「活路ですか……」私は可笑《おか》しさを噛《か》み締《し》めて、考える顔をつくった。「そうですね、矛盾《むじゅん》している条件ですよね、それは。ですから……、どうしようもないのでは？」

「どうしようもない、と必ずいえますか？　例外はありませんか？」

「例外？　どういうことですか？　すべての部屋が入れないのに、すべての部屋に入ることができるような場合が存在するという意味ですか？」

「そうです。現に存在します」

「そんなの、ありえません」

通路から階段に移った。サイカワは先へ行き、私はドレスを踏んで転ばないように気をつけて上った。サイカワが出したクイズを考えたが、まっとうな答が存在するとは思えない。どこに抜け道があるだろうか。

「それ、真面目な問題ですか？　それとも、えっと、意地悪クイズですか？」

「真面目な問題です。数学的に考えて下さい」

「数学的に？」ますますわからないではないか。

「わかりませんか？」

「わかりません」

「簡単ですよ。いや、簡単というのは主観的すぎるかもしれない」サイカワは、踊り場で振り返った。「つまり、部屋の数がゼロだった場合は、両方の条件が成立します」

「は？　部屋がゼロ……」

サイカワは、くるりと背中を向け、また階段を上っていく。その変ななぞなぞを反芻《はんすう》しようとしたものの、それは非常識ではないか、というのが私の個人的意見だった。数学には、個人的意見を取り入れられないのは理解できるが。たとえば、ゼロ個のリンゴがあります、といったりする非常識さがあるのだ。日本語の方が不自然なのか。

広間のような部屋があって、通路側の両開きのドアが開けられた状態で、ドアストッパを用いて固定されていた。私たちは、その中へ入っていく。さきほどは、このドアは閉まっていたので、ガラス越しに中を覗くだけにした場所である。

部屋の形は四角ではない。かといって円形でもない。六角形か八角形だろう。しっかりと数えて確かめなかった。天井が高く、特に中央が一段と高くなっている。床はタイル張《ば》りで、幾何学模様が描かれていた。

中央にテーブルがぽつんと置かれ、周囲を椅子が囲んでいる。テーブルは八角形で、椅子は八脚だった。まだ、誰も座っていない。部屋の広さに比べるとテーブルが小さく見えるが、それでも、五メートルは優にあるだろう。その中央には、キャンドルが並んでいて、さらに一メートルほどの彫像が四体立てられていた。いずれも翼のある人間で、つまり天使ということだろう。

入ってきたドア以外に、二つのドアがあった。両方とも今は閉じられている。窓はなく、壁には、四枚の横長の絵画が掛けられていて、いずれも風景画だった。部屋には誰もいない。私は、部屋の壁の角を数え、八角形であることを確かめた。幅も奥行きも二十メートル近くある大広間だ。

配置図には、〈食堂〉と記されている。大人数でパーティを開くにはうってつけのスペースだろう。この部屋の外側は通路が巡っているので、外壁には面してない。だから窓がない、というわけである。城のほぼ中央部に位置するようだ。

　サイカワは、壁際を歩き、絵画を一枚ずつ見ているようだった。奥のドアの一つが開き、ニモイが現れた。

「食事は、ここですね？」私は尋ねた。

「はい、まもなくでございます」ニモイは答える。片手の袖にナプキンを重ねていた。

「席は決まっているのですか？」続けて質問する。「この部屋は、どちらが上座《かみざ》ですか？」

「どちらでもけっこうです。はい、特に上《かみ》も下《しも》もございません」

　ニモイは、テーブルにナプキンを置き始める。その様子を見ながら、人数を考える。ゲストが七人だから、テーブルの席が一つ余分である。それは、ドクタ・マガタの席だろうか。そうだとしたら、ぴったりの数になる。見ていると、ニモイは、ナプキンを八枚、つまりどの椅子の前にも、同じように置いていった。彼は、入ってきたドアへ戻り、外へ出ていった。

　同じドアがすぐに開いて、今度はニモイと女性の二人が現れた。ニモイがドアを開けている間に、女性はワゴンを押して入ってきた。二人はテーブルに近づき、皿を置き、ナイフやフォークをセットしていく。また、グラスも並べ始める。

　それらが一段落すると、女性はワゴンを押してドアから出ていく。ニモイは、壁際にあるテーブルに並んだボトルの前に立ち、飲みもののチェックをしたようだ。すぐにまたドアから姿を消した。

入口から話し声が聞こえ、現れたのは、数学者のアラン・レーヌと、心理学者のジャネット・シモンの二人だった。レーヌはディナ・ジャケットに着替えていたし、シモンも淡い黄色のドレスで、さきほどとはずいぶん雰囲気が違っていた。化粧をしたことが、一番の違いといえるかもしれない。二人は、私の方へ近づいてきた。

「変なテーブル」シモンが言った。「どこに座れば良いのかしら？」

「どこでも良いそうです」私は答える。

二人は、サイカワの方へ行き、三人で壁の絵について語り始めた。

物理学者のジェリィ・グリーンが一人で入ってきた。彼は普通のスーツ姿で、多少仕立ての良いものに着替えたのかもしれないが、昼間と大きな違いはないように見えた。続いて、医師のルカス・ゾンネフェルトと画家のウヅキ・フミオミの二人が、話をしながら現れた。部屋には時計はなかったが、おそらくちょうど六時になった頃だろう。全員が遅刻せずに集まったことになる。

ニモイが現れ、着席を勧めたので、皆が席についた。結果として、入口とは反対側になる席が空席となった。私は、サイカワとゾンネフェルトに挟まれた席に座った。

食前酒をニモイが注いで回る。彼が、食事を始めさせていただいてよろしいでしょうか、と尋ねると、皆は顔を見合わせながら、頷いた。誰かが、グラスを片手で持ち上げると、それに全員が従い、言葉もなく乾杯となった。

やはり、主人は不在ということのようだった。にこやかな表情を全員が維持していたが、内心がっかりしたのではないだろうか。

7

オードブルが行き渡り、ゲストはそれを黙って食べた。料理の説明はなかったが、私としては、非常に美味しい部類だと評価できた。むしろ、場の静けさが、料理に神経を集中させる効果があり、まさかこれを狙《ねら》ったのでは、と疑わせるほどだった。

「どうも、皆さん、口数が少ないご様子ですな」グリーンがフランス語で言った。

「それはそうでしょう。何を話して良いものやら……」シモンが呟くように言った。上目遣いで私の方を彼女は見た。

「ただの食事会、ということなのでしょうか？」私は釣られて話した。

「七人というのは、ちょうど良い数ではありませんか」レーヌが言った。「ぎりぎり一つの議題で話ができる。あとになって、誰が何を言ったのか、覚えていられる限界の数字でしょう」

「そうなんですか？」ゾンネフェルトが口をきいた。「なにか、そういった実験なり、科学的根拠があるのでしょうか？」

「そんなものはありませんよ」シモンが鼻から息を吐く。「もしあったとしても、万人に共通するはずがありませんし」

「統計的な数字として、人が記憶できる数の限界と聞いたことがあります」私は発言した。「七つの海、七つの不思議、七つ道具、といいます。根拠はあるのではないでしょうか？」

「あ、あの……」ウヅキ・フミオミが片手を上げた。少し腰を浮かせた姿勢で言った。「遅れて来ました、ウヅキといいます。日本人です。パリに長く住んでいたことがあって、私はフランス語がわかります。でも、皆さん、フランス語が通じますか？　サイカワ先生は、大丈夫ですか？」

　私も含め、全員が私の隣のサイカワを注目した。ここまでの会話はすべてフランス語だった。

「ぎりぎり、なんとかわかります」サイカワは、英語で答えた。「でも、話すのは、ちょっと難しい」

「では、英語で話すことにしましょう」グリーンが言った。「困る方は？」

　皆が顔を見合わせる。半分くらいが頷き、残りの半分は首をふった。グリーンの提案に賛成し、それで困ることはない、という反応のようだった。

「この集いの主催者であるドクタ・マガタが、サイカワ先生と同じ街の出身なのでは？」レーヌが英語で話した。「そうですよね？　彼女に直接会ったことがあるのも、サイカワ先生だけでしょう？」

「そうですか？」サイカワは問い返し、六人の顔をスキャンした。「だからといって、語るほどの情報を持ち合わせていません。なにか、そのうち主催者から我々にアナウンスがありそうな気もしますけれど……」

「そうそう、そういうドラマが多い」グリーンが応《こた》える。「録音の声が流れたりするんだ」

「それ、どういうドラマ？」シモンがきいた。

「だいたい、このような晩餐《ばんさん》に招かれ、主人がビデオで現れて、全員を集めた理由を語る、というわけです。そういう小説が幾つかある」レーヌが言う。「映画にもありますよね？」

「なにか事件が起こるのね？」シモンが、大袈裟に目を見開いて言った。「そうだ、毒見をしなくても良かった？」彼女は、そこで急に笑顔になった。

「サイカワ先生は、ドクタ・マガタの殺人事件を解決されたんですよ」グリーンが紹介する。おそらく、その事件のことなら誰もが知っているのではないか、と私は思った。

「孤島で殺人事件が起こる。警察はすぐに駆けつけられない。そして、さらにつぎつぎと被害者が増える。そんなやつですか？」レーヌがひょうきんな口調で捲《まく》し立《た》てた。「まあ、古典的な謎《なぞ》解《と》き小説にありがちなパターンです。しかしながら、今のこの状況は、かなり近いのではありませんか？」

「主人が現れない場合でも、ゲストの中に殺人犯がいるのね？」シモンが言った。

　奥のドアが開き、ワゴンを押してニモイが現れた。銀の大きな食器が載っていた。ゲストたちの話はここで中断した。少々冗談が過ぎるのではないか、と私は感じていたので、このブレイクには、ほっとさせられた。ニモイは、銀食器からさらにスープを取り分け、これを各自の前に置いていく。やはり七人分である。八人めの空席の前には、ナプキンと皿、ナイフとフォーク、それに空のグラスが並んでいる。遅れて来る主人を待っているようにも見えるが、はたしてそんなことがあるのだろうか。

　スープを配り終えると、ニモイは一礼し、部屋から出ていった。各自がスプーンを手に取り、スープを口へ運び始める。

「美味しい」シモンが呟いた。「このエレガントな食事が終わるまでは、誰も死なないでほしいものです」

「ドクタ・マガタの殺人事件は、密室殺人だった」グリーンが語った。「皆さん、ご存知ですか？　密室殺人を」

「知っていますけれど、お目にかかったことはない」シモンが反応する。

「現実に起こった事件としては、例があるのでしょうか？」私は問題提起をした。自分では知っているが、この方向で話題を盛り上げるのは趣向として面白い、と判断してのことだった。この私でも、いちおうのマスコミ根性を持ち合わせているのだ。

「パリであったのでは？」ウヅキが言った。「ニュースでやっていたと思います」

「でも、大きな問題にはなりませんね」レーヌが言う。「なにかを見落としていただけのこと。最初は一見密室に見えた、でも調べてみたらちゃんとした理由があって、見当違いだったことが判明する、というものでしょう」

「それよりも、科学的証拠が優先されますね。今は、なんでもかんでもＤＮＡ」ゾンネフェルトが言う。「それに最近では、いたるところにカメラがある」

「実際問題として、殺人現場が密室になっていても、特にどうってことはないでしょう？」グリーンが言った。「大袈裟に取り上げるような条件ではない、ということです」

「物理学者は、たしかにもっと不思議なことに頭を悩ませているわけですからね」レーヌが言う。「量子力学的に見た場合、そもそも密室という条件が成立しないのでは？」

「まあ、そうですね」グリーンは微笑んだ。「逆にいえば、どんな可能性も現実となりうる世界が用意されます」

「わからない」シモンが言った。「もっと、面白いお話をして下さらない？」

「世界は、可能性に応じて増殖している。無数の世界が存在するというわけですよ」レーヌは言った。「充分面白いのでは？　駄目ですか？　シモン先生」

「私、あのシュレディンガの猫……、でしたっけ？　あれがわからない」シモンが口を尖らせて言った。「何度説明を聞いても、全然納得がいかない。結局、あれはどういうことなんですか？」

「百年近くまえの古典です」グリーンが微笑んだ。「こんな変なことになってしまうじゃないか、といちゃもんをつけたつもりが、その後は、この現実世界を説明するための常套的《じょうとうてき》比喩《ひゆ》になった、というだけのジョークです。信じるとか、信じないとかでもないし、今、シモン先生がおっしゃったように、納得するような問題でもない。我々が納得するかどうかなんて、大きな意味はありません」

「もっと、実《み》のあるお話が聞きたいと期待する気持ちは、許してもらえます？」シモンが微笑んだ。「たとえば、あの絵は、価値のあるものですか？」彼女は、壁に掛かっている風景画を指さした。

「著名なものではありませんけれど、大変価値があるものだと思います」ウヅキが答えた。「この城には、絵を見る目が確かな方がいらっしゃることはまちがいない。そうとうな資産といえると思います」

「へえ、そうなんですか」ゾンネフェルトが唸った。「具体的に、どれくらい？　どの絵が一番高いんですか？」

「この食堂のものは、描かれてまだ新しいものでしょう。私も全部を見たわけではありませんけれど、この上の階のホールには、一流美術館に展示されても不思議ではない作品が数点ありました。無造作《むぞうさ》に掛けられていましたが、保守は大丈夫なのでしょうか？」

「それは、セキュリティという意味ですか？」ゾンネフェルトが尋ねる。

「それはもちろんですが、湿度管理、あるいは紫外線の防御などです」ウヅキが答えた。

「セキュリティは、大丈夫でしょう。ここまで盗みにくるとは思えない」グリーンが言った。

「ここに、そんな宝物があることが知られていなければ、ですが」

　ニモイがドアを開けて入ってきた。ワゴンを押している。皿が七つ並んでいた。次の料理のようだ。

　メインディッシュを配っている途中、ウヅキがニモイに絵画の管理を誰がしているのか、と尋ねた。ニモイは、専門のスタッフがおります、とだけ答える。彼は、飲みものについて、全員に尋ねたが、誰もリクエストをしなかった。

　それ以外には、ニモイはなにも話さず、食堂から出ていき、しばらく、料理を食べる食器の音だけになった。

　これだけの料理を作るのだから、プロの料理人がいることはまちがいないだろう。絵画の管理をするスタッフ、庭の管理をするスタッフ、それぞれ専門職が常駐しているのだろうか。ニモイのほかには、給仕をする女性が一度姿を見せたが、その後は現れなかった。

「ここには、どんな楽しみがあるのかな」レーヌが話し始めた。「料理は最高に美味《うま》い。だから、文句はありません。ですけれど、食事をするために船に乗ってここまできたわけじゃない。皆さんも、そうでしょう？　ここには、なにか期待するものがなくてはならないはず。皆さん、何を期待されたのですか？」

「私は、静けさ」シモンが答えた。「忙しいし、騒々しい毎日ですから、ゆっくりとした時間を持てるのは、この上なく贅沢といって良いと思う。来て良かったと感じていますよ」

「素晴らしい絵を間近に見られただけで、私は満足しています」ウヅキが言った。

「あまり発言されていませんが、サイカワ先生は、いかがですか？」グリーンが尋ねた。

「そうですね、特に不満はありません」彼は短く答えてから、私の方を見た。「ミヤチさんは？」

「え？　私ですか……、その、皆さんのお話を聞くのが私の役目です」私は微笑んだ。急に話をこちらへ振らないでほしい、という視線をサイカワに返したが、彼はもう私を見ていなかった。

「なにかスペシャルなことが起こるのではないか、と期待はしていますけれど」

「事件が？」レーヌがきいた。

「いいえ、それは、ちょっと困ります」私は苦笑する。

「そう？　願ってもないことなのでは？」シモンが呟いた。

ニモイと女性の二人が、ドアから入ってきた。二つめのメインディッシュのようだ。まず、ニモイが、飲みもののリクエストをきく。軽く手を挙げたのは、レーヌとゾンネフェルトだった。

二人ともワインがあるか、と尋ねたようだ。もう一人の女性給仕は、ステーキの皿を各自の前に置き、古い皿を片づけて回った。

私は腕時計で時刻を確認したが、まだ六時半だった。早々と食事が終わってしまいそうだ。

「なにか、ここのマスタから、私たちにメッセージはないのですか？」レーヌが、ニモイがそばに来たときに尋ねた。みんながそちらへ注目した。

「あいにく、そのようなものを預かっておりません」ニモイはすぐに答えた。反応の速さから、予期された質疑応答だったように思われる。

「ただ、食事をさせろ、と指示された、ということ？」レーヌがさらにきいた。

「ゲストの皆様をおもてなしするように、と仰せ付かりました」ニモイが答える。

「そう……、では、今のところ、順調。問題なしってことだね？」レーヌが言った。

ニモイは、一礼し、ワインを持って参ります、と言い残して、部屋から出ていった。女性給仕も、料理が行き渡ったところで一礼し、ドアから姿を消した。

「こんなストイックなディナは、珍しいのではないでしょうか」レーヌが言う。

「ストイックなのは、悪くはない」グリーンが呟いた。

「ダンスを踊る機会がなくて、ほっとしています」私は日本語でサイカワに囁《ささや》いた。ほかに言葉が通じるのは、ウヅキだけだと思われるが、彼は私から一番遠い席だったので、聞かれなかっただろう。サイカワはまったくの無反応だった。

8

食事会と呼べそうなイベントは、一時間ほどで恙無《つつがな》く終了した。まさに、その表現のとおりだった。それ以上でも、それ以下でもない。不満は誰も口にしなかったものの、もちろん、満足している者は一人もいなかったのではないだろうか。

デザートを食べ終わり、コーヒーか紅茶がテーブルに届けられた。ワインを飲んでいるのは二人だけで、五人はアルコールを飲んでいない。スパークリングウォータがグラスに残っていたが、既に泡はほとんど消えていた。

ニモイは、どうぞごゆっくりと、と言い残して姿を消した。これで、本当に終了なのだろうか、という空気が七人を包み込んだようだった。

「長い夜になりそうな雰囲気ですね」グリーンが呟いた。

「時間は不確定な尺度ですから」レーヌが言った。「皆さん、アルコールを断っていらっしゃるのですか？　なにか過去に過《あやま》ちがありましたか？」

これには、誰も答えなかった。レーヌの話し方もジョークっぽい調子ではあった。アルコールがあれば夜を短くできる、という意味合いがあったのだろうか。

「たとえば、ここには音楽というものがありませんね」ゾンネフェルトが言った。ずっと英語で会話をしてきたが、これはフランス語だった。

「音楽？　ああ、そういえば」レーヌが言った。「でも、どちらかといえば、静かな方がよろしいのでは？」

このとき、ウヅキが背筋を伸ばし、私の方を見て、驚いた顔になった。また、シモンが持っていたカップを急に皿に戻し、その音が鳴った。

彼らの視線は、私ではなく、私の背後に向けられていたのだ。

開いたままだった通路側の入口から、真っ白のドレスの女性が静かに入ってきた。長いストレートの黒髪に赤い唇《くちびる》。テーブルへ真っ直ぐに近づき、そこで立ち止まると、ゆっくりと優雅にお辞儀をした。

私は立ち上がっていた。隣のサイカワも立ち上がり、彼女と正対した。

全員から、小さな驚きの声、あるいは呼吸が漏れた。

「マガタ博士」サイカワが日本語で呟いた。

彼女は、テーブルの左へ回り、唯一の空席まで歩く。椅子を少し引いたあと、そこに腰掛けた。

このとき、ゲスト七人は全員が立ち上がっていた。

誰も話そうとしなかった。言葉が出なかったのだろう。

私も、息を飲んでいた。呼吸すると喉《のど》が震えているのがわかった。

彼女の青い瞳が、全員を見回した。

「どうか、楽になさって下さい」マガタは、穏《おだ》やかな発声だった。七人が着席するのを待ったあと、僅かに首を傾け、再び青い瞳でゲストの顔を順に巡る。

表情は微笑んでいる。一巡したところで、一度短く目を閉じた。

「来るつもりはなかったのです。私の名前で皆さんが集められたことを知りました。責任を感じたわけでもありませんが、ちょうど近くにおりましたので、皆様のお顔を拝見して、お言葉を聞くのも一興《いっきょう》と思いました」

彼女は英語で話していた。非常に滑らかな発音で、インテリジェンスが滲《にじ》み出《で》る口調だった。これまでに、ドクタ・マガタが話す動画を見たことがあったが、そのとおりのものが現実に、今私の前に展開しているのだ。

「近くとはどこか？　どうやってここへ来たのか？」マガタは続ける。「そう思われたでしょう？　潜水艦に乗っておりました。今、沖で待たせてあります。サイカワ先生……」

私は、隣のサイカワを見た。背筋を伸ばして、マガタを見つめたまま動かない。緊張しているのか、額から汗が流れていた。彼は、返事をしたが、ほとんど声にならなかった。

「お久しぶりです」マガタはまた首を少しだけ傾げる。「貴方《あなた》がいらっしゃるとは思いませんでした。意外です。私が意外に思うことって、珍しいのですよ」

「あの、何のために、こちらへ？」サイカワが英語で尋ねた。

「目的はさきほど申し上げたとおり、一興」マガタが答える。彼女は視線を逸らして、グリーンを見た。「グリーン先生の最近の著書は読ませていただきました。あの方法でしか合理的な解決はない、しかし、その結果現れるものは、あまりに複雑。そんなジレンマをお持ちのようですが、おそらくは、あの本を書かれたことで、お諦めになったのではないですか？　いかが？」

「あ、はい。そうともいえます。いえ、ほぼ、そのとおりです。私はもう年齢的に、これ以上のステージには到達できないと感じています」

「残念なことです」マガタは、視線をレーヌへ向けた。「レーヌ先生には、期待しております。コンピュータ技術者は、固唾《かたず》を飲んで見守っております。ただ、どんな形であれ、その応用技術は長続きはしません。十年くらいかしら。でも、十年といえば、ほっと一息つける時間」彼女は視線を移した。「シモン博士は、私のことをご存知ないのでは？」

「いいえ。存じ上げています。博士のファンです。お会いできてとても光栄です」

「ゾンネフェルト先生は、いつか私たちがお世話になることでしょう」

「え、どうしてですか？」ゾンネフェルトは、驚いた顔で立ち上がりそうになった。「どんな関係のお話でしょうか？　失礼、突然のことで……」

「まだ、今は話せませんけれど、そのうちに」マガタは、隣に座っていたウヅキを見つめる。

「ウヅキさんとおっしゃるのね、初めまして。面白い方だこと」

「え、何がですか？」ウヅキは顔を紅潮させる。「私が……、面白いですか？」

「よくいらっしゃいました。絵を見にいらっしゃったのね？」

「あ、はい……」ウヅキの顔がますます赤くなる。

「ミヤチさん」マガタは、私を真っ直ぐに見た。「はじめまして。編集長がこちらへ来られない理由を、ご存知かしら？」

「え？　いいえ、私は知りません」私は首をふった。

「編集長は、周囲には、こちらへ出張すると伝えているみたい」マガタは、そこで自分の口を片手で押さえた。「あら、余計なことを話してしまいました。忘れて下さい。でも、よくいらっしゃいました。お土産にと思いまして……」

「お土産ですか？」私は、その言葉を繰り返した。気がつくと、マガタは私に対しては日本語で話していた。うちの編集長と関係がある人間には、聞かれてはいけない情報だったからだろうか。

「あ、あの……」私は立ち上がっていた。「マガタ博士、お願いがあります」

「写真を撮らせてくれ……と？」彼女が言った。

「写真を……、は、はい、そのとおりです。駄目でしょうか？」

「ご自由に」マガタは微笑んだ。「ただ、どこかに集まって、皆さんとご一緒にといった時間はありません。私はこれで失礼いたします」

マガタは立ち上がった。私は、足元のバッグからカメラを取り出していた。慌てて、レンズをマガタに向け、シャッタを切った。

彼女は一礼してから、今度はテーブルの右へ回り、ゆっくりと歩いた。私は何度もシャッタを押した。マガタは、私とサイカワの後ろまで来たところで、テーブルの方を向いて立ち止まり、一礼した。

「短い時間で、本当に申し訳ありません。皆さんにお会いできて、楽しい時間が持てました。どうもありがとう」

マガタは背中を向け、通路に出る方向へ数歩進んだが、そこで立ち止まり、再び振り返った。

このときには、ゲストは全員が立ち上がっていた。

「いえ……、これは蛇足《だそく》」彼女は首を傾け、片手で長い髪をゆっくりと払う。「これから起こることに、ご注意される方がよろしいと思います。でも、私にはどうすることもできません。人間というものは、そういうものなのです。ほとんど無力、ただ呼吸をし、老化し、死んでいくのですから、一時の迷いも、トゥリヴィアルな揺らぎ……。では……」

彼女が通路へと出ていくところを、全員が無言で見守った。

誰も追おうとはしなかった。

私は飛び出していって、彼女にインタヴューしようかと真剣に考えたが、椅子に腰を下ろすと脚が震えていた。

9

全員が溜息《ためいき》をついたあと、フランス語と日本語と英語が行き交った。独り言なのか、囁きなのか、隣どうし顔を見合わせ、首をふったり、手を振った。そのうちに、ほとんどが笑顔になり、グリーンやレーヌは声を上げて笑った。

「私たちは、ドクタ・マガタに会ったんだ。彼女をこの目で見たんだ。凄いじゃないか」グリーンが言う。

「招待されても、本気にしなかった連中が、きっと悔《くや》しがりますよ」レーヌが続けた。「素直な七人だけに、ご褒美《ほうび》をということでしょう」

「そうなんですか？　招待されたのに、参加しなかった方を、どなたかご存知ですか？」私は全員にきいた。しかし、誰も答えなかった。

「ミヤチさんも、良かったじゃないか」テーブルのむこうのレーヌが、笑いながら私に言った。「これで、今回の集いが記事になる。決まりだ。皆さんも、登場できる。一人ずつ、写真を撮った方が良い。もちろん、顔出しはしないという人は別だけれど」

　私の質問を誰も聞いていなかったようだ。

「ドクタ・マガタって、おいくつになるの？」シモンが言った。「モデルのようだったじゃない」

「それよりも、声が洗練されていたね」グリーンが言う。「発音も綺麗《きれい》だった」

「録音しておけば良かった」私は言った。

「なんだ、レコーダを持っていなかったわけ？」シモンが言う。「誰か、録音していなかった？」

　皆が顔を見合わせたが、どうやら静止画以外の記録はなされなかったようだ。

　それから、今のマガタ・シキは、本物だったのだろうか、というテーマで話し合った。全員がサイカワに注目することになった。

「たぶん、ご本人だと思います」サイカワは答える。「いつまでも、お若いな、とは思いましたけれど」

　映像的なトリックでもないし、もちろんロボットでもない。そういったことで意見交換をした。科学的に考えられる人材が集まっているので、この点では信頼がおける目撃者といえるだろう。

「潜水艦で来たと話していたが、あれは、本当だろうか？」ゾンネフェルトが発言する。「プライベートで移動するのに潜水艦を使っているというのは、信じがたい」

「潜水艦を住まいにしている、という記事を読んだことがあります」私は言った。「そもそも、彼女を匿《かくま》っているのは、アメリカでしょうから、それくらいのことは充分にありえるのではないでしょうか」

「宇宙ステーションにいる、という記事を読んだことがあるけれど」シモンが言った。

奥のドアが開いて、ニモイが現れた。全員が静かになった。彼はテーブルに近づき、飲みもののリクエストを尋ねた。

「ドクタ・マガタが来たことを、君は知っているの？」グリーンが尋ねる。

「はい、直前に連絡を受けました」ニモイが無表情で答える。「もう、お発《た》ちになりました」

コーヒーと紅茶のお代わりを皆が要望した。ワインの追加を、レーヌたちは要求しなかった。酔いたいのではなく、鮮明な思考能力を望んだのだろうか。ニモイはドアから出ていった。

「つまり、この城の主人だと解釈しても良いということかな」グリーンが全員に言った。「しかし、その彼女自身が、来るつもりはなかった。たまたま聞きつけたから寄った、というようなことを話していた」

「そう、しかも、自分の名前が使われた以上、責任がどうこう、とも」レーヌが言った。「そうなると、彼女自身がこの集いを企画し、私たちに招待状を送ったのではない、という意味になります」

「では、誰が招待したというの？」シモンがきいた。

「その点を、もう一度、彼に、ニモイさんに尋ねてみよう」グリーンが意見をまとめたようだ。

新しい飲みものを用意して、ワゴンを押しながらニモイが再び現れた。新しいカップを置き、古いカップを回収し始める。グリーンは、ニモイが自分の前にカップを置いたタイミングで質問した。

「私たちを招待した人物は、この城の主人なんだよね？　でも、君は会ったことがないと言う。スタッフの誰も、主人を知らないということ？」

「はい、さようでございます」ニモイは、カップを手にしたまま答えた。

「では、どうやって採用されたのかな？」

「私の場合は、メールでやり取りをした上で採用されました」

「そのとき、城主氏は、何と名乗っていたわけ？」

「名乗ってはいらっしゃいません。オメガ城で仕事をしてもらいたい、と依頼を受けました」

「でも、ドクタ・マガタが急に連絡してきて、君は彼女を迎え入れた。彼女は、城主ではないのに？」

「城主様から、連絡を受けました」ニモイは話した。「マガタ様がいらっしゃると」

「ああ、そういうことか……。城主氏とは、頻繁《ひんぱん》に連絡を取り合っているわけだ。であるならば……、我々とも、是非コミュニケーションを取ってもらいたい。姿を見せないまでも、話くらいはできるのではないだろうか?」

「かしこまりました。お伝えしておきます」ニモイは落ち着いた口調で頭を下げた。

ちょうど、飲みものが行き渡ったところだったので、彼はそのままワゴンを押して、ドアから部屋を出ていった。彼がまだいるうちに、グリーンは、ほかの者たちに向かって両掌《りょうてのひら》を上に向け、戯けた表情をつくった。

「あの、ドクタ・マガタが言っていた、注意をした方が良いというのは、なにかに対する忠告なのでしょうか?」珍しく、サイカワが発言した。「あ、つまり、我々が今、なんらかのリスクを抱えている、あるいは、なんらかのミスを既におかしている、ということを指摘したようにも聞こえましたが、いかがですか?」

「そうね、わざわざ最後にあんなことを……、ね……。ちょっと不自然に感じなかった?」シモンが言った。「自分にはどうすることもできない、とも……。なにか心当たりのある方、いらっしゃるかしら?」

全員が顔を見合ったが、多くは首をふった。

「ただ、ここにいる人たちのことは、よくご存知でしたよね」私は発言することにした。「誰が出席しているかを把握していました。それに、顔を見ただけで、誰が誰かもわかったように見えました」

「それくらいは、普通では?」レーヌが言った。「私たちは、招待状に誰が出席するか、サインをして送っているのだから」

「最初から、この七人だけを招待した、ということはありませんか？」私は思いついたことを話した。つまり、大勢に招待状を送ったのではない、という意味である。

「そうだとしたら、この七人を集めた理由が、なにかあるはずでしょう？」ウヅキが言った。

「いや、私だけ、なんか異業種では？　どうして、ここに呼ばれたのか、意味がわかりませんよ」

「いえいえ、そもそも全員が異業種です」グリーンが微笑んだ。「私が見たところ、なんの共通点もない。職業だけではない、国も違う、年齢も、性別も、ばらばらです。特にお互いが知合いというわけでもない。そうですよね？」

「そうね、親しい人は一人もいない」シモンが言った。

「私もです。自分が選ばれた理由を、是非知りたいですな」ゾンネフェルトが言った。

「名前を知っていた、雑誌かテレビで見たことがある、というくらいでしょう？」レーヌが言う。「事前にメールや手紙のやり取りをしたという関係の方たちは、いらっしゃいますか？」

　全員が首をふった。

「ドクタ・マガタと関係があった人もいない。サイカワ先生以外には」グリーンが言った。「ドクタ・マガタと連絡を取った、取ろうとしたという方は？」

　また、全員が首をふった。グリーンは、両掌を上に向けるジェスチャを再度見せた。

「ちょっと待って下さい」レーヌが片手を挙げた。「でも、少なくとも、皆さんは招待を断らず、遠路はるばるこんな場所まで来たわけですよね。その点では共通している。普通なら、何が目的かわからない誘いに応じることはないと思います。変じゃありませんか？　何が皆さんをここまで導いたのですか？」

「そういう貴方は、どうしていらっしゃったの？」シモンが尋ねた。

「それは、そう、どうしてなんでしょうね、その、たぶん、ちょっと面白いことが最近なくて、一人で旅に出たいなとも考えていたので、ちょうど良かったというのか、もちろん、マガタ・シキへの憧《あこが》れもありましたし」

「うん、なるほどね」シモンは頷いた。「抽象的には、私も同じだといえるかもしれない。刺激が欲しかったのね。大きな仕事が一段落したというタイミングもあったし」

「私は、純粋に、学問上のインスピレーションを求めてきた」グリーンが言う。彼はそこで溜息をついた。「ときどき、こういった旅が必要になるものだよ」

　残りの四人は、お互いの顔を見ながら譲り合ったが、年齢のためかゾンネフェルトが次の発言者となった。

「私の場合は、これといって理由はありません。仕事の関係で、つい最近ほとんど引退のような立場になり、時間的な余裕があったことが一番大きいでしょう。あとは、好奇心でしょうか。やはり、招待主の名前に惹《ひ》かれました。だから、来た甲斐《かい》があったというものです。土産話としては最高ではありませんか。たぶん、あちらこちらからインタヴューを申し込まれることになります。皆さん、そうですよね？　内緒にしなければならない、といった制約はありませんよね？」

「ないと思います」グリーンが頷いた。

「船に乗り遅れたときは、もう諦めようかと思ったんですよ」次に、ウヅキが語った。「でも、来て良かった。私は科学には無縁の人間ですが、それでもマガタ・シキのことは知っている。子供のときからです。日本では神様のように扱われているんです。だから、理由とか、そういうのではなくて、ただ、もし会えるのなら、お目にかかれるのなら、という単純な動機で参加の申し込みをしました。感情というか、直感です」

　私とサイカワは顔を見合った。当然、サイカワがさきだろう、と私は手で促した。

「そうですね、どうして来たのかな……」サイカワは指でメガネを持ち上げた。「白状しますが、実は、招待状は、私のところへ届いたのではありません」

「え?」私は思わず声を上げてしまった。「誰のところへ届いたのですか?」

「私のごく近い人にです。私は、その人の代理で来ました。もちろん、私が参加することは事前に主催者に知らせてあります。代理でも良いという連絡も受けました」

「誰が連絡してきたのですか?」グリーンが尋ねた。

「わかりません。オメガ城の集いの招待主、とありました。皆さんのところへ来たのも、差出人は同じだったのでは?」

　全員が頷いた。

「それで、サイカワ先生は、どうして参加しようと思われたの?」シモンが尋ねた。

「はい、まあ、なんというのか、日本語だと、これを悪魔が割り込む、と表現しますが、つまり、テンプテーションに屈したわけです。もう一度、ドクタ・マガタに会いたい、という欲求です。ただ、ほとんどそれはありえないことだと認識していました。だから今も、さきほどのことが信じられません。奇跡といえば、そうでしょう。でも、なにか、違う感覚というのか、引っかかるものがあります」

「どんなところにですか？」私が尋ねた。

「私たちは、見えるところだけを見せられている、ということでしょうか」サイカワは答えた。「裏側が見えない。当たり前の話です。それを強く感じます。裏側に何があるのかは、今は見当もつきません。でも、いずれ明らかになることでしょう。これだけの頭脳が揃《そろ》っているのですから」

　話を聞いている全員が、何度も頷いていた。そこで、しばらく沈黙の時間となったが、やがて、みんなの目が私を向いた。

「困りました。私は、皆さんと条件がだいぶ違っているように思います」私は話した。「もうお話ししたとおりです。招待状は、うちの編集部に届きました。編集長宛《あて》でした。でも、彼は都合で来られなかった。でも、断るには惜しいと考えたのだと思います。どなたに会えるのかわかりませんでしたが、招待主がドクタ・マガタなのですから、かの天才が誰を招待したのかだけでも記事になる、と私に言いました。私は、上司の指示に従っただけです。すみません、お恥ずかしいかぎりですけれど……」私は頭を下げた。

「いや、なにも恥ずかしいことではない」グリーンが言った。「ほかの者はみんな、遊びで来たのに、君は仕事で来たわけだから、君の方が立派だ」

「そうそう」シモンが頷いた。「編集長の判断は正しいと思う」

「はい……、そう言っていただけると……」私は微笑む。

「サイカワ先生とご関係の、本来の招待客の性別は？」シモンがサイカワにきいた。

「女性です」サイカワが即答した。「それは、私も少し考えたところです。七人のうち二人は、女性が招待されたということになります」

10

「いや、実は……」ゾンネフェルトが片手を持ち上げた。「私のところへ来た招待状は、うちの病院宛、院長宛でした。つい半年まえまで、私が院長でしたが、私は退職し、今は違います。現在は、私の妻が院長です」

「では、女性が三人だったということですね」サイカワが言った。

「なにか、意味がありますか？」グリーンがサイカワを見据えて尋ねた。

「いえ、はっきりとはお答えできませんけれど、なんとなく、ちょっと不思議な感じが」

「どういった点が不思議なのですか？」グリーンがさらにきいた。

「このような場合、普通なら、何人で出席するのかを問うような文面になります。でも、今回は参加者として一名を書くように促された文面でした。かといって、最初から個人を指名するようなものでもない。もしそうなら、参加する人間の名前を書けとはいわないはずです」

「それに、どんな意味があるのでしょう？」グリーンが首をふる。

「今は、全然わかりません」サイカワが謝った。「申し訳ありません」

「いえ、謝るようなことではない」

「グリーン先生とレーヌ先生は、個人宛だったのですね？　いかがですか？」サイカワがきいた。

「私は、一人で暮らしている」グリーンが笑顔のまま答えた。「妻とは別居中だよ。招待状は私宛だった」

「これは、失礼」サイカワが小声で言った。

「私も、今は独身のようなものです。いちおう妻も娘もいますが」レーヌが言った。「招待状は、私宛のものでした」

「シモン先生は？」サイカワが尋ねる。

「論点がずれていませんか？」シモンが苦笑した。「私は既婚者ですが、手紙は私宛でした。意味がある情報とは思えないけれど」

「何が意味のあることなのかを探っている段階です」サイカワは、抑揚《よくよう》のない口調でそう言うと、椅子の背にもたれた。

　ここでまた、しばらく静かになった。話が尽きたとは思えない。むしろ考えることが多すぎて、頭の中で整理がつかない状態なのではないか。私自身は、はっきり言って、大いに疲れた。こんなに気を遣う食事会は初めてだと思えた。

　食堂にニモイが現れた。沈黙が伝わったのかもしれない。良いタイミングだった。彼は、隣の娯楽室でアルコールなどのサービスができる、と話した。そこで、全員がそちらへ移動することになった。

「この城は、戸締りなどはしているの？」シモンが通路を歩いているときにニモイに尋ねた。

「戸締りは、各部屋でするようになっております」ニモイはそう答えた。城の出入口には、施錠をしないのだろうか、と私は思った。

もちろん、島にはほかに誰もいないだろうし、船着場もあの桟橋だけだという。となると、ケーブルカーに乗らないかぎり、オメガ城まで上がってくることはできなそうだ。おそらく、人が歩く道くらいはあるだろうが、夜にそんなところを歩きたくない。部屋に鍵がかかれば充分だろう。

しかし、少しだけ気になったのは、ウヅキが話していた価値のある絵画である。ほかにも、城には宝物に近いものがあるのではないか。この点は、あとでニモイに質問してみよう。

食堂から出た通路には窓がある。屋外は真っ暗闇だった。光るものは、ほぼ真下にしかない。それは玄関前のテラスのようだった。食堂から、同じフロアを十メートルほど歩き、ニモイがドアを開けた部屋に、全員が入った。

娯楽室は、一面に絨毯《じゅうたん》が敷き詰められ、ソファ、バーカウンタ、ビリヤード台などがまず目に入った。ニモイは、カウンタの中に入り、カウンタのシートには、レーヌとゾンネフェルトとウヅキが腰掛けた。さっそく、カクテルを注文したようだった。残りの四人は、向いあったソファに腰掛けた。壁にはスクリーンがあるので、映画を見られるのかもしれない。時刻はまだ七時を回ったところ。ずいぶん早い時刻といえる。

「ビリヤードは、誰もやらないの？　あそこにダーツがあるけれど、する人はいない？」シモンが指さした。

「ここまで来て、することでもないかと」そう答えたのはグリーンだった。「ああ、リラックスできる場所だね。日頃、同業の人間とばかり話をしているから、こういった場は貴重です」

「ドクタ・マガタの動画を撮らなかったのが悔《く》やまれます」私は呟いた。「だんだん、その残念さで胸がいっぱいになってきました。アルコールを飲もうかしら」

「動画を撮ったら、なにか良いことでも？」サイカワが尋ねた。

「いえ、そう……、これといって、ありませんね。ネットにアップしても、注目を集めないかな」

「その手のものは、沢山既にありますよ。ほとんどが合成、つまりＣＧですけれど」サイカワは微笑んだ。「本物だといくら主張しても、信じてもらえないと思います」

「本当に、本物でした？」シモンが前屈《まえかが》みになって、サイカワにきいた。

「たぶん」ソファに深く座っているサイカワは、短く答える。

「本当に本当に？」シモンが迫る。

「百パーセント言い切れる、ということはないと思います」サイカワは口許を少し緩めた。

「そっくりの人物、整形手術をして、メークをした人、といった可能性はあります。ただ、そうだとしても、通りすがりの人ではない。意図的な行為になりますし、この城とも関係がある人物でしょう」

「ゲストへのサービスだったとしたら、あまりにも短すぎるような気がする」グリーンが呟いた。「どうだろう、実質、彼女は一分間か二分間しかいなかった。長く、ここに滞在できない理由があったんだね」

「それは、もちろん……」サイカワが言った。「警察に通報されたり、我々の誰かがネットで彼女が現れたことをリークしたりすると面倒だからですよ」

「犯罪者だからですね」私はきくと、サイカワは頷いた。

ドクタ・マガタは、過去の殺人事件の容疑者として指名手配されている。もう時効になっているのかどうか、私は知らないが。

振動音が聞こえる。私の端末にメールが届いたのだ。バッグから取り出してモニタを確認すると、友人のソフィアからのもので、短い一文だった。

〈The Black Widowers?〉

「ブラック・ウィドウって?」私は呟いて、首を傾げた。

隣のサイカワが、軽く頷いたので、彼の顔を見据える。

「アジモフを知らない?」私の視線を受け止め、サイカワが言った。

「知っています」私はそう答えてから、ようやくその意味に思い当たった。「そうか、黒《くろ》後《ご》家《け》蜘《ぐ》蛛《も》の会ですね?」これは、サイカワに囁いた日本語である。

アイザック・アジモフという著名な作家が著したシリーズ短編のことで、黒後家蜘蛛の会のメンバたちが、数々の謎について話し合う、といったパズル・ストーリィとして、ミステリィファンの間では有名な作品といえる。

「私、読んだことがありません。名前だけは知っていましたけれど」私は言った。「友人が、根っからのミステリィのファンなんですよ」

「私も読んだことはないけれど、たしか、いろいろな分野の人が集まって、食事をするんじゃなかったかな」サイカワが言った。

「私は読みました」シモンがにっこりと微笑んだ。「えっとね、参加者は七人じゃなかったかしら。あと、給仕がいて、たしか、名前はヘンリィだったと思う」

「ちょっと調べてみます」私は端末で検索をした。「ああ、ありました。えっと、そうですね、給仕のほかに七人です。職業は、弁護士、暗号技師、作家、化学者、画家、数学者、もう一人は故人？」

「今日のゲストだと、画家と数学者はいるね」グリーンが言った。

「化学者と物理学者は、だいたい同じでしょう？」シモンが言う。

「まったく違う」グリーンが笑った。

「少なくとも、私には同じ」シモンが口を歪ませる。「あと、ミヤチさんは、作家じゃないの？」

「作家……、ではないと思います。単なる物書きです」私は答える。「あの、私がこの会のことをミステリィファンの友人にメールしたから、それで彼女が思いついたことを送ってきただけです。そんな、とりたてて意味のあることではないと……」

「このメンバで、謎を解けってことなのかも」シモンが笑った。「何の謎を？　ああ、そうか、今の私たちの状況そのものが謎だ。そう、いったい何のために集められたのかってこと。是非とも解決しなくちゃ」

　ニモイが、テーブルに水のグラスを持ってきた。それぞれが飲みものをリクエストする。私とシモンがシャンパンを、グリーンがブランディの水割りを頼んだ。サイカワだけが、水だけでけっこうです、と断った。

　カウンタから、再びニモイが戻ってきたとき、シモンが彼に尋ねた。

「ニモイさん、ファーストネームは？　もしかして、ヘンリィ？」

「はい、ヘンリィです」ニモイは、表情を変えずに答えた。

　四人は、ただ目を見開いて、しばらく黙ってしまった。ニモイがカウンタへ戻っていくと、シモンがまた前屈みになり、小声で囁いた。

「絶対、偶然じゃない」

　グリーンは無言で頷いた。私は、シャンパンに口をつける。もし偶然でないとしたら、誰かが意図的に仕組んだ、というのか。だが、いったい何のために？

「なにか意味がありますか？」サイカワが、ぼそりと呟くようにきいた。

「私が弁護士だったら、まるく収まった？　私、大学は法科だったけれど、駄目かしら？」シモンが言った。「ちょっと待って、サイカワ先生は、情報工学なんでしょう？　だったら、暗号の専門家じゃないの？」

「いいえ、全然違います。程遠いといっても良い」サイカワが否定した。「情報工学でもありません。私の専門は、建築学です」

「あと、残る人は誰だっけ?」シモンは、カウンタの方へ視線を向ける。「ゾンネフェルトさんだ。彼は、えっと……、あとは何の職業?」

「もう一人のメンバは、故人なんです。集まる場所の持ち主だったとかで」私はモニタを読みながら、受売りで話す。「職業は書いていないですね。お話にも登場しないみたいですよ」

「ゾンネフェルトさん、もしかして貴方、死んでいるの?」シモンが、カウンタの彼に話しかけた。

「どういう意味でしょうか? シモン先生」太い眉を寄せて、ゾンネフェルトがきき返した。

11

結局、娯楽室で二時間ほど歓談が続いた。お開きになったのは九時過ぎのことだったが、七人のうち一人も欠けていなかった。私自身、時差ぼけで眠くなるのではと心配していたのだが、まったくそんなことはなく、また、飲んだアルコールの質が良かったのか、ずっと気持ちの良い時間を楽しむことができた。最後まで飲まなかったのは、サイカワだけだっただろう。彼は、最後は一人でビリヤードをしていたようだ。誰もそちらへ見にいかないので、孤独なプレイヤだった。

各自の部屋へ戻ったあとも、内線の電話で十時半までは飲みものなどのリクエストに応え、ルームサービスが可能だ、とニモイが一同に告げた。また、明朝は七時に食堂に集合という予定だった。もちろん、これは自由参加である。

「お部屋に入られましたら、念のため、施錠いただくのがよろしいと思います」ニモイはその言葉を最後に、深々と頭を下げた。私たちは、彼一人を娯楽室に残して、通路に出た。

七人で一緒に二階の自室に戻りながら、私は娯楽室での話題を振り返った。物理学や数学といった専門分野にときに近づいたものの、概《おおむ》ね一般的な雑談に終始した。世界情勢や政治、あるいは宗教の話にはならなかったし、またそれぞれのプライベートにも深く立ち入らなかった。インテリジェンス溢《あふ》れるユーモアが幾つも飛び出し、何度も笑った。このような上質な時間が過ごせるなんて、期待以上というか、予想もしなかった展開といえる。たまたま、メンバが良かったのかもしれない。誰もが初対面に近く、理性に抑制された上品な雰囲気が、最後まで崩れることがなかった。誰も感情的にならず、酔っ払いもしなかったことは、私がこれまで経験したこの種の会合では奇跡的なものといえるだろう。

もし、マガタ・シキが現れていなかったら、こうはならなかったのではないか、と私は想像した。あの天才に遭遇することで、皆が謙虚になったように感じられるからだ。

客間は二階の東側に一列に並んでいる。全部で八室あり、八号室だけが使われていないことになる。私は一番奥まで行った端の一号室なので、グリーンやシモンと戸口で別れることになった。部屋の鍵は、電子錠である。ホテルのように、ドアを閉じただけではロックしない。鍵を差し入れて回転させてロックする機構のものだった。最後に、サイカワと別れ、私は自室に入った。ニモイの忠告どおり、すぐ内側から鍵を差し入れて、施錠した。

私は、シャワーを浴びてから、編集長へ送るメールを書いた。

マガタ・シキ本人が現れたことを知らせることが第一目的だった。友人から届いたブラック・ウィドウの指摘に対して、話が多少盛り上がったことは、伝えないことにした。友人に情報を漏らした、と叱られそうだったからだ。

その後、私は部屋の照明を点《つ》けたまま眠ってしまい、次に目が覚めたのは、午前二時過ぎだった。明かりを消して、寝直そうとしたが、どういうわけか目が冴えて、眠れなくなった。

ずっとベッドで横になって、三十分ほど時間が経過しただろうか、高い叫び声のようなものが聞こえた。何の音かわからない。動物の鳴き声か、人間だとしたら女性の声だと思われるが、もちろん、スピーカのハウリングか、機械の摩擦《まさつ》音かもしれない。ただ、耳鳴りのようなものではない。たしかに音を聞いた、と感じた。

ベッドの上で起き上がり、じっと耳を澄ました。

すると、どんという音がした。ものがぶつかるような低音だ。ドアが閉まったのではなく、重いものが床に落ちたような音だった。隣からだろうか……。

時計を確認すると、二時四十分。窓の外は暗闇。しかし、月が出ているのか、空はほんのりと明るかった。

ドアが開いて、次に閉まる音が聞こえてきた。近くの部屋だ。数秒後に、ドアがノックされた。これは比較的小さな音だったが、自分の部屋のドアだとわかった。

私は、急いでドアへ向かう。途中でガウンを手に取り、それを羽織《はお》った。

「はい」と小声で返事をする。

「サイカワです」という声が聞こえた。

ドアに差し入れられている鍵を回し、私はドアを少しだけ引き開けた。サイカワがすぐ近くに立っていた。

「すみません。悲鳴が聞こえませんでしたか？」サイカワが囁いた。

「はい、聞こえました。あと、どんという鈍《にぶ》い音がしましたけれど」私は答える。「先生も聞かれましたか？」

「良かった、貴女ではないか、と心配しました」サイカワが言った。「方向はわからないから……」

「悲鳴は女性かな、と思いました」私は言った。

「ええ、たぶん」彼は頷く。「では、シモン先生でしょうか？」

シモンの部屋は、サイカワの隣、三号室のはずだ。そうだとしたら、私よりも彼の方が近く、大きな音として聞こえたのではないか。

「なにか、あったのでしょうか？　ベッドから落ちたとか？」私は、思いついたことを話したが、それだったら、悲鳴と音がほぼ同時のはずだ。もう少し時間的にずれていた。

サイカワは、通路の方を見ている。シモンの部屋の方角だ。

「気になるので、ちょっと、確かめてきます」彼はそう言って、ドアから離れた。

私も通路に出た。片手に鍵を持ったままだったので、ガウンのポケットに入れた。一度だけ後ろを振り返ったが、通路の先は突き当たりで、小さな照明が灯っているだけだった。

前方には、客室のドアが並んでいる。通路は真っ直ぐではなく、カーブしているため、どのドアも見えた。もちろん人の姿はない。悲鳴を聞きつけて出てきたのは、私たちだけのようである。

通路の中央に、左手の階段へ通じる別の通路との交差点があり、その辺りは少し明るい。その手前、私の部屋から二つめの三号室の前にサイカワは立った。そこで、ドアを軽く二回ノックした。深夜なので、大きな音は立てられない、との配慮だろう。

静まり返っていた。物音一つしない。三号室からの反応はなかった。サイカワが再びノックした。また、しばらく待ったが、やはり反応はない。

「どうしましょうか?」サイカワが囁いた。「戻りますか?」

「そうですね。シモン先生を起こすわけにもいきません。夢でも見られて、声を上げただけかもしれません。それで、ベッドから落ちたとか」

自分で話していて、それは観察からの推理としては、なかなか筋が通っているように思えた。

私たちは、自室へ戻ることにした。

「起こしてしまって、すみませんでした」サイカワが二号室の前で立ち止まって言った。

「あ、いいえ……、私も、どうしようか、と思っていたところでした」

サイカワが部屋の中に入った直後だった。私は自室のドアより数歩手前。

叫び声が聞こえた。

私は立ち止まり、一瞬、躰が硬直した。

続いて、短い呻《うめ》き声が。男性の声だった。

私は通路の両側を見た。どちらの方向にも誰もいない。

呻き声はすぐに弱くなり、聞こえなくなった。

二号室のドアが開く。再びサイカワが顔を覗かせた。まず、彼の視線は、私の姿を捉えた。それから、通路に出て、反対側を向く。私は、彼のところへ駆け寄った。

「どちらから聞こえました？」サイカワがきいた。

私は、三号室の方向を指差した。だが、自信はない。それでも、自室の中で聞いた女性の悲鳴よりは近く感じた。

サイカワと私は、ゆっくりと通路を進んだ。三号室の前まで来たが、誰も出てこない。四号室から先のドアも、すべて閉まったままだった。

物音はしない。

「男の人の声でした」私は、サイカワに囁いた。「まえの声とは、別の人です」

「私もそう思いました」彼は頷いた。「ということは、四号室かな」

四号室は、ジェリィ・グリーンの部屋である。

第 2 章

四人の生存者

けれども、もし犯罪が自らとともに、残酷《ざんこく》さの程度の差は色々あるが、自分自身の刑罰を背負《せお》っているものとすれば、きわめて長い間の野蛮《やばん》きわまる習慣でももっとも非人間的な心から後悔の念をまったく奪うことができないとすれば、そうした心が自分のした行いの記憶そのものによって寸断されるものとすれば、なぜ弱い人間の心の想像力を、地獄だの、幽霊だの、パスカルの深淵よりももっと荒《こう》唐《とう》無《む》稽《けい》な火の淵だので、怯《おび》えさせるのか？

I

魚の飾りが付いた四号室のドアを、サイカワがノックした。最初は二回、だが反応がないので、次には三回、しかもかなり強く、大きな音を立てるノックを試みた。

「グリーン先生、どうかされましたか？」彼は、ドアに向かって叫んだ。

第2章
四人の生存者

通路は暗く沈黙し、私たち二人以外には動くものがない。彼の声は、響いたといっても良いほど大きかったのに、誰にも届かなかったのだろうか。

雨も風もない夜だったので、屋外も静かだっただろう。それに、ここは自動車も走らない小さな孤島である。大きな城に七人が招かれ、いつもより人数が多いとはいえ、都会には存在しないような限りなく無に近い静寂に包まれているのだ。

サイカワは、さらに激しくドアを叩いた。手を痛めるのではないか、というほどの勢いだった。何事もない状況を否定できる確信があったのだろう。

「グリーン先生！」サイカワが叫んだ。

しかし、彼が手を止め、叫び終わると、あっという間に静寂が反撃する。私は、何故か震えていた。寒いわけではないが、この尋常ではない空気に本能的に怯《おび》えていたのかもしれない。

小さな音が、別の方向から聞こえ、私はそちらを向いた。ドアが僅かに開いたのだ。サイカワもそちらを見た。それは、三号室のドアだった。

ジャネット・シモンの顔が、こちらを向く。目を大きく開いていた。

「シモン先生」私は、彼女のところへ駆け寄った。「大丈夫ですか？」

「どうしたの？　いったい何の騒ぎ？」シモンがきき返した。

「男の人の叫び声が聞こえました」サイカワはまだ四号室のドアの前にいる。「この部屋ではないかと……」

「そのまえに、女の人の悲鳴も聞こえました」私はシモンに尋ねた。「先生、お聞きになりませんでしたか？」

「いいえ、寝ていたから……」シモンは首をふった。「男性の叫び声も聞いていない」

「最初、シモン先生の部屋をノックしたんです」私は説明した。

「そう？　気がつかなかった。お酒を飲んだから」

「もう一つむこうかもしれない」サイカワはそう言いながら、通路を先へ歩いた。

彼は、五号室のドアをノックした。これも、遠慮のない強さのノックだった。その部屋のドアには、星の形の飾りがある。アラン・レーヌの部屋だ。

　サイカワは、ノックを続け、レーヌを呼んで叫んだが、まったく反応がなかった。何度も試した結果、彼は大きく深呼吸をした。

「変だな、これは……」サイカワは、冷静な声に戻っていた。「お酒が入ってぐっすり眠っているから、というには、ちょっと……」

「お隣のゾンネフェルト先生も、起きてこられない」シモンが言った。「いっそのこと、あちらもノックしてみましょうか？」

　シモンは、六号室のドアへ行き、ノックした。その反応を待たず、七号室のドアまで歩き、またノックをした。六号室は、ルカス・ゾンネフェルト、七号室は、ウヅキ・フミオミの部屋のはずだ。

　シモンはさらに、高い声で、彼らの名を呼んだ。通路に響き渡るほどの音量だった。

「ふう、疲れた」彼女は肩を上下させ息を吐《は》いた。「どうしちゃったんだろう？　えっと、あの人、ヘンリィを呼んだ方が良くない？」

「ニモイさんは、どこにいるのでしょう？」私は首を傾げた。たしか、配置図には、それらしい部屋は記されていない。たとえば、管理人室とか、スタッフルームとか、そんな名称の場所だ。

　サイカワは、四号室から七号室までのドアを調べ、そのいずれもが施錠されていることを確かめたようだ。

「えっと、大変異常な状況だとは思いますけれど、単に、ぐっすりお休みなのかもしれません」彼は頭を掻《か》きながら話した。「その可能性は排除できないでしょう。どうしますか？　というか、何ができるでしょうか？」

「あ、そうだ。私、ニモイさんに電話をかけてみます」私は思いついた。「時間外ですけれど、もしかしたら電話のそばにいらっしゃるかもしれません」

　私は、一人で一号室に戻った。そこで内線電話の受話器を手に取った。この電話には、ダイヤルもボタンもない。だから、受話器を持って、とにかく待つことしかできない。むこうでベルが鳴っているような音は聞こえた。これは実際に鳴っているのか、単なる信号なのかはわからない。

　そのベルが、二十回ほど鳴ったところで一度、受話器を置き、再び同じことを繰り返した。しかし、結局つながらなかった。

　開けたままにしておいた戸口に、サイカワとシモンが立って、私を見ていた。

「駄目です。つながりません」私は諦めて、受話器を置いた。

「あちらの四人のどなたかに、メールを送れませんか？」サイカワが言った。

私は、ベッドのサイドテーブルに置いてあった端末を手にした。もちろん、グリーンもレーヌも、メールを送ったことはないので、アドレスを知らない。ゾンネフェルトやウヅキに関してはなおさらである。

まず、ネットで彼らのプライベートなサイトがないか調べてみようと思った。それが駄目なら、時間はかかるかもしれないが、編集長にメールをすれば、彼らの情報が得られるはずだ、と考えた。

端末を操作しながら、戸口を見ると、サイカワとシモンは、小声で立ち話をしている。ネットを開こうとしても、どうも上手くつながらないので、さきにメールを書いて送信ボックスに入れた。

「中に入って下さい」戸口の二人に声をかけ、さらに端末の操作を続ける。「なんか、変ですね。なかなかネットにつながりません」

サイカワとシモンは、私の部屋に入り、ドアを閉めたようだ。サイカワは、キャビネットの内線電話の受話器を手にしている。ニモイに連絡しようとしているのだ。シモンは、窓の方へ歩き、カーテンを捲《めく》って外を覗いている。

「電話はつながらない」サイカワが呟いた。

「ネットも駄目みたいです」私は状況を報告した。「夜はルータが作動していないのでしょうか？」

「普通、そんなことはしない」サイカワが言った。

「なにかあった、と考えた方が良さそうね」窓辺でシモンが振り返った。「注意をした方が良いって、ドクタ・マガタが話していたじゃない」

「でも、何に注意すれば良いのか……」私は、まだモニタを見つめている。状況に変わりはない。

「どうしますか？」サイカワが言った。「それぞれの部屋に戻って、寝直しますか？」

「一緒にいてもらった方が、私は安心です」溜息をついて、私は言った。「どうせ、寝られませんし」

「とりあえず、大きな問題が発生したとは確認できません」サイカワが静かな口調で言った。

「私も目が冴《さ》えてきた」シモンが微笑んだ。

「少なくとも、観測されていない。観測できない」

「まあ、残りの四人は、ぐうぐう寝ているだけかもしれない」シモンが零《こぼ》した。

「もう一つの選択肢は……」サイカワが指を一本立てて言った。「食堂か厨房へ行ってみる。城のスタッフがいそうな部屋を探してみることでしょうか」

「誰が行くの？」シモンがきいた。

「私が行きます」サイカワは、即答した。「お二人は、ここで待っていますか？」

「なにかあったら、電話をかければ……」シモンが言いかける。

「いえ、携帯電話は使えないと思います」サイカワが言った。そのとおりだ、と私も考えていた。ネットへアクセスできない以上、今はすぐ隣の部屋であっても、電話は通じない。

「うーん、どうする？」シモンは、私の方を見た。

「三人で行く、というのは？」私は提案した。サイカワは強そうには見えないが、それでも男性である。「なんとなく、大勢の方が安心です」

「そうね」シモンが頷いた。「とにかく、不気味なんだ。この場所が基本的に」

私たち三人は自室で着替え、通路で待ち合わせた。私は、また城内の配置図を持ってきた。一号室から三号室のドアは、三人それぞれが施錠をした。

四号室の前を通るとき、サイカワは、もう一度ドアをノックした。五号室も確かめたが、結果は同じだった。

2

階段で食堂のフロアへ上がったところ、食堂の両開きのドアは開いたままだった。中は照明が消えていたが、サイカワがスイッチを見つけて点灯させた。八角形のテーブルの上は、綺麗に片づけられている。

奥へ行き、ニモイが出入りしていたドアをサイカワが開けようとしたが、開かなかった。中から鍵がかかっているようだ。彼は、もう一つのドアへ行く。今度はドアを開けることができた。

「こちらは、通路に出るだけですね」サイカワが外の左右を見てから言った。

三人は、そのドアから出る。左へ進むと、通路の行き止まりにドアがあった。そこは開けることができない。ノックをしても反応はなかった。

幸い、通路のところどころに仄《ほの》かな照明があるため、歩くのに不便はない。逆の方へ歩くと、さきほど歩いてきた通路に出た。

次に、娯楽室に行き着いた。ドアは閉まっていたが、鍵はかかっていなかった。サイカワが照明をつけた。もちろん、誰もいない。

「なにか、飲んでいかない？」シモンが提案した。「喉が渇いた」

私は、バーカウンタの中に入って、棚にあるものを確かめた。低い位置には冷蔵庫もあるし、電気ポットもあった。保温されているようだ。

「なんでも飲めそうです。先生、何がよろしいですか？」私はシモンにきいた。

「うーん、じゃあ、ブランディのストレート」シモンが答える。

「サイカワ先生は？」

「いりません」彼は、ビリヤード台の近くに立っていた。

「私、コーヒーを淹《い》れますけれど、飲まれます？」私はさらにきいた。

「あ、では、お願いします」

まず、ソファに座っているシモンのところへ、私はブランディのグラスを届けた。コーヒーはカップ一杯ずつ淹れる自動のメーカがあった。コーヒーをテーブルまで運ぶと、サイカワが近くへ来て、ソファに腰掛けた。彼も、手に配置図を持っていた。

私は、熱いコーヒーを一口飲み、溜息をついた。こんな時刻に起きていられるのは、やはり時差の影響だろう。

「静かすぎますね。真夜中だから、しかたがないでしょうか」私は言った。既に三時十五分だったので、朝が近い。

「朝食が普通に食べられることを祈るしかない」シモンが呟いた。彼女は片手に持ったグラスを揺らしていた。「サイカワ先生、配置図になにか疑問点が見つかりました？」

「この図にない部屋が、実際には沢山あります」サイカワが言う。

「そうですよね」私も、持ってきた配置図を見ている。「この図は、私たちが自由に出入りできる場所だけが記されているみたいです。お城のスタッフの方たちは、どこにいるのでしょうか？」

「たぶん、裏側というか、方角でいうと西、図だと左側ですね。この図は、東側の半分くらいしか描かれていないようです」

「そういえば、昨日、シモン先生と城の西側へ行きました。そこに裏口があって、窓から女の方が顔を……」私は説明した。

「それは、ディナのときに給仕をしてくれた人でしたか？」サイカワが顔を上げた。興味を示した様子だった。

「いいえ。違う人だと思います。もっと年配の女性でした。そうですよね？」私はシモンに同意を求める。シモンは無言で頷いた。

「となると、少なくとも、ニモイ氏のほかに、二名の女性のスタッフがいることになります」サイカワは、カップを持ちながら話した。「ゲスト七人のほかに、最低四人が、この城にいる、あるいはいたことになる」

「四人？」シモンが首を傾げる。「ああ、ドクタ・マガタを勘定に入れているのね？」

「でも、潜水艦へ帰られたのでは？」私は言った。

「それは、誰も目撃していないので、なんともいえません。この城にずっといて、外から来た振りをしただけかもしれません」

「そう、ニモイさんが、ケーブルカーで迎えにいくような時間が、あったかしら？」シモンが言った。「給仕の仕事で忙しかったはず。素直に考えて、私たちを招待したのは、ドクタ・マガタなんだし、この城が自由に使えるのも、彼女がここの城主だと考えれば、ごく自然。そうね、いるんじゃないの、ここに」

「私たちを招待した目的が何か、という問題に戻りますね」私は言った。

「朝食まで三時間以上あるんだから、それを考えるのにはうってつけかもしれない」シモンが微笑んだ。「だらしのない四人の男性たちは、すっかり油断して飲みすぎたってこと」

「そんなに飲んでいたようには、見受けられませんでしたけれど」私は言った。特に、酔っ払った様子の人もいなかったことを思い浮かべた。

「ネットは、まだつながらない」サイカワが呟いた。彼は、いつの間にか端末を片手に持っていた。「現状で最も明確に観察できる具体的な問題の一つです」

「いつからつながらないの？」シモンがきいた。

「自室に戻って、十時くらいまでは使えました。編集長にメールで報告を送りましたから」私は言った。「そのあとは、寝てしまったので、わかりません」

「私も、だいたい同じかな」シモンが話した。「電話はかけられたわね。十時まえだったけれど」

「私は、ネットは使っていません」サイカワは答える。「一旦部屋に戻ったあと、城の中を歩いて回りました。配置図を持って。夜の照明の具合を見たかったので」

「誰かに会いました？」私は尋ねた。

「食堂を片づけているニモイさんに会いましたよ。十時よりはまえだったと思います。話はしていませんし、他のスタッフの姿は見ていません」

「うーん、とにかく、朝まで待つしかないってことじゃない？」シモンが溜息をついた。「夜は節電目的でネットの無線ルータを止めているのかもしれない。内線の電話も、寝ていたら、出ないでしょう？　なにも不思議じゃない。今日は、船が来て、それに乗って帰る。えっと、船は何時に来るのかしら？」

「それは、私は聞いていません。そういえば、その案内はありませんでした」私は言った。「でも、連絡船は一日に一便でしたから、たぶん、昨日と同じような時刻なのではないでしょうか」

「そうか、午後なんだ。ここで有意義な時間が過ごせるかな」シモンは言う。彼女はブランディを飲み干して、グラスをテーブルに置いた。

「入れてきましょうか？」私はきいた。

「いいえ」シモンは片手を広げる。「昨日の話に戻っても良いかな。えっと、ブラック・ウィドウって、どうして、未亡人という名前になったの？　ああ、日本語でも、未亡人という？」

「はい」サイカワが答えた。「その蜘蛛《くも》は、日本にはいない種ですが、名前は、ええ、未亡人の意味がそのまま日本語に訳されています。たしか、雌が、交尾のあとに雄を食べてしまうから、そんな名前になったのかと」

「へえ、なるほどね」シモンは頷いた。「だけど、黒後家蜘蛛の会のメンバは、全員が男性なんでしょう？　どうしてなの？　女性だったら、その命名どおりの人たちが集まれそうなのに」

「どうしてでしょうか」サイカワは首を傾げた。

「昨日、皆さんにきいて回ったんだけれど……」シモンが続ける。「あの四人の先生方は、皆さん、女性の奥様をお持ちでした。離婚した人は一人もいません。サイカワ先生はいかが？　プライベートなこと、話したくなければ、もちろん沈黙でけっこうですよ」

「私は、法的には結婚をしておりませんが、パートナはいちおういます」サイカワが答える。

「女性の方？」シモンが子供のような表情を見せて尋ねた。

「はい」サイカワは頷いた。

「貴女は、独身で……、パートナは？」シモンが、その顔のまま私を見た。

「いません」私は首をふる。「過去には、ボーイフレンドがいたことがありますけれど、今は……。えっと、あの、この話題は……」

「私は結婚していて、パートナは女性だよ」シモンが言った。

「え？　ああ……、そうなんですか」私は、一秒ほど遅れて、笑顔をつくってリカバした。

シモンの告白は、しかし、どんな意味があるのか、と考えた。

「とにかく、なにか共通点があるんじゃないかって、昨日から考えているわけ」シモンは話す。

「私は女性だけれど、女性の妻を持っている点では、共通しているかもしれない」

「でも、それが、ドクタ・マガタとどんな関係があるのですか？」私は、当然の疑問をぶつけた。

「いいえ、いいの。単なる私の妄想にすぎない」シモンは笑った。「寝るまえに考えすぎたみたい。あぁ、もう少し寝ていれば良かったかな」

「お休みになりますか？」私はきいた。

「いいえ」シモンは首をふる。「朝まで、起きています。やっぱり、現実というものを確かめないと」

どういう意味なのか、よくわからなかった。サイカワも戸惑ったような顔で、私を数秒間見てから、目を逸らせた。

会話が途切れたので、端末で確認をした。ネットにはやはりまだつながらない。

「部屋に戻って、内線電話をかけてみます」サイカワが立ち上がって言った。

「それじゃあ、私たちも一緒に」シモンも立ち上がる。「一人になりたくないから」

「そうですね」私も頷き、テーブルの上に置いていた端末をポケットに仕舞《しま》った。

3

娯楽室の照明を消して、ドアも閉めた。私たち三人は、薄暗い通路を歩き、食堂の前を通った。食堂の照明も消してある。階段を下りていき、二階の客室の前まで戻ったが、変化はなにもなかった。サイカワが、四号室と五号室をノックして、グリーンとレーヌの名を呼んだが、まったく反応はない。

「また、私の部屋にしますか？」私は二人にきいた。

「じゃあ、私のところへ」シモンが提案した。

おそらく、三号室が一番近かったからだろう。加えて、四号室の隣なので、物音がした場合に聞こえやすいという利点もある。シモンが鍵を開けて、三人がそこへ入った。シモンは、ベッドの上に散らかっていたガウンやタオルなどを素早く片づけた。部屋は、私の一号室とはだいぶ違っていた。ホテルのように同じ家具が並んでいるわけではないようだ。壁紙も違うし、家具の配置も違っていた。同じなのは、カーテンとベッドくらいだろうか。

私は、窓際へ行って外を覗いた。カーテンは引かれていなかった。明かりが灯っているテラスだけが暗闇に浮かんでいる。それ以外は、真っ暗闇だった。その先は、どこまでが島なのかもわからない。海も見えないが、空は海よりは少し明るいため、水平線は判別できた。朝が近づいているせいかもしれない。

サイカワは、シモンに断って、内線電話にチャレンジしていた。受話器を持ったまま立っている。一度、それを置き、もう一度持ち上げて、同じポーズで待った。

「あ、もしもし、ニモイさんですか」突然、サイカワが話し始める。「サイカワです。すいません、こんな時間に……。何度か電話をしたんですが……、ええ……、あの、今、三号室のシモン先生のところに、私と、ミヤチさんが集まっているんです。はい……、そうです……。実は、少しまえに、悲鳴が聞こえて、おそらく、四号室からじゃないか、と思って、三人が駆けつけたんですが、グリーン先生は、寝ていらっしゃるのか、出てこられませんでした。五号室のレーヌ先生も同じです。はい、ええ……。とにかく、心配なので、一度こちらへ来ていただけないでしょうか？」

私は、時計を見た。四時十五分まえだった。もしかして、そろそろ朝食などの支度《したく》をするために、ニモイは起きたのかもしれない。

「良かった」シモンが溜息をついた。「少なくとも、四人は生きている」

その表現は、多少引っかかった。不謹慎な気もしたが、もちろんジョークだろう。それよりも、この城のスタッフと連絡が取れたことで、ネットが不通であるトラブルも解消される兆《きざ》しが見えたといえる。私は、そのことが嬉しかった。

五分ほど経過した頃、足音が聞こえ、ドアがノックされた。シモンが鍵を開けにいき、ニモイを招き入れた。彼は、昨日と同じ服装だった。電話があってから、着替えたのだろう。

「申し訳ございませんでした」ニモイは頭を下げた。「私が寝ている部屋には電話がなく、気づきませんでした」

「こちらこそ、起こしてしまったのでは？」サイカワがきいた。

「いえ、ちょうど起きまして、隣の部屋で電話が鳴っていることに気づきました」

私は、これまでのことを手短に説明した。三人で一度娯楽室へ行き、再びここへ戻ってきたことも。

「それで、どういたしましょうか？」話を聞き終わると、ニモイが尋ねた。

「隣の部屋の鍵は、開けられますか？」サイカワが尋ねた。

「あ、はい、マスタキィがございます」ニモイが答える。

「今、持っていますか？」

「はい、持って参りました」ニモイは、ポケットから鍵を取り出した。

さっそく、全員が通路に出た。そして、隣の四号室のドアの前に立つ。ニモイがドアをノックした。かなり強く叩きながら、グリーンを呼んだ。しかし、やはり反応はない。隣の部屋にも確実に聞こえているはずだが、五号室も、またその先の二部屋もドアが開くことはなかった。

ニモイはマスタキィを鍵穴に差し入れ、ロックを解除した。ドアノブを回し、ドアを少し押したところで、また室内に向けて声をかけた。

返事はない。室内の照明が消えていた。

「グリーン先生？」ニモイは声をかけながら、さらにドアを押す。

ドアがいっぱいまで開けられた。部屋の中から反応はない。奥は真っ暗だが、屋外の僅かな光で、窓の位置がわかった。

「電気を点けますが、よろしいですか？」ニモイが言った。彼は壁に片手を伸ばした。

一瞬で明るくなる。

ニモイが、数歩前進したところで、短い声を発して立ち止まった。

後ろから覗き見ていた私にも、理由がわかった。フローリングの床に、赤い液体が飛び散っていたからだ。

「どうしたの？」シモンが私の後ろからきいた。彼女はまだ通路にいる。

サイカワが、ニモイの横から、部屋の奥へ数歩入っていった。

ドアから三メートルほどは、幅が狭い。クロゼットなどのスペースがあるためだ。さらに入ったところがベッドルームで、その奥にリビングスペースが続いているのは、ほかの部屋と共通する配置のようだ。

「グリーン先生？」サイカワが言ったが、これは呼んだのではなく、相手に届くことを期待していない呟くような声だった。

ニモイは一歩も動かず、立ち尽くしている。私は、彼の前に出て、サイカワの横に立った。その位置で、初めてそれを見ることになった。

ベッドの横の床に、男がうつ伏せに倒れている。

白いガウンを羽織っているが、その背中が赤く染まっていた。片手がむこうへ伸び、顔は横を向いている。目が開いたままだった。

それは、まちがいなく、ジェリィ・グリーンである。ジェリィ・グリーンだった、というべきか。

サイカワがゆっくりと近づき、屈《かが》み込《こ》んでグリーンの首へ片手を伸ばした。床の血を踏まないようにそれをするには、少々無理な姿勢になる。

そのグリーンの頭の近くに、ナイトテーブルがあった。その上に部屋の鍵が置かれているのを私は見た。

異常な光景だが、すべて静止している。部屋には、私たちのほかに動くものはない。

「心肺は停止しているように思います」サイカワは、手を引っ込めてから、こちらを向いて言った。「でも、まだそれほど冷たくはない。ニモイさん、医療関係のスタッフがここにいますか？」

「いいえ、おりません」ニモイが声を震わせる。

振り返ると、そのニモイの背後にシモンが立ち、隠れるようにして、こちらを覗き見ていた。彼女の目は見開かれ、口も半開きのままだった。

「では、ゾンネフェルト先生を呼んだ方が良い」サイカワは、普段の平坦な口調だった。「彼は、えっと、六号室でしたか？」

「はい、お呼びいたします」ニモイが答え、部屋から出ていった。サイカワの指示で、魔法が解け、動けるようになったみたいだった。

「ミヤチさん、これを見て下さい」サイカワが床を指さした。

私は近づいて、それを見た。グリーンの手の近くの床。ベッドに半《なか》ば隠れる場所に、血の痕《あと》が奇妙な形に残っていた。その先は、グリーンの指につながる。凝視するうちに、彼が書いた文字に見えてきた。

「wですか？」私はサイカワの顔を見た。「そう見えますけれど……」

彼は、無言で頷いた。

「あのぉ……、できるだけ、なにも触らない方が良いと思います」サイカワは立ち上がり、シモンの方へ向き直り、両手を広げてみせた。「ひとまず、部屋から出ましょう。このまま保存した方が良い」

「どうして？」シモンがきいた。「怪《け》我《が》をされたの？　ベッドから落ちたの？」

「そうじゃないと思います。まずは、六号室へ」サイカワは、そう言いながら、通路に出るように、と空気を介して私たちを押した。

全員が通路に出たところで、彼は、ドアを閉めた。

「困ったことになりました。最悪ですね」サイカワは溜息をついた。「やっぱり、あのときがそうだったんです」

「えっと、悲鳴ですか？」私はきいた。しかし、悲鳴は二種類あった。女性のような高い声と、男性の叫びと呻き声である。「あのときに、すぐ助けに入っていれば、彼は死なずにすんだかもしれない、ということでしょうか？」

「いえ、それはどうかな」サイカワが首をふった。

ニモイは、六号室のドアの前に立ち、ノックしていた。ゾンネフェルトは、寝ていて起きない様子である。サイカワもそちらを見ていた。

グリーンは血を流していたのだから、少なくとも止血などをすれば、助かった可能性はある、と私は考えた。しかし、部屋の鍵がかかっていたのだから、それは物理的に困難だった。

「でも、どうして、あんなふうになったと思う？」シモンが、四号室のドアの前で呟いた。「一人だけでああなったはずがないよね。誰か、もう一人いたということじゃない？」

「では、あのとき、まだ中に誰か……」私は、それを言葉にしてぞっとした。

そう言われてみれば、その方が自然だ。グリーンに危害を加えた人物が部屋の中にいた可能性は高い。外からノックをしても、その人物はドアを開けることができなかった。何故なら、その人物が加害者だったからだ。

「でも、あのとき、鍵がかかっていたでしょう？　ニモイさんが開けたときも施錠されていた」シモンが指摘した。「私たちが、上へ行っている間に、中にいた人が外に出て、また鍵をかけ直していったということ？」

「グリーン先生の鍵は、部屋の中にありました。ベッドの横のテーブルに」私は言った。

ニモイとサイカワは、六号室の前でノックをしたり、ゾンネフェルトを呼んだりしていたが、それを諦めたらしく、ニモイがマスタキィを取り出し、ドアを開けようとしていた。

おそらく、ニモイが持っているマスタキィがほかにも存在するのだろう、と私は想像した。

六号室のドアが開けられ、ニモイとサイカワが、ゾンネフェルトの部屋の中へ入っていくのが見えた。

4

しかしその後、話し声などは聞こえなかった。私とシモンの二人は、自然に通路を進み、六号室の前まで来ていた。ドアは開いたままで、すぐ近くにニモイの後ろ姿があった。サイカワが奥へ入ったようだ。

「ゾンネフェルト先生は？」私は小声で、ニモイに尋ねた。

「いえ、それが……」ニモイが振り返って私を見た。

私は、サイカワの様子が見たかったので、六号室の中に入った。彼は、奥のリビングスペースで屈んでいる。彼の前に人が倒れていた。

「え？　ゾンネフェルト先生？」私は、小声で言った。

「ええ」サイカワがこちらを振り返った。「亡くなっているようです。気をつけて、こちらへ」

部屋の照明は灯っていた。ゾンネフェルトは、ソファの手前に倒れていたが、ちょうどソファからずり落ちて、横向きになったような感じだった。顔が俯《うつぶ》せに近いので、初めはよく見えなかったが、回り込んで屈んで顔を近づけると、口からなにか吐き出しているのがわかった。血ではない。白く濁《にご》った液体だった。おそらく、そのためだろう、異臭が感じられた。

「ベッドで寝ていたようですが」サイカワは、ベッドを振り返って指差した。「ここまで歩いてきて倒れた。病気の発作でしょうか？　見たところ、外傷はないように思います」

私は立ち上がって、ベッドの方へ移動した。ベッドサイドにチェストがあり、財布や時計、それに部屋の鍵が置かれていた。

戸口には、呆然《ぼうぜん》とした表情でニモイがまだ立っているが、そのすぐ後ろで、シモンがこちらを覗いていた。

「ドアには鍵がかかっていましたか？」私は、ニモイに確認した。さきほどは施錠されていたことを確認している。「はい」ニモイは震えるように頷いた。「何があったのでしょうか？」

「大丈夫？」シモンがきいた。

「出ましょうか？」サイカワが部屋を見回しながら言った。彼は窓に近づいて、カーテンを引き、鍵が閉まっていることを確かめたようだ。

シモン、ニモイ、私、サイカワの順に通路へ出た。六号室のドアは閉められた。

「さてと」サイカワは腕組みをした。「とにかく、救急車と警察を呼ばないといけません。ニモイさん、お願いできますか？」

「はい、承知しました」ニモイが頷く。「大変なことになりました。ご迷惑をおかけして申し訳ありません」

「貴方のせいではないと思います」サイカワは表情を変えずに答えた。「二人が亡くなっています。一人は、おそらく背中から刺された。ですから他殺。もう一人は、外傷はなく、死因は不明です」

「電話をかけに、部屋に戻っても良いでしょうか？」ニモイがきいた。「携帯電話を忘れてきましたので」

「この島には、普通の固定電話、つまり有線の電話はないのですか？」サイカワが尋ねた。

「はい、ございます。私の控室、つまり事務所に一台だけですが」

「携帯電話は、通じないのでは？」私は言った。そして、ニモイに尋ねたかったことを思い出した。「ネットのルータが止まっているように思います。だいぶまえから、ずっとネットとつながりません」

「え？　そうでしたか……。わかりました、確かめて参ります。携帯電話が使えない場合でも、有線の電話は使えますので、警察に連絡をして参ります」ニモイは、そう言うと、通路を立ち去ろうとした。

「あ、ニモイさん」サイカワが呼び止める。「マスタキィを貸してもらえませんか。五号室と七号室を、いちおう確かめてみます」

「はい」ニモイは頷き、ポケットから鍵を取り出した。「それでは、お願いいたします」

「マスタキィは、ほかにいくつありますか？」鍵を受け取り、サイカワがきいた。

「客室のマスタキィは、その一つです」ニモイが答える。「客室の鍵は、二つずつございます。お客様にお渡ししたものと、もう一つは、ベッドサイドのチェストの上の引出しの中にございます」

「わかりました。ありがとう」サイカワが言った。

ニモイは、階段がある方向へ通路を回って姿を消した。

「私は、四号室のチェストの鍵を確認してきます」サイカワが言った。

「では、こちらは私が」私は、六号室のドアを指差した。

私は一人で、再び六号室に入った。ソファの近くのゾンネフェルトを一瞬だけ見てから、ベッドの横を歩き、チェストに近づく。小さなライトスタンドがのっていて、財布と時計と鍵が上に置かれている。その引出しに手を伸ばし、引き開けた。筆記具やティッシュなどが入っている。小さなトレィに鍵があった。チェストの上にあるものと同じ電子錠である。

つまり、ニモイがマスタキィでドアを開けて入ったとき、この部屋を開けられるキィは室内に二つあったことになる。この状況から導かれる結論は、マスタキィが使われなかったとすれば、ドアの施錠をしたのはゾンネフェルト自身である、ということだ。すると、死因は病気か、あるいはなにかの毒物だろうか。嘔吐《おうと》があったことからも、そのいずれかの可能性が高いだろう。

部屋から出ていくと、通路にシモンが一人で待っていた。

「なんか、やけに静かだよね」シモンがそう呟いた。「早く朝にならないかな」

四号室から、サイカワが出てきた。黙ってこちらへ歩いてくる。

「チェストに鍵がありました」私は彼に言った。「六号室に、二つ鍵が揃っています」

「四号室も同じ」サイカワが報告した。「鍵は二つ、部屋の中にあった」

「え？　でも、それは変ですよね」私は考えていたことを話す。「グリーン先生を殺した人は、部屋を出ていくときに、鍵をかけていったのですから……。ニモイさんの言ったとおりだとしたら、彼のマスタキィを使ったとしか考えられません」

「そうなりますね」サイカワが頷く。「ニモイさんは、電話のベルが鳴っても起きなかった。その電話がある部屋にマスタキィが置いてあったとしたら、誰でも持ち出せたのではないでしょうか」

「では、この城のスタッフの誰かが？」私は言った。

「そりゃ、そうでしょう。そうにきまっているじゃない」シモンが言う。「外から不審者が入ってくるわけないんだから」

「それは、断定できません」サイカワが指摘した。

「何の目的で、グリーン先生は殺されたの？」シモンが尋ねた。「なにか、盗まれたものがあるんじゃないかしら」

「調べてみないとわかりませんが、トランクは閉まっていました。引出しも開いたままのものはありませんでした」サイカワは話す。「物取りの犯行が、こんな場所であるとは考えにくい」

「これから、どうしますか？」私はサイカワにきいた。もちろん、やるべきことは薄々わかっていた。

「そうですね、では、七号室を開けてみましょう」サイカワは飄々《ひょうひょう》として言った。「いちおう、ノックをしてから」

5

反応がない部屋は、あと二室。五号室と七号室である。

七号室は、画家のウヅキ・フミオミが使っている部屋である。ドア飾りは、蝶だった。ノックをして、大声で呼んで確認をしたあと、サイカワがマスタキィを差し入れ、ドアを開けた。

室内は照明が消えていた。ウヅキに声をかけながら、サイカワは、壁のスイッチを入れる。明かりが灯り、部屋が見えた。床に血痕《けっこん》などはなく、また倒れている人の姿もなかった。

サイカワが先頭になって部屋の奥へ進む。私とシモンがそのあとに続いた。今回は、シモンも部屋の中まで入る気になったらしい。

前にいたサイカワが立ち止まり、私たちの方へ向けて手を開いた。止まれ、というジェスチャだろう。

彼はベッドを見ているようだ。私はそちらが見える角度になるよう横に進み、顔を壁に近づけた。

ベッドに誰かが寝ているのが見える。顔は見えない。毛布とシーツを被っている形が人のようだった。

サイカワが近づいていく。私も少しだけ前進した。シモンも私の横に立ち、この様子を見ている。

「ウヅキさん、起きて下さい」サイカワはそう言いながら、ベッドのむこうへ回り込んだ。寝ている人物の顔が窓の方を向いているからだ。

ベッドの横に立ったサイカワは、その人物の肩の辺りに手を伸ばした。

「ウヅキさん」サイカワは、寝ている人物に触れ、揺り動かした。

顔が伏せる方向へ少し動いたが、そのあとは動かない。

顔半分に被さっていたシーツをサイカワが捲る。ウヅキらしき人物の頭が見えるようになった。

サイカワは、腕を伸ばして彼の首に触れたようだ。次に、襟《えり》を引っ張る。首筋が見えるようになった。サイカワは、手を引っ込めると、ベッドの横に屈み込み、寝ている人物に顔を近づけた。

「亡くなっているようです」サイカワが普通の口調で言った。衝撃的な内容だが、何が起こっても、もう慌てるような状況ではなかったため、私もシモンも黙っていた。「首に痣《あざ》のような痕があるサイカワはそう言うと、立ち上がってから、顔の位置を変え、いろいろな角度から周囲を見回した。

ベッドの上に、紐《ひも》のようなものがのっていた。彼は、それを指さした。

「何だろう、荷造りをするためのロープでしょうか」サイカワが話す。「そちら側へ垂れています。先を見てもらえませんか？　触らないように気をつけて」

彼の指示に従って、私はベッドの反対側へ移動して屈み込んだ。暗いのでよくわからない。

「そこのライトをつけて」サイカワが言った。

一度立ち上がり、ベッドサイドのテーブルの上に置かれているライトへ、私は手を伸ばす。ステンドグラスの傘から細い鎖が垂れていて、それを引くと明かりが灯った。

再び振り返って床を見る。ベッドの上のロープは、ベッドの横から下へ続いていた。その先は、ベッドの頭側の脚に縛りつけられているようだった。触れないので、確かめられないけれど、結び目はしっかりと締められているように見える。

「ベッドの脚に結びつけられています」私はサイカワに言った。

「もしかして、そのロープで首を絞めたということ？」私の後ろに立っているシモンが言った。

「どうして、ベッドに縛ってあるんでしょうか？」私はきいた。

「片側を結んでおけば、首にぐるりと巻きつけて、もう一方を引っ張るだけで良い。力が入れやすい」サイカワは言った。「たぶん、そんな理由でしょう。これで三人ですね。こうなると、五号室も心配です」

「これが、ドクタ・マガタが警告していたことなの？」シモンが呟いた。声が震えている。

「警告といえるほど、はっきりとした表現ではありませんでした」サイカワが言った。

彼は、また手で外へ出るように、私たち二人に促した。

「そうだ。鍵をチェックしないと」サイカワは、そう話しながら、部屋を見回した。「見たところ、鍵はありませんね」

私は、再びベッドサイドへ入り、チェストの引出しを開けた。六号室と同じような内容で、やはり鍵が一つ見つかった。

「ここに一つ、あります」私は言った。

サイカワは、部屋の奥へ歩いていき、ソファやテーブル、それにキャビネットを見て歩いた。鍵を探しているようだ。

「そうか、ドアに差してあるのかも」彼は言った。「シモン先生、そちらにありませんか？」

ドアに近かったシモンが、振り返って、開いているドアの内側を見る。私もそちらへ確認しにいった。鍵は、ドアにはなかったが、床の絨毯に落ちていた。

「ありました」シモンが言った。「触らない方が良いのね？」

「ええ、そのままにしておきましょう」サイカワは答える。「警察の鑑識が調べることになります」彼はドアの近くへ戻ってきて、鍵が落ちている場所を確かめた。「外から、マスタキィを差し入れたので、内側のキィは少し押されて、落ちやすくなっていたのでしょう。ドアを開けてストッパに当たったときに、落ちたようです。絨毯だから、音が聞こえなかった」

　三人は通路に出た。ニモイは、まだ戻ってこない。城は、相変わらず静寂に満たされている。私たち以外になにも動いていない。物音ひとつ聞こえない。私たちは五号室の方へ歩いた。

「警察が来るのに、どれくらい時間がかかるの？」シモンがきいた。

「どうでしょうか。船で来るとしたら、一時間はかかるのでは？」シモンに答えてから、私はサイカワにきいた。「救急隊が来ても、もう手遅れですか？」

「たぶん」彼は軽く頷いた。「無理だと思います。ヘリコプタならもっと短時間で来られるかもしれませんけれど、ここにヘリポートがあるのかな。着陸できる場所がないかもしれませんね。海に着水できる飛行艇なら期待できますが」

　さすがに今度はノックも呼びかけもせずに、サイカワは五号室のドアにマスタキィを差し入れた。ただ、ドアを少しだけ開けたところで、「レーヌ先生、大丈夫ですか？」と中に叫んだ。

　この部屋は、照明が灯ったままだった。入口から見える場所、奥のリビングに人が倒れているのが、すぐ目に入った。

「やっぱり、ここも……」思わず溜息が漏れる。私は、気持ちを引き締め、サイカワに続いて部屋の中に入った。

　私の前のサイカワが立ち止まった。私はその右横に出る。シモンは、サイカワの左横に並んだ。ベッドは左手だった。シーツは乱れていた。サイカワが立ち止まったのは、床の広い範囲に血が飛び散っていたからだ。今までで一番酷《ひど》い状況だった。

　ソファとテーブルの間に倒れている人物は、黒い長袖で黒いズボンという服装である。頭にも黒い帽子を被っているようだ。俯せになっていて、こちらからは顔がよく見えなかった。しかし、いかにも不自然な服装に思われた。寝巻きではない。レーヌが夜中にそんな服を着るとは思えないからだ。

「レーヌ先生では、ありませんね」サイカワが呟いた。

　しかし、部屋にはほかに誰もいない。私はベッドサイドのチェストを見た。上に鍵がのっている。そちらへ行き、引出しを開けると、もう一つの鍵がトレィに入っていた。この部屋も、鍵は二つ揃っているということだ。

　サイカワは、屈んで床を観察している。シモンは、私の方へ移動してきた。

「四人も亡くなったなんて」シモンが息を震わせる。「なんてことでしょう。誰がこんなことを……」

「足跡が残っている」サイカワが呟いた。「男性の靴の跡です。血を踏んで、そちらへ歩いた」彼は指を差しながら、壁際のキャビネットへ行く。そして、ゴミ箱を覗いた。「ここで靴を拭《ふ》いたティッシュを捨てた」

「犯人の足跡？」シモンがきいた。

「断定はできません。少なくも、被害者ではないでしょう」サイカワが答える。

「死んでいるのですか？」私は尋ねた。たぶん死んでいるだろう、とは思っていた。

「息はしていない」サイカワが答える。「目が開いたままです。近くへ行けないのでわかりませんけれど……。どうしようかな、生きているかもしれないから、そうですね、しかたがない」

そう言うと、サイカワは血の中に足を踏み入れた。倒れている人物の近くで屈み、首筋に手を伸ばした。

「駄目です。冷たくなっている」彼は言った。それから、ソファの下を指差した。「そこに、ナイフが落ちている」

私も屈んで頭を下げ、それを見た。登山ナイフのようだった。

「背中に傷はない。刺されたのは、前からかな」サイカワが呟く。

「レーヌ先生なの？」シモンが尋ねた。

「違います」サイカワは立ち上がった。「女性だと思います、この人は」

6

私たちは、五号室から退去した。サイカワは、靴の血をティッシュで拭《ぬぐ》っていたが、同じゴミ箱を使うわけにいかないので、バスルームで処理をしたようだった。

彼は外に出てくると、八号室を見にいった。鍵を開けて、中を見てきたようだが、すぐに通路に出てきた。

「八号室は、平和なただの空き部屋でした」彼は報告する。「一応、自分たちの部屋を確認しておきましょう」

「どうして？　鍵をかけてあるのに？」シモンがきいた。

「殺人犯は、マスタキィを持っていたかもしれません。あるいは、マスタキィがもう一つある可能性があります。お二人とも、見てきて下さい。なにかあったら、大声で呼んで下さい」

「バスルームも見ないといけませんね」私は言った。

私たち三人は、一号室から三号室までの自室をそれぞれ確認することになった。私は自室に入り、バスルームもドアを開けて確かめた。鼓動が速くなったけれど、なんとなく、恐怖に対して神経が麻痺《まひ》しているというのか、頭が痺《しび》れてぼうっとしているような、夢を見ているような不思議な感覚だった。通路に戻ると、私が最後で、三室には異常がなかったようだ。

「これから、どうします？」シモンがサイカワにきいた。

私も、それをききたかったので、サイカワの言葉を待った。

「あの……」サイカワは小さく溜息をついたようだ。「私がリーダなんですか？」

「いいえ、そんなつもりは……」私は首をふっていた。しかし、男性は彼だけなので、無意識のうちに頼りにしていたことは否めない。

話し合った結果、シモンの「飲まずにはいられない」という言葉に促され、一号室から七号室のすべての部屋の施錠を確かめたあと、私たち三人は再び娯楽室へ移動した。途中で誰にも会わなかった。ニモイも、あのあと姿を見せない。

娯楽室では、シモンが自分でブランディの水割りを作った。私とサイカワは、コーヒーを淹れ直した。

向かい合ったソファに腰掛け、しばらく三人とも黙っていた。考えることはいろいろある。いろいろありすぎる。だが、あまりにも異常な状況であり、このような事態を招いた原因、あるいはそれを実行した人物については、まったく想像ができなかった。つまり、合理的な考えの筋道が見えない状況といって良いだろう。

「なんだか、昨日話していたミステリィみたいな展開になってきている」シモンが呟いた。昨日、そんな話をしただろうか。私はしっかりと思い出せなかった。黒後家蜘蛛の会の話は覚えているが。

「どんなミステリィのことですか？」話をした方が良いと思い、私はシモンに尋ねた。

「いえ……、ほら、よくあるじゃない」シモンはグラスを片手に持っていたが、もう一方の手をオーバに開いて上に向けた。「なんか、怪しいパーティに招待されて、そのうち一人ずつ殺されていくってやつ」

「アガサ・クリスティの『そして誰もいなくなった』なら、映画で見たことがあります」私は言った。微笑もうとしたが、顔が引きつりそうになった。「たしかに、そんな状況だったわけですね、私たち」

「どうして過去形なの？」シモンがきいた。「今も、その状況なんじゃない？」

なんと言って良いものか、私は困って、サイカワを見た。彼はソファに深々と座り、脚を組んでいたが、手にはカップと皿を持っている。

「私は、過去形の方が現状を表しているように考えます」サイカワは話した。「楽観的に考えているわけではなく、客観的にその可能性の方が高いのでは、と」

「そう？　それなら、少し楽になれるかな」シモンは微笑んだ。「サイカワ先生、もっと話を続けて下さい」

「ミステリィにありがちなパターンとして、一人ずつ殺人が実行されますが、非常に非現実的といえます。一夜にして、殺したい人間をすべて殺す方が、殺人犯としては圧倒的に安全でしょう。何故なら、被害者になる人物たちが警戒するまえに襲うことができるからです。おそらく、恐怖を味わわせたいといった不可解な動機を語るのだと思いますけれど、犯行の成功確率を下げる効果と引き換えにするには、あまりにも不合理で、頭の悪い殺人者が計画したものとしか思えません」

「サイカワ先生は、あの四人が一人の人物によって殺された、と認識されているの？」シモンが尋ねた。「そして、わざわざ一度に殺すために、ここに集められたと？」

「状況から見て、それが妥当な推測ではないでしょうか」サイカワが言う。「ただ、現時点では、そんな動機を持つ人物が誰なのか、その動機がどのようなものなのか、それはわかりません。私は、四人の被害者のことをよく知らないからです」

「少なくとも表向きは、お互いにあまり関係はなかったんじゃない？」シモンが話す。「もしあったなら、その関係でここへ呼ばれたのかって、気づいたはずでしょうし、私たちにそれを話したんじゃないかしら」

「話せないような関係もありますし、本人たちが気づかないものだったかもしれません」サイカワが答える。

「あの、では、私たち三人は、その条件には当てはまらない。だから、殺されずにすんだ、ということですか？」私はサイカワに尋ねた。これこそが今一番切実な問題だ、と認識できた。「もう、これ以上の殺人は起こらない、とサイカワ先生は考えているのですね？」

「私がどう考えていても、これから何が起こるのかを変えることはできません」サイカワは言う。「思考は現実に直接的に影響しない」

「未来を変えるためには、行動が必要ってこと？」シモンはそこで舌打ちした。「さて、どうすれば良いかな？　朝になったら、警察が来る。とりあえず、それまでは、自分の身の安全を確保しないと」

「そういうことです」サイカワは頷いた。

「なんか、でも、とんでもないことになってしまって、私は、この状況を記事に書くしかないのかな……」そこで、私はようやく少し笑顔がつくれた。「不謹慎でしょうか。だけど、仕事のことを考えた方が、なんとなく気持ちが落ち着きますよね。著名な先生方が亡くなって、学界にも衝撃が走るのではありませんか」

「そうだ……」シモンがグラスをテーブルに置いた。「ドクタ・マガタは、この事件にどう関わっているのか？　そこが、一番の焦点だと思う。記事を読む人は、そこを知りたいはず」

「関係があるでしょうか？」私はきいた。「たしかに、招待状の差出人ではありましたけれど、昨日の感じでは、勝手に名前を使われたみたいなことを、おっしゃっていましたよね」

「招待した人間が、殺人を計画した可能性は高いと思います」サイカワは言う。「もしそうなら、自分の名前で招待状は出さないはずです。特に、なんらかの問題を抱えた関係だったとしたら、相手に警戒されるでしょうし、そうでなかったとしても、事件後に警察から重要な容疑者として疑われることになります」

「もし、これでもう殺人は終わりだとしたら、つまり、人を殺すために計画された集いだったとしたら、ですけれど……」私は話した。「私たち三人は、何のために招待されたのでしょうか？」

「そうそう、そこが考えどころだ」シモンが指を立てた。「私は、何のためにここにいるのか、という究極の問題に直面することになる。貴女は、編集長宛の招待状で、編集長の代理でここへ来た。だから、厳密にいえば、招待された本人ではない。そう、サイカワ先生もそうでしたね。代理で来たっておっしゃったでしょう？」

「そうです」サイカワは頷いた。

「そうなると、私は、もしかして殺される人間の一人だったのかな」シモンが言った。「なのにどうして、殺されなかったのか？」

「私とサイカワ先生が、悲鳴に気づいて通路に出たからではないでしょうか」私は思いついた。「あのとき、殺人犯は、四号室のグリーン先生の部屋にいたと思います」

「何？　つまり、次は私の部屋へ来るつもりだったってこと？」シモンが目を見開く。「それが本当だとしたら、命拾いしたってことになる。うーん、でも、申し訳ないけれど、私には全然、殺されるような心当たりがありませんから」

「最初に、女性の悲鳴が聞こえました」サイカワが話す。「あれが、おそらく、五号室のレーヌ先生の部屋で亡くなっていた女性の声だったのでしょう。次に、四号室へ移った。そこで、私とミヤチさんが一度通路に出た。通路が静かになったところで、グリーン先生が殺された。彼の呻き声と倒れる音がしたんだと思います」

「それってつまり、七号室から順番に、殺されてきたってこと？」シモンが言った。「次が、私の部屋だったのね」

「でも、ゾンネフェルト先生は、殺されたのでしょうか？」私は言った。「彼は、外傷はなかったように思えます」

「ウヅキさんは、首を絞められていた」サイカワは私の言葉に続けた。「殺し方が同じではありません。それに、グリーン先生は刺殺で、レーヌ先生の部屋の女性も刺殺ですが、ナイフが残っていたのは五号室ですから、五号室の殺人がさきだとすると、グリーン先生を刺した凶器は、また別のものになります」

「ばらばらというのは、どうなの？」シモンが言う。「計画的に四人を殺した殺人者にしては、統一性がないというのは？　うーん、でもべつに、統一されている必要なんてないけれど」

「できるだけ短時間で……」サイカワが続ける。「しかも音を立てないように殺していこうと考えた場合、あんなふうにはならない、ということですね」

　議論は続いたが、なにもかも不確定だった。殺人現場を丹念に捜索したわけでもないし、また、このオメガ城のほかの場所を調べたわけでもない。殺人者は、まだ城のどこかに潜んでいる可能性が高いだろう。グリーンを刺し殺した凶器を、今も持ち歩いている可能性も高いといえる。危険な状況は継続していると見るべきだ。

サイカワが発した次の言葉が、私には最も重く響いた。

「殺された人たちは、殺人計画のターゲットだったと思われます。つまり、衝動的に発生した事件ではありません。偶然が四組も重なることはありえないでしょう。それよりも、私が一番不思議で、今考えなければならないテーマは、殺されなかった私たちの役目は何だったのか、という点です」

通路から足音が聞こえ、ニモイが現れた。時刻は四時半になっていた。

7

私たちはみんな、期待の視線を彼に向けただろう。ニモイは、ソファの方まで近づいてくると、眉を寄せ困った顔で、小さく頭を下げた。

「申し訳ございません。電話がつながりません」彼は説明した。「どこか故障をしているものと考え、思い当たるところを確認しておりました。そのため、時間がかかってしまいまして……」

「え？　じゃあ、警察に連絡できていないってこと？」シモンが口を開けた。

「はい。どうも……、その、電気的なトラブルのようです。この島への送電に異状があるのではないかと」ニモイが話した。「何が原因かは私にはわかりませんが、夜中に一度停電したのかもしれません。そのことで、一部の装置がリセットされ、使用が限られた状態になっているものと思われます。もし完全に停電した場合には、自動的に自家発電に切り替わり、城内の照明は使えます。コンセントも使えるはずです。お客様の部屋は不自由なく使えるものと思います。今は、自家発電は稼働しておりません。ただ、ネットの中継をするルータが一度リセットされ、その後、正常に立ち上がらなかったようです。電圧変動か、電圧不足が原因の可能性もあるのではないか、と想像しておりますが……」

「有線の電話が使えないのは？」サイカワがきいた。「送電トラブルと同じ理由でしょうか？」

「はい。送電線と電話線は同じケーブルを使っていると聞いております。そのどこかでトラブルがあったのではないかと。ただ、ネットの光ケーブルは、設置時期が異なりまして、別経路だと聞いておりますので、こちらはルータが回復すれば、復旧する可能性はございます」

「誰か、スタッフの人が、その修理をしているのですか？」私は尋ねた。

「いいえ」ニモイは首をふった。「そのようなスタッフはおりません。マニュアルを読みながら、私が試みましたが、なかなか上手くいきませんでした。とりあえず、皆様にご報告しなければならないと思い、途中で切り上げてこちらへ参りました」

「大変でしたね」サイカワが言った。「まだしばらくは、誰も来ないわけですか……。あ、そうだ、これは返しておきます」

　サイカワは、マスタキィをニモイに手渡した。

「ニモイさんがいないうちに、七号室と五号室も見たんですよ」私は、説明役を買って出た。彼に、さらに二人の死体を発見したことを手短に話した。

「どうして、そんなことに……」ニモイは、恐怖を顔に表し、自分が持っているマスタキィに視線を落とした。

「ほかに、マスタキィはありませんか？　誰かスタッフが持っているのでは？」サイカワが尋ねた。

「いいえ、私の知るかぎりでは、そのようなことはございません」ニモイは首をふった。「その……、まだはっきりしたことはわかりませんが、実はもう一つ、お知らせしなければならないことが……」

「何ですか？」私はきいた。

「あの、朝食の準備がまだできておりません」ニモイが言った。

「なんだ、そんなことなら、ご心配なく……」私は、微笑んで見せた。「いつでもけっこうですよ、非常事態なのですから」

「いいえ、その……、お客様にお話しするべきことではないと思われますが……」ニモイは言いにくそうだった。「料理人が予定の時刻になっても現れず、探したのですが、その……、見当たりません」

「ああ、それで、朝食の準備ができないと」私は頷く。「その方は、どこへ行かれたのですか？」

「それが、探してみましたが、見つかりません。それに、その……」ニモイは、さらに言葉を選んでいる様子である。「誰もいないといいますか、見当たらない状況でございまして、あの、私にも何が起こったのか……、まったく、その……」

「誰もいないというのは、つまり、誰のことですか?」サイカワが尋ねた。

「はい、私同様に、ここで働いている者たちです。料理人が二人、給仕が一人、部屋の清掃やお世話をする係りが二人、そのほか、城内の管理を行う一人、庭の管理を行う者が二人、それから、私の補助をする者が二人おりましたが……」ニモイは片手の指を折りながら話した。「その者たちの部屋はいずれも、その、誰もおりませんでした」

「どこへ行ったというの?」シモンが尋ねた。

「いえ、それが……、見当もつきません」ニモイが首をふる。「本当に申し訳ございません」

「部屋の様子は、どんなふうでしたか?」サイカワが尋ねた。「見せてもらえますか?」

「あ、はい。大変お見苦しい場所とは存じますが……」

「いえ、おかまいなく」サイカワが無表情で返した。

私たち四人は、娯楽室を出て、通路を歩くことになった。

食堂を通り過ぎたところで通路を曲がった。突き当たりの大きな鉄のドアをニモイが開けた。

そこは、これまで入ったことのない領域だった。

まず厨房があった。その先に、食料庫のような場所がある。それらのドアを開けて、サイカワが中を覗いた。

その後、奥へ進むと階段があり、そこを真っ直ぐに下りていくと、ニモイが「控室」と呼んでいた部屋があった。事務机が並び、パソコンのモニタやキーボードがのっている。壁にはホワイトボードがあり、日にちなどが書き込まれていた。ここがこの城の事務所というわけである。

「あちらが、私の部屋です」ニモイが指差した。通路を挟んで、事務所とは反対側のドアである。彼が住み込んでいる場所らしい。

通路は、大きな扉に行き着く。彼はそこを開けた。鍵はかかっていないようだった。

「ここから先が、スタッフの居室になります」ニモイが案内する。

両側にドアが幾つか並んでいた。通路には、段ボール箱やプラスティックのコンテナが積まれているため、歩けるスペースは狭くなっていた。

閉まっているドアもあったが、開いたままになっているものもある。

「誰かいるか?」ニモイが大きな声を上げる。しばらく彼は待ったが、返事はない。物音もしなかった。

サイカワは、ニモイの許可を得てから、閉まっているドアを開けた。私も中を覗いた。私たちの客室ほどの広さはない。ベッドと、テーブルと棚、クッションが雑然と配置されていた。バスルームも付属しているようだ。

二つめの部屋も、ほとんど同じだが、家具の配置が多少変わっている。衣服などがハンガにかかっていたり、ベッドや家具の上に脱ぎ捨てられたりしている。たった今まで、ここで生活をしていた、とわかる状況だ。

その次の部屋は、ドアが開いていた。この部屋では、テーブルに雑誌が積まれていた。バスルームもドアが開いた状態で、洗面台のミラーの下に薬品や化粧品が並んでいた。女性が使っている場所のようだ。

サイカワは、黙って歩き、つぎつぎと部屋を覗き込んだ。奥まで入るようなことはなく、ただ、そこにあるものをスキャンするように顔をゆっくりと動かした。それはまるで、レンズを動かして動画を撮影しているような動作にも見えた。

私とシモンは、サイカワから離れ、別の部屋を見にいった。スナックなどの食べ残しがあったり、カップやグラスに飲みものが残っていたりする。ここにいた人たちは、それぞれが個室を持ち、その中で自分の好きな生活をしていたらしい。

一とおり回ったあと、サイカワと合流した。私とシモンは、サイカワが何を言うのか待った。そんな期待を持たせる彼の行動、そして性格がだいぶわかってきた。

サイカワは、ほとんど笑わない。というよりも表情を変えない。声はいつも控えめで、必要最低限の音量だ。口調にも抑揚がなく、感情的な部分はまったく表に出てこない。ただ、話す内容は的確で、論理的だと思えた。無駄なことを話さない、というのも、特徴の一つだろう。

「どの部屋も、そんなに長くは使われていません」サイカワは、ニモイに向かって言った。それが彼の観察結果らしい。そんなこと、私は発想もしなかった。

「さようでございます。今回のことで、半分ほどの者を雇い入れましたので」ニモイが答える。

「こちらへ来て、まだ数カ月という者が多くおりました」

「あと、ほとんど女性のようです」サイカワが続ける。「十人のうち男性は何人ですか？」

「二人だけです。庭師が二人とも男性です。そのほかは、すべて女性です」

「年齢は？」サイカワが質問する。

「それは……、調べないとわかりませんが」ニモイが言う。

「だいたいでけっこうですよ」

「一番若いのは、給仕をした女性で三十代かと。あとは、それよりも年配です。一番上は、五十代です。四十代が多いと思います」

「性別や年齢よりも、どこへ行ったのかが問題じゃない？」シモンが言った。「集団脱走ってこと？」

「わかりません。その、いちおう、倉庫などは調べて回りましたが……」ニモイが首を傾げる。

「もしかして、なにか事件と関係があるのでしょうか？」

「いつまでいましたか？」サイカワが尋ねた。「ニモイさんが最後に彼らを見たのは？」

「昨夜、夕食が終わったときです」ニモイが答える。「厨房に、料理人二人と給仕の一人がおりました」

「キッチンは、綺麗に片づいていましたね」サイカワが言った。

「あ、はい。そのとおりです」ニモイが頷いた。

「その三人以外の人は、どうでしたか？　最後に会ったのは？」

「ちょっとよくわかりません。ゲストの皆様がいらっしゃるまえ、昼過ぎのことですが、一度全員で集まって、最終的な確認をしました。昨日の午後一時半頃だったと思います。そのときには、十人全員がたしかにおりました」

「そのあとは?」

「そうですね。何人かは見かけましたが、全員ではありません」ニモイが答える。

「出ていくといっても、お城以外に、いられるような場所がありますか?」シモンが質問をする。

「私の知るかぎりでは、そういった場所はございません」ニモイが答える。

「ケーブルカーに乗って、船着場へ下りていったのでは?」私は言った。

「それから、どこへ行くの? そもそも船がないんじゃない?」シモンが言う。「夜中なんだし、ちょっと考えられない。もしかして、十人も全員殺されたってことはないでしょうね」

「ざっと見たところ、スタッフの居室には、血痕などはありませんし、凶器のナイフもなかったと思います」

「え? 先生、それを探していらしたの?」シモンがサイカワを睨んだ。

「ざっとです。どこかに隠した可能性もあります」

8

その後、ニモイの案内で、スタッフが行きそうな倉庫や通路などを見て回ったが、どこにも人の気配はなかった。時刻は五時を過ぎ、窓から見える東の空が明るくなってきた。相変わらず、電話は通じない。

　私たち四人は、厨房で朝の食事を作ることになった。ニモイが用意をすると話したので、それを私が手伝うと申し出たら、シモンもサイカワも一緒に来る結果となった。できるかぎり、四人で同じ場所にいよう、というような暗黙の空気があったためだ。なにしろ、殺人者がどこかに潜んでいるかもしれない。

ニモイがスープを作り、玉子を茹《ゆ》でた。私はソーセージを炒《いた》め、野菜を切ってサラダを作った。シモンがパンを切って、サイカワがトースタに入れた。

これらをワゴンで食堂へ運んだ。入口の外の通路に窓があるので、太陽の光が間接的に感じられた。私は一度そちらへ行き、窓を開けて外を眺めた。鳥の声が聞こえているが、それ以外は静かなままだった。テラスにも人影はない。いなくなった十人は、それにアラン・レーヌは、どこへ行ってしまったのだろうか。

紅茶とコーヒーを飲みつつ、普段では滅多に食べられない豪華な朝食となった。八角形の大きなテーブルの半分だけを使い、ニモイも含めて四人で座った。

私は、食欲などないと感じていたのだが、食べ始めてみると、とても美味しく感じられた。あんな悲惨な出来事があって、見たくもない酷い光景が目に焼きついていたにもかかわらず、食事は普通にできる、という発見があった。

「レーヌ先生の部屋で亡くなっていた女性を、あとでニモイさんに確認してもらわないといけません」サイカワが突然発言したため、ほかの三人が顔を上げて彼を見た。「あ、そうか、食事中に話すことではありませんでした。すみません」

「気にしないで。そんな平和な状況じゃないんだから」シモンが微笑んだ。

「承知いたしました」ニモイがサイカワに頷いた。

「レーヌ先生は、どこへ行かれたのでしょう？」私はサイカワに尋ねた。彼も答えることはできない、とは思っていたが。「あの部屋だけ、違いますよね、ほかの部屋とは」

「安直な推理をすれば……」サイカワは答える。「あの女性が殺人犯で、レーヌ先生は、格闘の末、彼女を返り討ちにした。そして、どこかへ立ち去った」

「立ち去らないでしょう、普通」シモンが指摘する。

「立ち去らなければならない事情が生じた、ということです」サイカワが話した。「もちろん、一方では、彼の生存も危ぶまれます。自分の意思で立ち去ったのであれば、伝言か連絡くらいしたはずです」

食べ終わったあと、ニモイとサイカワは二人で食堂を出ていった。五号室の女性の死体を確認するためである。私は、まだコーヒーを飲んでいたし、シモンは、まだ半分ほどの料理を残していた。彼女は、もう食べられない、と零した。

「よく、みんな平気でいられるよね」シモンは、隣の私に顔を寄せて言うと、首をふって鼻から息を吐いた。

「お疲れなのではありませんか、先生」私は応える。「どなたも、平気ではないと思いますよ。私も、ぼうっとしています。何が起こったのか、全然わかりません。でも、これ以上悪くはならないのではないでしょうか」

「そんな保証はない」シモンは短く笑った。「次に殺されるのは私だったんだから。ああ、やり残したことを、もう一度やり直すかもしれない。その機会をどこかで狙っていたりして……」

そう言われると、大丈夫ですよ、そんな心配はいりません、とも言えない。注意した方が良いことは確実だからだ。私たちは、防御に必要なアイテムを持っていない。たとえば、長い棒くらい用意した方が良いのではないか。

私は、端末をテーブルの上に置いて、ときどきネットが回復していないか、と確かめていたが、状況は変わらなかった。

「警察はおろか、救急車も来ないわけでしょう？」シモンが言った。「それどころか、スタッフまで全員が消えてしまった。そうだ、彼らは、この事態を知っていたんじゃない？　だから、さっさと逃げ出したんだ」

「どこへ逃げたのですか？」私は尋ねた。「船が用意されていたのでしょうか？」

「うーん、ゴムボートとか？」シモンは答える。「わからないけれど……。それよりも、まだ島のどこか、それともこの城のどこかに隠れているんじゃない？　全部を調べたわけじゃないんだし」

「調べるには、広すぎますね」私は溜息をついた。「私たちには、未知の場所ですし」

サイカワとニモイが戻ってきた。サイカワは無表情だが、ニモイは悲愴《ひそう》な表情で、口を固く結んでいた。

「どうでしたか？」私は尋ねた。

「よくわかりませんでした」サイカワが答える。

「見覚えのない顔のように思います」ニモイが言った。「ただ、その……、断言はできません。そもそも、スタッフ全員の顔を、しっかりと見ていたわけではありません。私は、二人のアシスタントを通して、彼らの仕事などや、城の状態など、全般を管理しておりました。それに、あの、五号室の女性は、私が見たことのない服装ですし、顔も普通ではなく、髪の色や、目の色もしっかりとはわからない状態です。あの年齢の女性は、四人ほど該当者がありますが、本人かどうかを判断する自信がありません。特に、新しいスタッフについては、一対一で話をしたこともなく、その……、顔をしっかりと見ていないといっても良く……、本当に申し訳ございません」

「スタッフの履歴書とかはないの？」シモンが尋ねた。「写真があるんじゃない？」

「いえ、そのようなものはございません」ニモイが首をふった。

「これから、事務所へ行って、オメガ城の建築図面を見せてもらいます」サイカワが言った。

「一緒にいらっしゃいますか？」

　私とシモンに尋ねたようだ。私はすぐに頷いて立ち上がった。シモンも、溜息をついたあと、立ち上がった。一人で残る選択はありえない、という顔である。テーブル上の食器などはそのままにして、私たちは、食堂の奥から厨房を抜け、通路へ出た。

　ニモイの部屋の向かいにある控室が事務所である。四人でその中に入った。ニモイは、ロッカと壁の間のスペースに立てかけられていた、長い円筒形のケースを取り出した。グレィのプラスティック製のものだった。その片側の蓋《ふた》を外し、中からロールになった大きな図面を引っ張り出した。何枚もあるようだ。

「全部で二十枚ほどございます」ニモイは言った。「敷地《しきち》の配置図、建物各階の平面図、外観立面図、部屋の詳細図、そのほか、設備関係のものが幾つか……」

デスクの上でそれらの図面を広げたが、デスクよりも大きいため、手前は垂れ下がってしまう。巻き戻らないように、小物入れや本をウェイトにした。サイカワは、それに見入っている。

「なにか、これでわかるんですか？」シモンが覗き込んで尋ねた。

「隠れる場所があるのかは、だいたい見当がつきます。それから、ネットの復旧をするためには、電気関係を調べないといけませんから」

「サイカワ先生は、建築がご専門なんですよね」私は言った。その点では、これまで以上に頼もしく感じられる。

サイカワは、図面を何枚か見たあと、ニモイに質問をした。これは何か、このスペースは何のためのものか、といった内容だった。日頃は立ち入らない場所があるようだ。暖房のためのボイラ室、地下の収納庫、庭園の管理に用いる機器を収める場所、それ以外にも、ニモイが一度も入ったことがない、と答えた場所もあった。

「遊園地の施設のような設計ですね」サイカワは言った。「大勢が宿泊できるわけでもない。大規模で広い割には、ここで生活できる人数は多くはない。どういう目的で作られたものかな」

「先生の推測は？」シモンが質問した。

「そうですね。あまり社交的ではない主人が、自分が一年に一度訪れて、二週間ほど過ごすために作った別荘、といったところでしょうか」

そのあと、図面を数枚丸めて持ち、サイカワとニモイは、城内を見回ることになり、私とシモンもその後をついて歩いた。ニモイは、鍵束《かぎたば》を持っている。どこがどの鍵かは、ナンバでわかるそうだ。

カーブした通路を進み、階段を上り下りし、ドアを何度も開けた。暗い場所がほとんどだったが、照明を灯すと、人気《ひとけ》がない空間ばかりが現れる。屋外に出られるドアを確認したところ、いずれも施錠はされていなかった。ただ、内部に簡易な閂《かんぬき》があるドアがあり、それらが閉まっている場合が多かった。昨日、私とシモンが庭園側から入ろうとした西口も、閂が掛けられた状態だった。

このような屋外に出入りができるドアは、すべて施錠することにした。外からの侵入を避けることが目的だが、誰もそれを言葉にはしなかった。

地下もあった。コンクリートの駐車場のような空間で、設備関係の配管が頭の上を縦横に通っている。微かな音が聞こえたが、空調のポンプのモータ音だ、とニモイが説明した。

そこから、上のフロアへ調査を進めていった。小さな収納スペースなども逐一《ちくいち》、ドアを開けて確認をした。非常に沢山の部屋がある。美術品などを収納している部屋は、二重の鍵が設けられ、さらに金庫もあった。ニモイもその開け方を知らないと話した。人が一人か二人は入ることが可能な大きさだが、さすがに金庫の中に人が隠れるとは思えないので、そのままにした。

木造屋根のロフトにも上がったが、がらんとした空間で、窓から差し込む光が、くっきりと白い図形を映していた。誰もいない。隠れるような場所もなかった。

「あとは、塔だけです。四つございます」ニモイが言った。

塔に入るドアは鉄製で、施錠されていた。そのドアから入っても、塔の頂上へ螺旋《らせん》階段で上ることしかできない。つまり、行き止まりである。そんな場所に隠れるとは考えられない。

それでも、ドアをマスタキィで開けて、私たちは中に入った。ひんやりとした空気が、そびえ立つ塔の下に沈澱《ちんでん》しているようだった。螺旋階段を上っていくが、中央部は、上も下も見通せる。あまり、高さを感じたくないので、見ないようにして上った。最後は、中央に丸い穴があいたドーナッツ型のフロアで、円錐形の天井がさらに上へ伸びていた。ベランダのようなものはなく、小さな窓が周囲に並んでいるだけだった。それらははめ殺しのガラスで、開けることができない。ただ、窓の上に外気を通すベンチレータがあるため、風が僅かに感じられた。

絶景のパノラマが展開していた。城の屋根ははるか下で、同じ高さのほかの塔以外は、空か海だった。森は角度的にずいぶん下に感じられる。

「あの辺りが、船着場になります」ニモイが指を差した。

といっても、桟橋などが見えるわけではない。もし、船が停泊していても、手前に岩壁があり、その上にも森林があるため、遮られて見ることはできない。

反対側の窓へ行くと、下に丸いドームの屋根がある。城の西側も見えた。そちらは、建物の窓からは見えなかった方角だ。島の森が広がっているようだが、その先はやはり海である。その海には、船も島も近くにはない。まるで大洋の中心にいるような気分になる。

「この時間は、霞《かす》んでいるので見えませんが、晴れているときは陸地が見えます」ニモイは言った。

東の空に太陽があり、雲もあまり目立たない。天気は良いのだが、ニモイに言わせると、今は晴れてはいない、ということのようだ。澄み渡っていない、という意味だろうか。

不審な点はないので、螺旋階段を下りていくことになった。途中に明かり採りの小さな窓が幾つかあるが、そこから外を覗くことはできない。階段上に立つと、高さが合わないためだ。

残りの三つの塔は、同じものだということで、上らないことが決まった。ドアが施錠されているし、隠れてもなにもできないからだ。

「あとは、最上階の丸い部屋だけですね」サイカワが言った。

「そこも、施錠されていますから、問題はないと思います」ニモイが答えた。

「何のための部屋ですか？」

「いえ、私は一度も入ったことがなく、よくは存じません。長い間、誰も入っていないものと思います。この一年ほど、掃除もしておりません」

「最上階って、どういうこと？」シモンが尋ねた。「この塔よりも高いの？」

「いえ、四つの塔で囲まれたドーム屋根がありましたよね」サイカワが説明した。「そこが最上階です。えっと、テラスの玄関を一階とすると、六階になります。さきほどの塔の上よりはずっと低い場所になりますが、いちおう、城の中央でかつ最上階ですから、一番重要な部屋として作られたはずです」

「重要なのに、使われていないってこと？」シモンが首を傾げる。

「おそらく、城主の部屋なのだと思います。図面では、周囲を円形に通路が囲んでいて、いかにも特別な場所といえます」

その円形の回廊は、塔に入るドアよりも一階上のフロアになる。窓が周囲に並んでいるので、とても明るい。塔ほど高くはないものの、充分に展望が楽しめるスペースといえる。

ぐるりと回廊を巡ると、窓のない壁側にはドアが三つあることがわかった。それぞれ色が異なり、赤、青、緑のドアだった。

「光の三原色ですね」サイカワが言った。「ちょうど、百二十度で分割されています」

サイカワが説明する。図面を見たからいえるのだろう。

ニモイが赤いドアの施錠を解いた。ドアを開けると、真っ暗な部屋から黴臭《かびくさ》い空気が漏れ出た。サイカワが室内に踏み入り、照明のスイッチをつけた。

豪華な調度品が目に飛び込んでくる。部屋は四角ではなく、前後は曲面。また、横に長く感じられた。床はオリエンタルな文様の絨毯。天井は奥ほど高く、シャンデリアが左右に二つ輝いていた。壁は細かい模様が二メートルほどの高さまであり、数点の絵画が飾られている。暖炉、キャビネット、ソファ、肘掛《ひじか》け椅子、ライトスタンドなども高級感が認められる。ただ、これらすべてがくすんでいた。白っぽいというのか灰色に近く、特に上面には埃《ほこり》が堆積《たいせき》しているようだ。蜘蛛の巣が張っている部分も散見される。

サイカワが屈み込み、戸口の絨毯を見つめていた。誰かが入った形跡を調べているのだろう。

この部屋には、入口の正面の奥に、もう一つドアがあった。白い木製のドアである。部屋の形状は、扇形ではなく、中央部はまた別の部屋になるようだ。つまり、お菓子のバウムクーヘンのような平面形といえる。

次に、隣の緑のドアへ移り、ここも確かめてみた。部屋の形状はまったく同じだったが、置かれている家具や絨毯、そして壁の模様などは異なっている。使われている様子がない状況は同様だった。さらに隣の、青いドアも開けて確かめたが、こちらも長く使われている様子がなかった。

サイカワは、通路の中央で屈み込み、床に図面を広げた。大きいので、片側を私が押さえてサポートした。城のほぼ中央部にある円形の部屋が三分割されている。

「この図面では、赤、青、緑の三部屋しかない。どれも扇形で、円の中心まで分割されています」サイカワは指差した。「ところが、今見たとおり、部屋は中心部は壁になっていて、この図面とは異なっている。三つの部屋には、どれも白いドアが奥にありました。さらに奥の中心部に、小さい円形のスペースがあるようですね」

「秘密の部屋っぽいなぁ」シモンが感想を言葉にした。「調べてみます?」

「いえ、あまり深入りしても……」サイカワは首をふった。「もしかしたら、大事なものが保管されているかもしれません。城主の許可もないのに、勝手に立ち入るのは気が引けます。三つの部屋のどれかを通らないと行けないわけですし、どこも最近誰かが入った形跡はありませんでした。したがって、奥の部屋に隠れている可能性は極めて低いと考えられます」

「私は、そんな部屋があるとは知りませんでした」ニモイが言った。「今の三つの部屋も、初めて見ました」

9

私たち四人以外には城内に誰もいない、ということがわかったため、各自が部屋に戻ることになった。ニモイは自分の部屋へ行き、私たちは、一号室から三号室に入った。四人の遺体は、あのままである。

私は着替えもせずに、ソファに横になった。躰が重く感じられるほど疲れていた。そこで少し眠ったらしく、次に目を覚ましたときには十一時になっていた、窓の外はとても明るく、少し室温も上がったように感じた。ただ、静かであることは変わりない。

まず、端末に手を伸ばして、ネットを確認した。残念ながら、改善されていなかった。なにもしていないのだから、当然だろうか。

もしかして、今日中には帰れない可能性があるのだ、と思い至った。呼ばないかぎり、連絡船がこの島に来ることはない、と聞いた。警察や救急隊が来ないどころではない。このままだと、最悪、何日もこんな不気味で危険な場所にいなければならないのだ。そう考えて、ソファから起き上がった。頭を振って、深呼吸をする。

とりあえず、何が起こったかを記録することが、私の使命だ、と思い至る。トランクを開き、ノートを探した。筆記具も出して、昨夜から起こったことを時系列で書いていく。最初に、思いついたことを時間軸に並べて記述し、あとから細かいことをそれらの間に書き足していった。グリーンの部屋で見つけたwの文字についても、思い出した。あれは、何を意味するのだろうか。いずれ、この事件を記事にすることになるのだから、どんなことでも、役に立つはずだ。

もちろん、生きて帰ることができたら、の話ではある。生きて帰れないなんて可能性が、あるだろうか？

よくわからない。だが、私はとにかく、オメガ城の集会をレポートするためにここへ来たのだから、それを忘れないようにしよう。

自分の書いたものを見ているうちに、四人の犠牲者のことで、涙が流れた。今頃になって悲しみが襲うのか、と不思議に思う。今まで、そちらの感情が遮断されていたようだ。そう……、四人には、それぞれに家族があり、待っている人がいたはずなのだ。その知らせは、もちろんまだどこにも届いていない。

そうだ、ここからの連絡がないことを不審に思う人がいるはず。たとえば、うちの編集長は、私に連絡が取れないことで苛立《いらだ》っているのではないか。電話が通じないことに誰かが気づき、船がこちらへやってくる可能性はあるかもしれない。案外、早く助けが訪れるのではないか、と考え、少しだけ気分が高揚《こうよう》した。楽観的すぎるだろうか。

ドアがノックされた。私は時計を見た。十一時四十分である。昼食の時間は十二時から用意を始める約束だった。それには少し早い。

ドアへ歩き、返事をすると、シモンの声が聞こえた。鍵はドアに差し入れたままにしてあった。私はロックを解除してドアを開けた。

「少し早いけれど」シモンが一人で立っていた。「入っても良い？」

「ええ、どうぞ……」私は彼女を部屋に入れてから、ドアに鍵をかけた。

シモンは部屋の奥へ行き、窓の外を眺めてから、ソファまで戻り、そこに腰掛けた。テーブルにはノートが開いたままだったので、私はそれを閉じた。彼女になにか言われるかと思ったが、窓の方へ顔を向けたままだった。

「ネットはまだ駄目ですね」私は話した。「でも、電話が通じないことを、外部の誰かが心配して、こちらへ警察が来るかもしれません」

「考えたんだけれど、ニモイさんが、一番怪しい」シモンが言った。何を突然言い出すのか、と私は少し驚いた。

「マスタキィを持っていたからですか？」私はきいた。

「そう、それもあるし、そもそも、私たちを招待した側なんだから……。すべてを計画できた。こんな孤島に呼び出して、もちろん、理由はわからないけれど、なにか、恨みがあったのか、それとも彼らの死が、なんらかの利益を生むということなんでしょうね。それに、警察が来ないうちに、証拠をすべて隠滅して、関わった人たちを島から逃すつもりなんじゃない？　ニモイさん、今頃消えているかもしれない」

「なるほど。もしそうだとしたら、私たちは安全になりますね」

「まあ、そうともいえるね。でも、厄介《やっかい》なことに巻き込まれたのは確実。警察が来てくれても、ちょっとやそっとでは帰してくれないでしょう」

「私たちとサイカワ先生は、どんな理由でここに呼ばれたのでしょうか。やっぱり、そこが不思議です」

「たぶん、それはね、観察者が必要だということなんじゃない？」

「観察者、ですか？」

「特に、貴女は、記者なんだし、ここで起こったことを記録するために来たわけでしょう？」

「でも、事件の記録をするために来たわけじゃあ……」

「サイカワ先生は、過去にこの種の犯罪に関わっていらっしゃるでしょう。やっぱり、観察者として適任だといえます」

「では、先生は？」私は、シモンの方へ片手を向けた。

「私は、単なる生き残り」彼女は、息を吐いた。「たまたま、殺されずにすんだだけ。まだ、ちょっと心配だけれど……。怖い思いをさせただけで、見逃してもらえたってことなら良いなぁ」

「なにか、そういう目に遭うような、お心当たりが？」

「ないない。全然、そんなもの……、あるもんですか」シモンは仰《の》け反《ぞ》ってから、脚を組み、再び前屈みになった。「もちろん、私だって聖人じゃありませんからね。それどころか、こんな性格だから、敵も多い。それはそう……。だから、憎まれているとは、常々感じていますよ」

「そうなんですか」私は思わず相槌《あいづち》を打ってしまったが、すぐにフォローした。「いえ、そんなふうには全然……」

「あぁ、こんなところに来なければ良かった」シモンは顔を顰《しか》めた。「なんか、いろいろ面倒なことがあって、鬱陶《うっとう》しいから逃げ出してきちゃったの」

「え、何があったのですか？」シモンは、さらに前のめりになった。

「あ、ええ……」私は頷くしかない。

「実は、離婚したの」彼女は語った。「結局は、私の財産が目当てだった。もう、それが露骨になってきて、嫌になってしまって、逆に意地でも別れてやるもんかって、思っていたんだけれど……、でも、最後は諦めた。まあ、こちらでこんな凄い目に遭うと、そんなのも、猫が戯《じゃ》れていたようなものじゃない。あぁあ……、でも、離婚はして良かった。もっと早く決心していたら、もっと早く自由になれた。金で済むことなら、とにかく心の安息が一番。この歳になるとね、なによりもそれなんだなぁ」

離婚の話のようだが、シモンは伴侶《はんりょ》が女性だと話していた。それでも、もちろん、財産権は生じるはず。他人事《ひとごと》ながら、面倒さが伝わってはくる。珍しい話では全然ない。私の周囲でも、そう……、編集長がそれに近い。なにか揉《も》めているような話を小耳に挟んだ。

私自身は、別れたボーイフレンドが数人いるものの、幸いにして拗《こじ》れた関係になった経験がない。私が結婚を持ち出さなかったからだろう、と認識している。人間関係を、特に恋愛を法律で定義することが、どうも腑《ふ》に落ちない部分なのだ。古くからの風習に縛られているような感じで、あまり深く関わりたくない、と身構えてしまう。

たしか、サイカワもそれらしいニュアンスのことを話していた。こんな事件がなければ、もっといろいろな世間話ができたのに、と残念に思う。

　私とシモンは、正午少しまえに部屋を出て、食堂へ向かった。といっても、食事の用意が出来上がっているのではない。これから厨房で、みんなで協力して料理をする予定だ。食堂に到着すると、ニモイが八角形のテーブルにナプキンなどを並べていた。

「そういえば、朝食の後片づけをしていなかったような……」私は言った。

「はい、ご心配なく」ニモイが軽く頭を下げた。

「貴方だけでも、残っていてくれて助かりました」シモンがニモイに言ったが、それは少々角が立つ言い方のように私には聞こえた。なにしろ、たった今、ニモイ犯人説を彼女から聞いたばかりなのだ。

　ニモイは、奥のドアから厨房へ入っていった。私がそちらへついていこうとしたら、シモンに腕を摑まれ、引き止められた。彼女は無言で首を小さくふる。

「サイカワ先生が来るまで、待ちましょう」と囁く。

　ニモイのことを危険だと、本気で考えているようだ。さきほど仮説が述べられたとき、私はあまりにも簡単に同意してしまったかもしれない、と少し後悔した。命の危険を感じての行動は、危険な判断には結びつかないだろう、と思ったからだ。

　しかし、ニモイを疑うのは、どうも筋違いだと私は感じた。シモンは、厨房には包丁などの凶器がある、と想像しているのだろうか。

　一分ほど待っただけで、サイカワが入口から入ってきた。私たち二人は、サイカワに従って、厨房に入った。

既に、ニモイが料理をしていて、フライパンでなにか作っていた。どうやら、ソースのようである。私とシモンは、ステーキを焼く係に指名された。ニモイの話では、このランチまでは、ゲスト用の食材が用意されているそうだ。しかも人数が半減しているのだから、余分にある。万が一、このまま孤立状態が続いても、夕食までは豪華なメニューが可能らしい。しかし、ランチもディナもステーキというのは、少々抵抗を感じるところだった。ディナは別の調理法にしてもらいたいものだ。

「食料は、減っていませんか?」パンを切っていたサイカワが、ニモイに話しかけた。

「え、どういうことでしょうか?」ニモイがきき返す。

「えっと、つまり、いなくなった十人は、食べるものを持ち出さなかったか、という意味です」

「ここの冷蔵庫の野菜などは、なにも減っていないと思います」ニモイは答える。「しかし、食料庫にある穀物などは、調べてみないとわかりません。私は料理を担当していませんでしたが、仕入れた食料は記録が事務所に残っているので、だいたいは確認することができます」

「食べるものを持っていく、とは、どんな状況ですか?」シモンがきいた。

「船でどこか普通の場所へ行くなら、その必要はありません」サイカワは答える。「持ち出すなら金銭か、金銭に替えられるものだけでしょう。しかし、普通の場所ではない、たとえば、山や森の中に隠れるという場合は、とりあえず食べられるものを持っていくのでは、と考えられます」

「お酒も持っていくんじゃない?」シモンがニモイに尋ねた。「高級なワインとかは、減っていませんか？」

「あとで、調べて参ります」ニモイは答えた。

彼は、ソースが出来上がると、それを容器に移した。そして、厨房の奥のドアから出ていった。食料庫やワインセラへ行ったようだ。

「ビールくらい飲みたくなってきた」シモンが言った。「冷蔵庫にない？」

サイカワが冷蔵庫に近かったので、ドアを開けて中を確かめてから、無言で首をふった。

「先生は、飲まれないの？」シモンが尋ねる。

「はい」サイカワは、再びパンのナイフを持って頷いた。

二十分後には、食堂のテーブルに着き、ステーキを食べることができた。ニモイは、野菜サラダも事前に作っていってくれたのだ。シモンが話した仮説は、やはり私は信じたくない、と思った。

ニモイが捜索した結果、ワインセラに異状はなく、また食料庫の食材も目立って減ったものは見られない、とのことだった。サイカワはこれを聞いて、船で近くの港へ行った可能性が大きい、と話した。

「それから、電話やネットのトラブルは、彼らが故意に作り出した状況ではないかと思います。警察に通報されては困るからです。逃げる時間を稼ぐために行《おこな》ったのでしょう」

サイカワのこの推測は妥当なものに思えた。しかし、彼らは、いったい誰なのか。また、何から逃げたのだろうか？

「単純な推論としては、四人の殺害に関わっている人たち、ということでしょう」サイカワはフォークとナイフを持ったまま話した。「十人がすべてとは思えません。その中に、関わった者がいる。あるいは、ほかの全員は、その人物に騙《だま》されているのかもしれません」

「レーヌ先生が、そのグループに加わっている可能性も高いのでは？」シモンが言った。

「そうですね。ただ、そこはなんともいえません。ちょっと不自然な気もします」サイカワが答える。

「そうでないとしたら、レーヌ先生も被害者で、どこかで……」シモンはそこまで言って、言葉を切った。

　ステーキは美味しかったが、全部は食べられなかった。シモンがワインを飲んだので、私一人がグラス一杯だけつき合った。高級なワインだそうだ。そう言われてみれば、という程度しかわからなかった。

「午後は、電話とネットのルータを調べてみます」サイカワがまた突然話を始めた。「陸地からの海底ケーブルでトラブルがあった場合は、手の出しようがありませんが、もし故意にこれらの機能を止めたのだとしたら、この城の中からやったことですから、もしかしたら解決ができるかもしれません。機械が叩き壊されていなければの話ですが」

「先生のご専門ですものね」シモンが言った。

「いえ、専門ではありませんが。工学の内だといえば、そのとおりですが」

10

ランチのあと、サイカワはニモイと二人で、ルータや電源などの設備機器を確認しにいった。私とシモンは、自室に戻ることになった。

シモンが二人についていくと言わなかったのは、あの仮説によるのだろう。ニモイが危険な人物であったとしても、サイカワと彼が一緒にいれば、少なくとも自分たちは安全である、という理屈だ。島にほかに誰もいないとしたら、たしかに、その判断は筋が通っている。

私は、それぞれの部屋で過ごすのかと想像していたが、二階へ下りたところで、どちらかの部屋に二人でいましょう、とシモンが提案した。断る理由もないので、彼女の部屋に私も入った。もちろん、念のためにドアは施錠しておいた。

窓から外を眺めたが、太陽の向きが変わっているだけで、なんの変化もなかった。誰もいないし、声も聞こえない。海は遠くしか見えない。たとえ船が見えたとしても、呼ぶような手立てがない。旗でも振るしかないのか、と少し考えた。

もちろん、狼煙《のろし》を上げるとか、地面に大きな文字を書いて、航空機に見つけてもらうといった手段も考えられる。だが、食料や水はまだ充分にあるし、電気も使える。死体が四体あって、その処理に困っているものの、幸い、怪我人や病人はいない。そこまで危険で深刻な状況でもないか、と思いたかった。

「死んでいた女の人だけれど、いったい誰だと思う？　あの人はどこから来たわけ？」シモンはソファに足を上げて横向きに座っていた。「ニモイさんが、知らないと言っていたの、どうも信じられない。一緒に働いていた仲間というか、部下の一人だった可能性が高いと思わない？」

「でも、ドクタ・マガタも、島の外から来たのですから、ほかに外来者がいてもおかしくありません」私は言った。自分としては、ニモイの言ったことは本当なのではないかと考えていた。「もちろん、可能性の問題ですけれど」

「そうね。今まで、ドクタ・マガタと殺人事件の関係を、あまり考えていなかった。もともと、ここのスタッフたちは、彼女が人選して雇い入れたのかもしれないわけで、殺人事件もすべてが計画のうちだった可能性もあるでしょう？　実行したあとは潜水艦で十人と一緒に逃走した、というのは、どう？」

「犯行は十一時から可能性がありますけれど、実際に私たちが悲鳴を聞いたのは二時四十分頃でした」私は、思い出しながら話した。「四人を順番に殺すのには、ある程度の時間がかかるとは思います。でも、だいたい一時頃から二時四十分頃だったのではないでしょうか。全員が寝ている時間を狙ったわけです。だとすると、ドクタ・マガタの潜水艦は、八時間も待っていないといけないことになります」

「うん、そうだね」シモンは頷いた。

「ドクタ・マガタは、急いでいるような感じでしたけれど」私は指摘した。「八時間も出発できないのなら、もう少しこの城でゆっくりしていっても良かったんじゃないですか？」

「それは、その人の考え方しだいでしょ」シモンが苦笑した。

「レーヌ先生も、一緒に潜水艦で逃走したのですか?」

「それは、わからない。それは、彼の部屋で死んでいた女が何者かによる」

「そうですよね」私は腕組みをしていた。「あと、四人の殺され方がそれぞれ違っていたのも、妙だと思いませんか?」

「そう、そこは、たしかに引っかかる」シモンは頷いた。「同じ犯人が一人ずつ順番に殺していく場合、普通は同じ武器を使って、同じ殺し方をする方が合理的だよね。違う殺し方をわざわざするのは、同一犯ではないという偽装をしたい場合だけれど、部屋が隣で、しかもほぼ同時刻に起こった事件では、そんな偽装は無意味。だから、どうして、ナイフを使ったり、紐を使ったりしたのか、最初から不思議だった」

「同一人物の犯行ではない場合は、どうですか?」私はきいた。

「でも、場所と時間が一致しているんだよ」シモンが片手を振った。「被害者はいずれも、部屋に一人でいたはず。そこへやってきた犯人は、もちろん計画したとおり実行したわけだ。犯人が複数だとしたら、彼らは、事前に打ち合わせをしたと考えられる。たとえば、スタッフの中の誰かだとして、しかも複数の実行犯がいたとしても、お互いに情報交換を当然するはずでしょう? 時間も打ち合わせないといけない。どの部屋に誰がいるのかも、確認が必要だし。それに、犯行後の逃走についても計画があったはず。そんな状況において、殺し方はそれぞれ好きなようにしましょうって、そんなふうになる? 私なら、絶対に決めておくし、話し合って一番確実で、失敗しないような方法を選択する。そうじゃない？」

「つまり、複数犯の場合、それは仲間だということですね」私は頷いた。

「そう、示し合わせて実行した。なのに、やり方はばらばら。これって、どう考えたら良いと思う？」

「仲間だけれど、仲が良くないとか」私は答える。

「面白いわね」シモンが微笑んだ。「そういうのって、うん、あるかも。チームではあるけれど、お互いに反目《はんもく》している関係。そう、なにか、たまたま集められたメンバってイメージかな。そうだ、ドクタ・マガタかどうかはわからないけれど、プロの殺し屋を集めて、ここへ送り込んだというのは、どうだろう？」

「うーん、どうでしょう……」私は唸った。それはないだろう、と直感的に思ったからだ。

「しっかりとは見ていませんけれど、プロの殺し屋の方法って、あんなふうでしょうか？」

「あ、そうだ、犯人は返り血を浴びたはずだよね」シモンが言った。

「はい、えっと、四号室と五号室は、大量の血痕がありました。五号室では、ティッシュで拭った形跡も」

「犯人は、そのあと、どうしたのかな。どこで手を洗ったんだろう？」

「それは、殺人現場の近くじゃないでしょうか。バスルームですね、たぶん」

「そういうのって、犯人のＤＮＡが残るんじゃない？」シモンが宙を指差した。「駄目かな。流れちゃう？」

「簡単には流れないと思います。そうですね。えっと、髪の毛一本でも残っていればＤＮＡは調べられますから、あの部屋を丹念に探せば、犯人を特定するために必要な証拠は見つかるんじゃないでしょうか。だから、サイカワ先生が、あの状態のまま保存するっておっしゃったんだと思います」

「早く警察に来てもらわないと」シモンは舌を打った。「もう、電話が通じないことに、気づいているかな？　貴女、定期的に会社と連絡を取っていた？」

「定期的ではありませんが、はい。半日に一回以上、編集長に簡単に状況を知らせていました。指示を仰ぐことが多いので」

「それじゃあ、連絡がないから変だって思っているはずだよね」

「どうかな、まだお昼過ぎですから……。でも、夜になっても連絡が来なかったら、ちょっと変だと感じるとは思います」

「あ、そうだ。私たちって、今日帰る予定だったでしょう？」

「はい、そうです」

「じゃあ、船が来るんじゃない？　帰りの予定、あの連絡船の事務所で話した？」

「いいえ」私は首をふった。

たしかに、乗船券は往復のものだ。しかし、帰りは、船が出港する三十分以上まえまでに連絡すれば良い、ということしか聞いていない。

「私は、そういうことは、この島の人が連絡してくれるものだと思いました。地元なんだし、招待した側なのですから」

「島への迎えを頼んだ人、いないかな？」シモンは首を傾げた。

「それをしそうな人は、サイカワ先生くらいですね」私は答えた。彼が一番、さきざきまでの予定を重視し、几帳面な行動を取りそうだ、と思えた。

　これに対しては、シモンは無言で頷くだけだった。

「シモン先生は、レーヌ先生のこと、以前からよくご存知だったのですか？」私は、話題を変えた。

「ええ、知っていた。あの人、それなりに有名人だから。テレビなんかでも、よく顔を見るしね」

「シモン先生がオメガ城へ招待されていることを、レーヌ先生はご存知でしたよね。会う約束をしている、と伺いました」

「うん、まあ、ほんの偶然なんだけれど、半年くらいまえに、私の本をテレビで紹介してくれたから……、いえ、私は見ていなかったんだけれど、学生が教えてくれて、それで有名人みたいだから、お礼のメールを送ったわけ。そのあと、一週間に一度くらい短いメールが往復している感じ。遠い場所へ招かれているって話を彼が書いてきて、私もそうだと返したら、どこですか、となって、まさか、同じパーティじゃないのってびっくりしたというか……」

「パーティだと思われたのですね」

「そう、百人くらい集まるものだと思った。だって、ドクタ・マガタが招待主なんだから、誰もがそう思ったんじゃない？　でも、周囲に聞いたかぎりでは、誰もそんな話を知らなかった。

ちょっと変だなとは思ったけれど。たしかにね、あのときの直感を信じて、やめておけば良かったんだ」

「メールで、どんなお話をされたのでしょうか？」

「なにも」シモンは首をふった。「取り留めもない世間話。あ、そう……、たぶん、彼は私のことを、もっと若いと勘違いしたんじゃないかしら。なにか、特に最初の頃ね、そんな勘違いがあったのだなって、あとになって思った。まあ、今となっては、なんかさ、人間の頭脳の虚《むな》しさを感じるなぁ」

11

午後三時になった。私とシモンは、二人だけの会話に少々飽きてきた。サイカワたちのところへ様子を見にいこう、とシモンが言い出した。

二人で通路に出て、階段を上がっていく。

「貴女、なにか格闘技をやっていたんじゃない？」シモンが突然きいた。

「いいえ、全然」私は首をふる。「格闘技って、たとえば何ですか？」

「日本人は、みんな柔道を習うんじゃないの？」

「私、日本で育ったわけじゃありません。それに、日本人でも柔道をやっている人は、ごく少数だと思いますよ。先生は、なにかされているんですか？」

「やってないよ、そんなの」シモンは笑った。「でも、習っておけば良かったと思うね、こんな物騒《ぶっそう》な場所にいると。襲われないように、拳銃《けんじゅう》でもあれば良かった」

「使い慣れないものを持っていると、それこそ危ないと思います」

「そうかも。貴女って、そういう冷静なところが素晴らしいと思う。冷めているし、感情的じゃないし、若いのに珍しい」

「そうですか。自分では、そんなふうに思ったことがありません。冷静でしょうか。ぼんやりしているし、鈍感だから、そう見えるだけだと思います」

まず、食堂に出た。テーブルは片づけられている。これは、ランチのあと、各自で厨房まで食器を運んだからだった。

そこから厨房に入る。誰もいなかった。食器類は既に洗われて、整理されていた。ニモイの仕事だろう。

シモンは、調理台の近くへ行き、キャビネットの戸を開け始めた。なにか探している様子だ。そちらへ見にいくと、彼女は、ある戸を開けて、私を振り返った。その中には、包丁が入っていた。

「ここに、凶器がある」シモンが指差した。

「さっき、ニモイさんが使っていましたね」

「本数を覚えておきましょう。五本」

「どうしてですか？」

「もし、数が減っていたら、気をつけた方が良い、というサインだ」そう言って、シモンは戸を閉じた。

その考えには賛同できない、と私は思った。減っていることを確認するよりも、凶器として使われる方が早いだろう、つまりサインは実質的に間に合わない、と想像できるからだ。

そういえば、グリーンを殺した凶器は、見つかっていない。部屋のどこかにある可能性も大きい。きちんと探した方が良いだろうか。厨房にある五本のうちの一本が使われた可能性だってあるし、以前は六本だったかもしれない。犯人は、ここへ戻って、包丁を洗って、キャビネットに戻しておいたのか。マスタキィも戻しておいたのだから。そんな想像をして、背筋が寒くなった。

事務所が近づいてくると、サイカワとニモイが通路をこちらへ歩いてくるのが見えた。どこかほかの場所で作業をしていたようだ。サイカワは片手を軽く上げて、私たちに応えた。

「駄目です」サイカワが、まず結論を口にした。「どこが悪いのかは、だいぶ絞れてきましたが、テスタがないのが痛いですね」

「テスタというのは？」私は尋ねた。

「ちょうど、休憩しようと戻ってきたところです」ニモイが言った。「紅茶を淹れて、果物でもお出ししましょう」

私たちは、厨房へ戻った。ニモイの提案に対して、手伝うことを申し出たが、大丈夫です、と手を洗いながらニモイが答える。

サイカワは、持っていた図面を調理台の上で広げ、顔を近づけている。彼には休憩の必要がないのか、それとも寸暇《すんか》も惜しむ方針なのか。

十分後に、食堂でティータイムとなった。パイナップルとキウイフルーツが切られ、小皿に取り分けられた。紅茶はニモイがポットで淹れたものである。

シモンはサイカワに、帰りの船について尋ねた。来るときに、明日帰ると話さなかったか、という質問である。サイカワは首をふった。いつでも連絡できると考えていたと。ニモイも、通常連絡するのは、船が出港する一時間まえだそうだ。船は、あの港を出て、五つの島を巡り、同じ港に帰る。平日も週末も関係なく、毎日同じ時刻の運航だという。

「じゃあ、今頃に連絡するわけですね」私は、端末の時刻を見ながら呟いた。

ネットはまだつながらないし、電話も通じない。ということは、船はこの島に来ない。今日帰ることは絶望だ、と思うと溜息が漏れる。

「下の船着場に誰かが来たとき、どうやって城に知らせるのですか？」私は、ニモイに尋ねた。

「ケーブルカーの駅にインターフォンがございます。ここの事務所でブザーが鳴り、話ができます」ニモイが答える。

「事務所に誰もいなかったら？」私はきいた。

「その場合は、ご自分でケーブルカーを走らせる以外にありません」ニモイが答える。「発車ボタンを押すだけです。自動で上まで来ます」

「ケーブルカーが上の駅にいる場合は？」

「下の駅に、ケーブルカーを呼ぶボタンがございます。エレベータと同じです」

「ああ、そうか、わかりました」私は頷いた。最初にそれを言ってほしかった、と思う。

「あの……」サイカワが片手を少し持ち上げた。質問をするときの学生のようだ。「ドクタ・マガタが来たとき、ニモイさんは、直前に連絡を受けた、とおっしゃいました。あれは、下のインターフォンで呼び出された、ということだったのですか？」

「そうです。私は厨房におりましたが、ブザーが聞こえました。インターフォンで、これから上がっていく。出迎えはいらない、とおっしゃいました」ニモイが答える。

「たしか、ドクタ・マガタが、もうお発ちになった、ともおっしゃいましたね。どうして、彼女が出発したとわかったのですか？」

「はい、事務所には、ケーブルカーの位置を示すランプがございます。上にいたものが、下へ行ったことを、ランプの表示で知りました」

「なるほど」サイカワは頷いた。「その運行は、記録されないのですか？」

「はい、残念ながら」ニモイは頭を下げた。

サイカワがききたかったことは、私にも想像できた。消えたスタッフたちがケーブルカーに乗ったのか、それはいつ頃だったのか、そういったデータがもし存在すれば、謎が多少は見えてくるだろう。

フルーツも全部食べたし、紅茶のお代わりもしてしまった。大惨事の最中にあって、私は健康なようだ。

三時半に、お茶会はお開きになった。私は、サイカワの調査の様子を見たくなったので、そちらに同行したい、と話した。シモンは、昼寝をしたい、と言い、自室へ戻ると話した。ニモイが、サイカワや私と一緒に行動するので、シモンは自分は安全だと判断したようだ。城は現在、出入口がすべて施錠されているので、内部にはこの四人しかいないはずである。

　私たち三人は、階段を下りていき、地下一階の北側に位置する機械室に入った。サイカワの簡単な説明では、二時間かけて、電話回線がどこかで切断されていること、ネットのルータには電気が供給されているものの、外部との信号のやり取りが行われていないこと、などが判明したそうだ。私には、状況がさっぱりわからない。

「故障ではないのですか？」私は彼に質問した。

「故障といえば故障だけど、故意に破壊されたものか、偶発的な断線なのかはわからない」サイカワは答えた。「もちろん、どこを直せば良いかも、まだ絞り切れていない。それがわかれば、直せるか直せないか、くらいは判断できるでしょう」

　まだ、さきが長そうに思えたが、サイカワという人物が、楽観的か悲観的かによって、言葉の選択が異なるだろう。これまでの言動からは、楽観的な人間には見えないが、そんな判断をしてしまう私が楽観的かもしれない。

「あの、テスタって何ですか？」私は改めて質問した。

「ここにないものです」サイカワはそう答えたが、三秒ほど沈黙したあと、私を見てほんの少し微笑んだ。「電気を見るための測定器ですよ、電圧、電流、抵抗などを計る道具で、私は、小学三年生のときに買ってもらいました」

「そうですか、私は買ってもらえませんでした。そういうことで、人生が決まってしまうってことでしょうか？」

「まさか」サイカワは、また視線を逸らせ、蓋を開けた機器の中を見つめる。「テスタがないので、通電を確かめるのも大変です。そのための装置を自作しました」

サイカワが手に持っているものを、少し持ち上げた。ピンセットとコードと電池はわかったが、そのほかの小さなパーツは私には意味不明だった。質問して答を聞いてもわからないだろう、と確信できたので、黙って頷くしかなかった。

「何を調べれば良いかは、だいたい見えてきて、それを順番にチェックしています。あと二時間もすれば、問題がある部分が特定できる計算です。運が良ければ、それよりも早く見つかる。二時間というのは、運が悪い場合の想定です」

「そうですか、頑張《がんば》って下さい」としか応えようがない。

ニモイは、同じ部屋の別の場所で、機械の前に座り込んでいる。その機械の前面には、メータが幾つもついていて、彼はそれを眺めているようだった。手は動かしていない。じっと見ているだけだ。私はそちらへ歩いていった。

「ニモイさんは、何をしているのですか？」

「なにもしておりません」彼は私をちらりと見て答えた。「ときどき、サイカワ先生がメータを見ろ、とおっしゃるので、待機しているだけです」

「しばらく、言わない」サイカワが呟くように応じた。

「今は、私の仕事はございません」メータから解放されたニモイはこちらを向き、立ち上がった。「食事の支度や、その他、ベッドのシーツの洗濯など、やらなければならないことはあります。しかし、私が一人で行動すると、シモン様がご心配になるのではないか、とサイカワ先生に教えていただきました」

私は、サイカワを見た。彼はこちらを向かなかった。どうやら、シモンがニモイを疑っていることを、サイカワは察しているようだ。たしかに、論理的に導くことができる一つの結論かもしれない。しかし、もしそうなら、サイカワはニモイと二人だけになって、恐怖を感じなかったのだろうか。彼は、ニモイを信じているのだろうか。

「シモン先生、さきほどキッチンで包丁を探して、本数を確かめられました」私は、サイカワに話した。もちろん、ニモイにも聞こえる声で。

「そう……」サイカワは小さく頷いた。しばらく、彼は黙っていて、電子回路の中にピンセットを慎重に差し入れる作業を続けた。ようやく、息を吐きながら、その手を休めると、私に視線を向けて言った。「自分の身を守りたいから、なにか武器が欲しい、と考えられたのだと思う。もしかしたら、今頃こっそりキッチンへ来て、果物ナイフくらい持ち出されたかもしれない。それくらいの行動は、責めるわけにはいかない。身を守る権利は、基本的なものです」

「いえ、私も、もちろん、そう考えています」私は、彼の言葉に少し慌てたかもしれなかった。自分の報告が、他人を密告するような意味に誤解されたかもしれない、と思いついたからだった。「ええ、一人で寝ていても、誰かが入ってくるんじゃないかって、心配なのだと思います。

当たり前というのか、うーん、難しいですけれど」

「大丈夫ですよ」サイカワは言った。「もう、野蛮なことは起こらない、と私は考えています。私を信じてもらえるかどうかは、私の問題ではありませんが」

「では、私の問題ですか?」私は自分の胸に片手を当てた。

「ええ」サイカワは頷いた。

不思議な人物だな、と思った。持って回った言い方をするのだが、けっして本質を外れていない。飾ることのない言葉は、いつも現実を客観視しているからこそ出るもののように感じられた。彼は、この四人の中には、殺人者はいない、ということを言っているのだろう。

12

しばらく沈黙が続いた。ニモイは、計器の前に立っている。サイカワは機械の内側と格闘しているようだ。私は、ふと連絡船のことを思い出した。もし、昨日と同じ時刻に出港した船に、この島に来る客が乗っていたとしたら、この島のあの桟橋へやってくるのではないか、と考えた。

「あの、船着場に船が来る可能性があるのではないでしょうか?」私はサイカワに話した。彼は顔を上げて、私を見る。「えっと、つまり、郵便とか、荷物がこの島へ来るとか……」

「そのような予定はございません」ニモイが言った。

「でも、あるかもしれませんよ。船着場で待っていれば、偶然近づいてきた船の人に、この島の状況を話すことができます」私は続ける。「可能性がゼロではありませんよね？」

「たしかに……」サイカワは頷いた。彼は、ちらりとニモイの方を見た。

「承知しました。見て参ります」ニモイが答える。

「いえ、私が行った方が良いと思います」私は、サイカワの前に立っていた。意識してニモイを見ないようにしたともいえる。「ケーブルカーの使い方は教えてもらいましたし、大丈夫だと思います」

　サイカワは、またニモイをちらりと見たようだ。ニモイを一人にさせることは、あとでなにかあった場合に、シモンに非難される可能性がある。もちろん、シモンが非難できる状態であれば、の話だが。彼は、そう考えたのだろう。

「大丈夫ですか？」サイカワは私にきいた。少し小声になっていた。

「大丈夫、だと思います」私は頷いた。

「包丁を持っていきますか？」サイカワは表情を変えずに言った。これは、たぶん冗談だろう、と私は解釈した。

　自分としては、精一杯元気を出そう、と思っていた。果敢《かかん》な挑戦をするつもりで言い出したのだ。だが、同時に少々後悔もした。危険に対する感覚が麻痺してしまったのかもしれない。

「もし、ケーブルカーが上手く動かなかった場合は、どうしたら良いですか？　非常ボタンがありますか？」私はニモイに尋ねた。

「トラブルが感知されると、こちらの事務所で、非常ランプが灯りますので、その場合は、救助にいきます。慌てず、そのまま待っていて下さい」

「エレベータと同じですね」私は微笑んだ。「ケーブルカーを使わないで、船着場へ下りていく道は？」

「一時間以上かかります。誰も使っていないので、通れる状態かどうかわかりません」ニモイの返答で、私は余計に怖くなった。

私はマスタキィを預かった。外に出るためには、幾つかのドアを通るからだ。内側から開けるだけならば、キィの必要がなく、レバーを手で回せば可能な箇所もあるが、外へ出てから施錠した方が良い、とのサイカワの指示だった。私は、そこまでは考えていなかった。この城を完全に封鎖した状態で維持したい、というのがサイカワの方針らしい。

着替えをするために自室に戻ろうか、とも考えた。また、シモンを誘った方が良いかもしれない、とも考えた。だが、階段を上がるのが面倒だったし、シモンは寝ているだろう、と思い直した。今の時間ならば、屋外が寒いということもないはずだ。

玄関からテラスに出て、外の空気で深呼吸をした。既に太陽が建物に隠れている。風はなく、空には雲も少なかった。

まず、階段を下りていき、ケーブルカー乗り場へ向かう。ケーブルカー自体は、そこにはなかった。つまり、下へ行った状態なのだ。昨夜、ドクタ・マガタが乗っていったままなのか、あるいは、十人のスタッフが乗ったのか、などと想像した。

目立つ位置にスイッチを見つけ、それを押した。すると、どこかで機械が動き出す音がして、線路上のケーブルが動き始めた。このケーブルがあの車両を引き上げているわけで、まさしくエレベータと同じ、エレベータのように垂直ではなく、上り下りが斜めになっているだけだ、と理解できた。

軋《きし》むような音と、金属が擦れるような高い音だけが鳴り響く。周囲を何度も見回したが、人影はない。しばらく続いたが、ついに無人の車両が線路を上がってきた。それは、目の前で自動的に停車し、ほぼ同時にドアが開いた。私は乗車して、中にあったボタンを探した。これもすぐに見つかり、押してみると、ブザーが鳴り、ドアがまず閉まった。

数秒遅れてまたブザーが鳴り、ケーブルカーが発車した。来たときには、ニモイがすべての操作をしているのだと思ったが、ほとんど自動だったというわけである。

一人で乗るなんて、貴重な体験ではないか、と考えた。そうか、カメラを持ってくれば良かった。すっかり忘れていた。

トンネル以外のところでは、右も左も樹々が生い茂っている。深い森の中といった感じだ。ケーブルカーに乗らなければ、船着場とオメガ城を結ぶ道は、歩いて一時間以上かかるという。しかし、このケーブルカーを建設するためには、資材を上まで運ばなければならなかったはず。勾配《こうばい》の大きい線路だけ先に造ったかもしれないが、それ以前は、長い道のりでも、歩く道を使うしかなかった。現在は、ケーブルカーが故障したときのバックアップとして残されていても、誰も使わないのは当然だ、と思えた。

この島には、それ以外にも幾つかの道があるのではないか。はたして、この島の人工物は、オメガ城だけだろうか。あの消えた十人は、今も島のどこかにいるのではないか。オメガ城は建設されてまだ十年ほどだ、とサイカワは言った。ニモイは、最近ここへ来たばかりで、昔のことを知らない。

城が建設される以前にも、この島には人が入っていたのではないか。そうだとすれば、そういった道や、あるいは廃墟《はいきょ》のような建物が存在している可能性だってある。

そんな想像をするうちに、一人で出てきたことを、私は後悔した。城には四人しかいないかもしれないが、島には四人だけとは限らないのだ。

ケーブルカーが終点に到着し、自動停止した。ブザーが短く鳴ってから、ドアが開いた。

海風が感じられる空気だった。カモメだろうか、沢山の鳥の鳴き声が喧《やかま》しいほどで、耳を塞《ふさ》ぎたくなった。昨日はこんなふうではなかったのに、と思い出す。

まだ海は見えない。大きな岩に遮られている。船着場へ出ていく道を進む。付近では珍しく、草木が生い茂っている場所があり、そこを回避して道が曲がっていた。

桟橋が見えた。もちろん、船はいない。

海には白波だけ。見える範囲には船らしきものは一つもない。

小さな電子音が、鳴っていることに気づいた。鳥の声に混ざって聞こえている。何だろう？

私は立ち止まった。

電子機器の警告音のような感じで、一定ではなく、断続的に鳴り続いている。

振り返り、少し戻ってみた。

ケーブルカーの方から聞こえているように思える。

私は、来た道を引き返し、ケーブルカーの駅の中に戻った。

電子音は大きくなる。さきほどは、こんな音は鳴っていなかったはず。

その音源を探して、周囲に顔を向ける。ケーブルカーの前方のように思える。そちらへ見にいった。

だが、ここで、私の記憶は途切れてしまった。

何があったのか、わからない。

私は、ここで気を失ったらしい。

なんらかの攻撃を受けたことを、あとになって知ったのだが、幸いといって良いのか、私の記憶には残らなかった。

ただ、ぼんやりと……。

波の音が続いていた。

潮の香り。

覚えているのは、そんな夢のような、映像のない音と匂《にお》いだった。

ジャングルのような道を歩く音。私は運ばれていく。

煩《うるさ》い鳥の声は遠ざかり、眩《まぶ》しい光が、小さな隙間から差し込んでいた。

隙間を透過した光は、プリズムのように屈折する。

私は、赤、青、緑の三原色を見た。見た、と思った。

夢なのに、色が鮮明だった。
三つの色が重なったところは、真っ白に輝いている。
包丁は五本だ、と思い出す。

第3章

二人の拘束者

それゆえ、魂とは、それについて人が少しも観念を持っていない空虚な言葉であり、心あるものなら、われわれの中にある思考する部分を示す以外には、使用すべからざる言葉である。運動の原理を少しでも仮定すれば、生命のある物体は、動き、感じ、考え、後悔の念を抱き、一言にしていえば、肉体においても、それに依拠《いきょ》している精神においても、自らの行いを律《りつ》するために、必要なすべてのものを持つであろう。

I

真っ白な壁、床、天井。殺風景な部屋に、赤いソファと青いソファが私の前に置かれていた。どこにいるのかわからず、これはまだ夢なのだ、と思った。

赤いソファには、男性が座っていた。その顔は天井を向いている。寝ているようだ。ぼんやりとして、焦点が合わず、誰なのかわからなかった。

自分の躰を見た。膝《ひざ》がある。私は、緑色のソファに座っているようだ。

自分の脚が確認できたが、本当に自分の脚だろうか。

髪が目にかかる感触。目を擦りたかったけれど、手が上手く動かない。

両手は、膝の上にあるようだ。

躰を捻《ひね》った。首を横へ向ける。そちらを見ようと思った。

だが、よくわからない。

手を動かしてみる。感触としては、なにか硬いものが引っかかっている。

何度も目を瞬《またた》いて、もう一度前にいる男性を見た。

自分からの距離は二メートルほど。真っ直ぐ前ではなく、私の躰は、少し斜めに向いているらしい。そもそもソファが平行に対面しているのではなく、赤いソファも青いソファも斜めに置かれていることに気づいた。

「あのぉ……」声をかけてみた。

自分の声が、ずいぶん遠いところから聞こえる感覚。

首を捻り、回してみる。頭を振ってみた。頭が痛いのがわかった。

「ここは、どこですか？」

私の声は、彼に届いただろうか。

男性が少し動いた。ソファの背にもたれ、顔は天井を向いていたが、その顔をゆっくりと持ち上げ、目を細めて、こちらを向いた。

髪が乱れているし、目の横に痣のようなものがあった。

しかし、誰なのかわかった。

「レーヌ先生」私は彼を呼んだ。「大丈夫ですか？」

彼は、一度しばらく目を閉じて、小さく唸っていたが、次に目を開けると、私をじっと見据えた。口を動かしたが、すぐには言葉にならなかったようだ。深呼吸のように息を大きく吸ってから、吐き出した。

「えっと、君は……」

「ミヤチ・ノエミです」

「そう、ミヤチさん」レーヌは嗄《しわが》れ声だったが、咳払《せきばら》いをした。「失礼。ああ、大変なことになりましたね」

「あのぉ、何があったのですか？」

「それは、私が問いたい。ただ……、ちょっと、その……、考えを整理する必要がありそうです」

私は、自分の両手が拘束されていることを具体的に把握した。膝の上にある手首を見てわかった。前にいるレーヌも手首が見えたとき、手錠が見えた。私も同じ状態なのだ、と理解することができた。

「ここは、どこですか？」私は尋ねた。

「わからない」レーヌは首をふった。「あ、あのオメガ城から、こちらへ連れてこられました」

「城で、何があったのですか？　いえ……、レーヌ先生の部屋で、何があったのですか、ということですけれど」

「私の部屋は、そうだ、五号室でしたね」レーヌは顔を上に向け、宙を見つめた。「あれは、昨日の夜ですか？　ディナが終わって、上等なワインで、ずいぶん気持ち良く酔っていた。そうでしたね？　そこまでは、覚えている。でも……」

「そのあと、どうされました？」

「どうしたんだろう？　いや、わからない。寝たんだと思うが……。それが、最も自然で合理的でしょう？」

「誰が、先生をこちらへ連れてきたのですか？」

「わからない。気がついたら、こんな状態ですよ。この部屋に、入れられた覚えはない。気づいたら、ここにいた。ここは、城ではありませんね？　でも、島のどこかですよね？　たぶん、そうだと思いますが、自信はない」

「城ではないと思います」私は、もう一度部屋を見回した。「オメガ城の部屋は、だいたい見て回ったんです。こんな、真っ白のなにもない部屋はありませんでした」

「ということは、島に別の建物が存在したわけですね」

「たぶん、そうだと思います」

「私は、この部屋で、ずっと一人だった。トイレに行きたいと言ったら、ドアを開けてくれた。それで、ここへ戻ってきたら、君がいました。気を失っているようでした。声をかけても返事をしない。そのうち、私もまた、眠ってしまったみたいです」

「あの、誰と話をしたのですか？　誰がドアを開けてくれたのですか？」

「あ、誰というわけではない。ただ、声を発すれば、相手は聞いているようです。返事はしませんが、ドアの鍵を開ける音がしたし、ドアを少しだけ開けていった。私は、通路に出て、一人でトイレに行きました。だから、通路の様子は知っています。長い通路があって、ドアが幾つかあった。でも、窓はない。どのドアにも、なにも書かれていません。私は、トイレのあと、開けたままだったドアの部屋、つまり、ここへ戻った。監視されていることは確実ですから、できるだけ逆《さか》らわない方が賢明だ、と判断してのことです」

「そうですか。今も、監視されているし、話も聞かれているわけですね？」

「そうだと思います。質問をしても無駄ですよ。さんざん試しましたが、返答は一切ありません」

「お食事は？　どうされたんですか？」私はきいた。

「いいえ、なにも食べていませんし、水も飲んでいません。トイレで水を飲もうか、と少し考えました。でも、今まで殺さなかったということは、生かしておくつもりなのでしょう。食事や飲みものは、そのうち出てくるかもしれない、と予想しています」

　この状況で、よくもそこまで冷静でいられるものだ、と私は感心した。

「先生、お顔に怪我をされているようですが……」私は、それを伝えた。

「そう、トイレの鏡で確認しました。でも、どうして怪我をしたのか、覚えていません。触ると痛いけれど、大したことはない」

私は、ソファから立ち上がった。一瞬ふらついて、バランスを崩し、転びそうになった。両手が自由に使えないので、気をつけないと危険かもしれない。膝を折ったり、腰を捻ったりしてみた。躰に異常はなく、普通に歩くことができる。ドアまで行き、ドアノブに触れてみた。回らなかった。施錠されていることがわかった。

「鍵がかかっているようです」ソファに座っているレーヌに報告した。

「今は、駄目だということでしょう」レーヌが言った。

部屋の広さは、奥行きが七、八メートル。幅は、もう少しあるだろうか。窓は一つもなく、天井には空調と思われるグリッドが四箇所あり、照明は埋め込み式のものが六つ。そのスイッチらしきものが、入口の近くの壁にあった。

家具は、赤、青、緑の三つのソファだけ。テーブルもない。壁際に置かれているものも一切ない。床は艶《つや》があるややグレィっぽい白のピータイル。白い天井には、吸音板の細かい穴がある。会議室のような部屋だ。作られたばかりの新しいものではないが、かといって古さは、あまり感じられない。掃除は行き届いている。

私は、緑のソファに戻って、腰掛け、溜息をついた。

「今、何時頃でしょうか？」私はきいた。

「いや、全然わかりません。夜か昼かも定かではない」レーヌは少し微笑んだ。

「あの、レーヌ先生。オメガ城で何があったのか、ご存知でしょうか？」私はきいた。

「何があったって……、私がいなくなったことを、皆さん、心配してくれました？」

「はい、それはそのとおりなんですが……。その、もっと大変なことが起こってしまったんです」あまりにも、沢山のことがほぼ同時に起こった昨夜の惨劇を、何からどのように話そうか、と考えた。「とにかく、惨劇というのか……」

「惨劇？　もしかして、どなたか、怪我をされたとか、亡くなったとか……？　なにしろ、私を誘拐したくらいですから、それくらいのことはあってもおかしくない」

「四人の方が、殺されました」私は結果をさきに話した。まず、それだけ言ってしまえば、あとのディテールはそれほど抵抗なく説明できるだろう。

　私は、グリーン、ゾンネフェルト、ウヅキが各部屋で死んでいたことを話した。グリーンとウヅキは他殺である可能性が濃厚、ゾンネフェルトについてはよくわからない。

「そして、レーヌ先生の部屋で、四人めの死体を発見しました」私は続ける。

「え、誰が？」レーヌは身を乗り出し、前屈みになった。

「誰なのか、わかりません。ただ、女性でした。中年の女性です」私は答える。「ナイフで刺され、大量の血を流していました。そのナイフもすぐそばにありました」

「なんてことだ……」レーヌは目を見開いて唸った。

「なにか、心当たりはありませんか？」

「あるわけない」レーヌは即答する。「警察は何と言っているのですか？」

「いえ、それが……、警察はまだ到着していません。えっと、私は午後四時頃まで、あそこにいましたけれど、島の外部と連絡を取ることができなくなっているのです。電話は通じない。ネットもつながりません。ですから、警察にも、救急にも、どこにも連絡することができない状態なんです」

レーヌは、再びソファにもたれかかり、大きく息をした。

「そうか……、まさか、そんなことになっているとは……、本当ですか……？　いったい、彼らの目的は何なんだろう？」

「彼らというのは？」

「え、つまり、その犯行を行ったグループです」

「グループというのは、どうしてですか？」私は尋ねた。もちろん、私はオメガ城のスタッフがほぼ全員消えたことを知っているので、複数犯であることを疑っている。だが、レーヌには、まだそれを話していない。

「それはそうでしょう。一人で私をここまで運ぶことは無理です。何人か必要でしょう。最低でも二人。それに、今貴女から聞いた話では、もう少し多いように感じました。四人くらいでしょうか？」

「すると、先生の部屋で死んでいたのは、その犯行グループのメンバだと？」

「ああ、なるほど、そうなるのかな。うーん、なにか、仲間割れがあったんでしょうか」

ここで、私は今日になってからの状況を説明した。

城のスタッフ十人が行方不明となっていること。したがって、城には、四人だけが残っていたこと。ただし、サイカワとニモイが、電話やネットの復旧を試みていることは黙っていた。会話を聞かれるのがまずい、と考えたからだった。

「君は、どうしてここへ？」レーヌがきいた。

「はい、私は一人で船着場へ行きました。船が来るかもしれない、と考えたからです。そこで、その、よく覚えていないのですが、襲われたみたいで……、誰かがここへ運んだ、ということですね」

「どうして、君を拘束したのかな？」

「何故、殺さなかったのか、という意味ですか？」

「あ、いや、まあ、そう考えてもらっても良いけれど」

「それは、たしかにそうですね。でも、先生も殺されなかったわけですから」

「私と君は、なにか利用価値がある、ということだろうか。たとえば、身代金《みのしろきん》を要求するとか？」

「でも、電話がつながりません。ここは孤島です。脅迫と身代金の受渡しが、難しいですよね」

「そんなことはない。ネットがあれば、電子的に可能でしょう」

「そのネットも不通です」

「そうか……。うーん、では、私たちは、生きて帰ることができないかもしれない」

「そうでしょうか？」

「ああ、お腹《なか》が減りましたねぇ。生きているうちに、食べたいなぁ。もう、二十四時間くらい、なにも食べていない。なにも飲んでもいません。君は？　空腹では？」

「それほど時間が経過していないようです」私は空腹を感じなかった。「今は、まだ午後六時か七時くらいでしょうか」

「そうだね。せめて飲むものくらい欲しい」レーヌは言った。「できれば、水道の水は飲みたくないなぁ。これは、贅沢というものだろうか」

2

ドアで音がした。鍵を開けた音のようだ。私は緊張した。レーヌも黙って、そちらを見た。

ドアノブがゆっくりと回転する。ドアが押されて、内側に開く。どんな人物がそこに現れるか、と見つめていたのだが、人影はない。その代わり、ワゴンのようなものが置かれ、その上に食器のようなものがのっていた。

誰かが、そこまで押してきたのだ、と思って私は立ち上がった。ところが、ワゴンは静かに部屋の中に入ってきた。私は驚いて、またソファに腰を下ろしてしまった。

そのワゴンは、赤いソファと緑のソファの間まで来る。私たちの目の前で停止した。食事と飲みものが上にのっている。ミネラルウォータのボトルとグラス。ワンディッシュの料理は、ライスとシチュー、さらにポテトサラダのようだった。フォークとスプーン、それにナプキンも添えられている。

「ありがたい」レーヌは呟いた。「でも、これ、まさか見るだけってことは、ないよね?」

今まで放っておいたことに対する不満もあったのだろう。また、食べられないほどではないにしても、手錠をかけられて不自由だ。レーヌが皮肉を言ったのは、そんな気持ちからだろう。

動きがあったので、ドアを見ると、別の小型のワゴンが部屋に入ってきた。そちらには、ポットやカップがのっていた。そのワゴンは、室内に入ると、向きを変えた。そして、端に立っていた長い棒状のものが動いた。

驚いたことに、その棒の先で、ドアノブを摑《つか》み、ドアを閉めたのだ。それが、このロボットの腕と手というわけである。

さらに、そのロボットは、私たちの近くまで来ると、腕を動かして、自分の横からなにかを摘《つま》み取った。それが、私の方へ伸びる。思わず、後ろにのけぞってしまった。

その手の先には、鍵のようなものが摑まれていた。

「それ、もしかして、手錠の鍵では？」レーヌが立ち上がった。

彼は、そのロボットの前に立ち、両腕を差し出した。ロボットは、向きを変えて、腕をレーヌの手錠へ伸ばし、鍵を差し入れる。それを捻って解錠した。もう片方の手錠も、同じように素早く解錠した。レーヌは、手錠を外して手首をさすった。

「君も、やってもらいなさい」

私も立ち上がり、ロボットの前に立った。怖くて顔を横に向けていたが、手首に手応《てごた》えを感じる。私の手も無事に解放された。

「嬉しいな」レーヌは微笑んだ。「これは、喜んで良い状況なのかどうか……」

両手が自由になったところで、私は自分の後頭部に触れた。触ると痛い部分があった。血が出た様子はない。やはり、なにかで殴られたようだ。今回の惨劇において、私もこれで被害者の一員になったのだな、と自覚した。

　二台のロボットは動かなくなった。大きい方のロボットをテーブル代わりにして、私たちは食事をとった。私は、それほど空腹ではなかったので、半分くらいしか食べられなかった。ステーキのランチのせいだ。一方、レーヌは綺麗に平らげた。また、喉が渇いていたらしく、グラスに水を何回も注いで飲んだ。

「まあまあというのかな。良いとはいえないかもしれないが、最低ではない」レーヌは呟いた。おそらく、今の待遇についての評価だろう。

　私も、酷い仕打ちを受けている、という感覚はなかった。襲われた記憶がないことが大きい。だが、誰がどんな理由で、このようなことをしたのか、その疑問には是非答えてもらいたい、という気持ちが強かった。

　さらに、オメガ城にいる、サイカワやニモイ、そしてシモンが、失踪《しっそう》した私のことを心配しているだろう、と想像した。三人だけになって、どうしているのか。今頃、夕食を作って、また食堂で会合を開いているのにちがいない。

「この三色のソファと同じような部屋が、オメガ城の一番高いフロアにありました」なにか話すことはないか、と考えて思いついたことだった。「周囲が円形で、通路がぐるりと取り囲んでいて、その内側の円を三等分したように部屋が三つあります。それぞれのドアの色が、赤、青、緑なんです」

「何の部屋ですか？」レーヌが尋ねた。

「埃が堆積していて、長く使われていないようでしたが、リビングというよりは、応接間のような部屋でした。サイカワ先生は、城の主人が使う部屋だろう、とおっしゃっていました」

「室内も三色に分かれているのですか？」

「いいえ、室内には、色は反映されていません。三つの部屋はどれも、さらに奥に白いドアがありました。三つの部屋から、中心の円形の部屋に入ることができるようです。でも、そこまでは確かめていません」

「四色定理のような配置だ」レーヌは言った。「わかります？」

「いいえ」私は首をふった。

「面を適当に分割して、そこを色で塗り分けるとき、四色あれば充分だ、という数学の定理です」

「ああ、赤、青、緑、白」私は頷いた。それがどうした、と思いながら。

「隣り合う領域は、異なる色で塗らなければならない、というルールです。地図で国や州を塗り分けるときなんかに応用できます」

「あまり、役に立つとは思えませんけれど」

「はい、そのとおり。でも、この定理を、世界中の大勢の数学者が証明しようとしていたのです。ところが、それをコンピュータを使って解決してしまった、力ずくでね。これには、ほとんどの数学者が失望したはずです。なんてことをしてくれたんだ、とね」

「駄目なんですか、コンピュータが解決しては」

「エレガントではない、という意味です。場当たり的すぎる。あまりにも、人間的時間を超えたやり方で、批判は免《まぬが》れません。人間の楽しみを奪ったといっても良い。ある意味でテロだといっても過言ではない」

「そんなに酷いことなんですか？」思わず、声が高くなってしまった。

「まあ、私は、そこまでは思わない。でも、怒り心頭の人はいたでしょう」レーヌは、コーヒーを二つのカップに注いだ。私の分も淹れてくれたので、恐縮して立ち上がって、頭を下げて受け取った。「いや、だから、私たちを拘束している連中にもまた、それなりの理由というのか道理がある、ということです。オメガ城で四人を殺した者にしても、彼らなりの理由を持っているはず。コンピュータを使ってでも、問題を解きたいというのもまた、人間的な欲求の一つです」

　何を比べているのか、と不思議に感じたが、数学者の思考回路は普通とは違っているのだろう、と解釈することにした。

「今、あのドアは、施錠されていない」レーヌはコーヒーを飲みながら、部屋の入口を指差した。「しかし、逃げ出すことはできない。私がその行動を選択しないことを、彼らは計算済みなのです」

「どうして逃げ出さないのですか？」私は当然の質問をした。

「危険を避けたいからです」レーヌは答える。「君は、どうして逃げないの？」

「逃げたいとは思っていますけれど……」

「どこへ？」

「そうですね……」私は頷いた。「ここがどこなのか、わからないし、オメガ城に帰ることができるかどうかも、わかりませんね。特に夜は、外に出ない方が安全だとは思います」

「さきほどの話では、まだこの島には警察も来ていない。この島から出る方法もない」レーヌは冷静な口調で話した。「この部屋を出ていっても、自由とはいえないし、安全ともいえない。むしろ今の状況の方が、安全といえる。友好的にも、手錠を外してもらえた。温かい食事も出た。文句は言えない、というのが私たちの今の状況です」

まるで数学の証明を聞かされているような、頷かざるをえない説得力であった。

ところで、レーヌは昨日と同じ服装だった。ディナのあと自室に戻り、ベッドで寝ていたとしたら、この服装のままではないだろう。つまり、また着替えたことになる。少々不思議に思った。だが、酔っ払って、着替えをするまえに眠ってしまった、とも想像できる。

私はトイレに行くことにした。レーヌに場所を聞いて、恐る恐るドアを開けて通路に出た。彼が話していたとおり、長い通路が、左右どちらの方向へも真っ直ぐに延びていた。突き当たりは、いずれも直角に曲がる方向へ続いているようだ。

トイレの場所はすぐにわかった。私は、鏡で自分の様子を確認した。酷い顔だったけれど、私自身であることはまちがいないので、溜息をついて諦めた。頭の後ろの傷は、前から見てもわからなかった。

何時頃だろうか？　そういえば、私は端末を持ち歩いていたはずだが、今は持っていない。没収されたということか。監禁状態にあるのだから、当然かもしれない。

通路へ出て、どこかのドアを開けてみようか、という衝動にかられたが、勇気が出なかった。出てきたドアまで戻ったとき、通路の先で動くものが目に入り、一瞬緊張した。

角を曲がって、ワゴンがこちらへ向かってきた。さきほど料理を運んできたのと同型のものだ。静かな走行音で滑らかに進んでいる。人が歩くのと同じくらいの速度だ。私は動けず、立ち尽くしていた。すぐ近くまで来たが、速度を落とさず、そのまま横を行き過ぎた。ワゴンの上には、ファイルケースのようなものが重なって載っていた。それは、通路の先まで行き、曲がり角で方向を変え、姿を消した。

追っても無駄だろう。それに、私の行動はすべて監視されているはずだ。私は、通路の天井を見た。照明は埋め込み式だが、何箇所か、小さな透明の突起物があった。おそらくカメラだろう。

私は、ドアを開けて、部屋の中に戻った。レーヌと二台のロボットは、同じ位置にいた。この部屋の天井にも、カメラと思われる透明の突起がある。私は、そちらを見ながら、ソファに腰を下ろした。

「先生は、この建物をどう思いますか？」私はレーヌに質問した。

「普通の建築物ではない」レーヌは答えた。「窓がない。このフロアは、地下かもしれない。ドアにも窓がない。工場のようだが、機械音などは聞こえない。人気がない。通路の長さからして、かなり大規模な建物であることはまちがいない」

「このようなものが、島にあったとしたら、驚きです」私は言った。「何の目的で作られたものでしょうか？」

「秘密基地のようなものではないか、と考えます」レーヌが言った。「こういったものに金を注《つ》ぎ込《こ》むのは、軍事的な目的がその筆頭。孤島に秘密裡《り》に作られてもおかしくない。ミサイル防衛のレーダ基地とかではないかな」

「なるほど。とすると、私たちが囚《とら》われたのは、その秘密漏洩《ろうえい》を恐れた、ということになりますか？」

「それは、良い方向なのか、悪い方向なのか」レーヌは僅かに苦笑した。「しかし、そういった方面なら、少なくとも説明があるのでは？　人が出てきて、事情を話すのが普通だし、礼儀だとも思います。あるいは、どう対処するのか、処分を決めかねていて、上層で相談をしている段階なのかもしれない」

「あっさり解放される見込みはない、といえそうですね」私はまた溜息をついてしまった。

3

食事が終わったのをどのように判断したのかわからないが、二台のワゴン型ロボットは、部屋を出ていった。通路に出て、左方向へ行くのを私は見送った。しかし、レーヌの仮説を信じ、無理に後を追うことはしなかった。この島には、警察はいない。逃げても、真夜中にオメガ城まで辿《たど》り着《つ》ける保証はない。

話し相手はレーヌしかいない。彼は、私よりも十歳くらい歳上だろう。見た感じは、なかなかのハンサムで、テレビに登場するのもわかる。おそらく女性のファンも多いことだろう。だが、どうも話すことがいちいち理屈っぽい。相手を小馬鹿《こばか》にしたような表情も鼻につく。そんなことを言っていられる場合ではないけれど、すぐ目の前にいるため、余計に灰汁《あく》が強く感じられるのかもしれない。

「今、何時頃でしょうか？」私は、当《あ》たり障《さわ》りのない質問をした。自分では、九時は過ぎただろう、と思っている。

「ちょうど、昨夜のディナが終わった時刻と同じくらい」レーヌは言った。「そのあと、四人が殺された。ただし、それは君の観測によるものであって、私は見ていない。本当にそんな悲惨なことが起きたのだろうか」

「本当ですよ。本当でなかったら、何ですか？　誰かが私を騙そうとして、演技をしたとでもおっしゃるのですか？」

「その可能性はありませんか？　たとえば、君は、死体に直接触った？　本当に死んでいた？」

「いいえ。私は見ただけです。でも、血がもの凄く流れていたし、顔だって、生きている人間の色ではなかったと……」思い出すだけでも、気持ちが悪くなりそうだった。

「その程度のものは、いくらでも偽装ができるのでは？」レーヌは、澄ました顔で首を傾げた。

「死を確認したのは、誰です？」

「サイカワ先生です」

「彼一人ですか？」レーヌは言った。「ニモイさんは？」

「いいえ、ニモイさんは触っていません。私もシモン先生も近づきませんでした。被害者四人とも、サイカワ先生が近づいて、触って、確かめられました。脈か、体温を調べたのでしょうか」

「サイカワ先生は、医者ではありませんよね」

「そうです。最初は、ゾンネフェルト先生を呼びにいこうとしたんです。でも……」

「彼も死んでいたのですね？」

「はい」私は頷いた。

「皆さん、動揺されたことでしょう」レーヌはうんうんと小さく何度も頷いた。「だいたいの状況はわかりました。非常に不自然な展開だとは思いませんでしたか？」

「それは、ええ、不自然でした。なにもかも、ありえない状況だったと思います」

「現実だと受け止めたのは、何故でしょうか？」

「いいえ、あれは現実です。夢ではありません」

「ええ、まあ、それでけっこうだと思います」レーヌは片手を広げた。「ただ、どうして、そのようなことが起こったのか、という理由がわからない。そうですよね？」

「はい、全然わかりません」

「なにか不自然な状況が、ここにあるとしましょう」レーヌは言った。「たとえば、ピンク色の猫がいたとしたら、ピンク色の猫がいる理由を知りたい、と思うでしょう？」

「ええ、思います。どうしてそんな、お話を？」

「たとえ話です。何故ピンク色なのだろう、と不思議に思いますよね？」

「はい……。自然ではない、誰かが意図的にやったことだとわかりますから、何のためなのか、と問いたくなります」

「それでは、象くらいの大きさの猫がいたら、どうしてそんなに大きいのか理由が知りたい、と思いますか？」

「え？　どういうことなのか……？　いえ、そんなに大きい猫がいるわけがないから……」

「でも、君の目の前に、それがいて、それを見たとしましょう。どうしますか？　理由が知りたいでしょうか？　誰かに、どうしてこんなに大きいのですか、と尋ねますか？」

私は、考えてしまい、すぐに答えられなかった。レーヌの問いは、何を問題にしているのだろうか？

「ピンクの猫も、象みたいに大きい猫も、いずれも不自然なもので、自然界にそんな猫はいない、と私たちは認識しています」レーヌは語った。「しかし、ピンクの猫は、人間の行為によって生み出すことができます。毛を染めることで実現できる。しかし、象の大きさの猫は、まず無理でしょう。つまり、実現可能かどうか、という判断を無意識にしているのです。象の大きさの猫を見た場合、その理由を尋ねたり、考えたりするまえに、まず、それが本物かどうかを確かめるはずです。自分が見ているものは現実なのか、現実だとしたら、なにか作りものでも見せられているのではないか、と疑うことでしょう。どうですか？」

「はい、たしかに、そのとおりだと思います」

「その場合、どうしてそんなものが出現したのかという理由を問うことよりも、それが本物ではないことを確かめる方が先決となる。どのようにして作り出されたものか、どんな細工やトリックで、それを見間違えるよう導かれたのかを割り出さなければならない。そうなるはずです。動機を問うのか、あるいは、方法を問うのか。それは観察したものが実現可能かどうかという無意識の評価によって、異なってくる」

　私は無言で頷いた。彼の話の理屈はよくわかった。ただ、何故今こんな話をしているのだろう、とぼんやりと考えてしまった。その話をする彼が、既に不自然なのか。

「ピンクの猫と象のように大きい猫の差は、実現可能かどうかですが、実は、両者の境界は明確ではない。どこからが実現可能か、たとえ実現が可能であっても、極めて不自然なものもある。実現が不可能と思われても、本物かもしれない。両者の評価は人それぞれですし、きっぱりと割り切れるものでもありません。さて……」レーヌは指を一本立てた。「君が見た惨劇は現実でしょうか？　それは実際に起こったこと、本物の殺人事件でしょうか。それとも、偽装され、誰かが作り出した、つまりお芝居だったのでしょうか？　四人を同時に殺すような理由が知りたい、ともし思っているとしたら、見たものを現実だと認識している証拠ですが、何故、そうではない、もう一つの可能性を疑わないのか、という話を私はしています」

「はい、わかります」私は頷いた。頷くしかなかった。「ありがとうございます。その……、たしかに、先生のおっしゃるとおりというか、ええ、疑うべきもののように、思えてきました。ただ、その場合でも、つまり、あれがすべてお芝居で、私は嘘の殺人事件を見せられたとしても……、どうしてそんなことをしたのでしょうか？　いったい誰が、何のために？」私は、そこで声が震えてしまった。

感情的になっているのがわかった。涙が出そうなほどだった。息を吸って、少し間を取った。

「もちろん、人が死んでいない方が良いに決まっていますけれど、そんな偽装をする行為は、殺す行為と同じくらい、いえそれ以上に意味不明というか、どんな理由があるのか、知りたくなります」

「そう、それが正解」レーヌは言った。「つまり、四人が死んだ理由を知りたい、と言葉にしただけで、その問いを発するだけで、四人が死んだことを真実だと決めつけている、まずは自身の思い込みに敏感でなくてはいけません」

「先生のおっしゃることは、はい、わかりました」私は真剣な顔をつくって頷いた。良い学生の振りをしているような気分だ。

「しかし、ここに少々イレギュラな部分がある」レーヌはまた指を立てた。「五号室で私の死体が発見されたのなら、何者かが、招待客を狙ったと偽装する行為として自然です。偽装というのは、できるかぎり自然であることが目的であり、不思議さがあまりに大きくなると成立しない。ところが、五号室だけ、見知らぬ女性が殺されていた。つまり、私と入れ替わって殺人が行われていた。これは、四つの事件の中では、極めて特異な点です」

「はい、そのとおりです。同時に、被害者がどこから来たのか、それは誰なのか、そしてレーヌ先生が消えたのは何故か、という問題を含んでいます。私も、五号室を見たときには、意外というのを通り越して、これは何なのだ、と驚きました」

「サイカワ先生は、何と言っていましたか？」

「いいえ、特になにも……」私は思い出しながら答える。「彼は、基本的に無口な方だと思います」

「サイカワ先生を疑っているわけではないのですが……」レーヌは、そこで少し口許を緩めた。

いや、明らかに疑っているだろう、と私は思った。

「では、オメガ城のスタッフたちが、全員いなくなってしまったことについては、レーヌ先生はどうお考えになりますか？　いなくなったのは、確かだと思います。城中を探しましたから」

「そもそも、何人いたのでしょうね？」レーヌは言った。「君は、何人を見ましたか？　私は、一人だけです。食事のときに出てきましたね」

「そうですね。私は、もう一人女性を見ています」私は答える。「昨日の夕方に、シモン先生と庭を散策しているときに、窓から顔を出している人を見ました」

「その二人は、五号室で死んでいた人ではない、と思いますか？」レーヌはきいた。

「はい、どちらとも別人だと思います」

「となると、少なくとも三人の女性がオメガ城にいたことになります。十人も本当にいたのでしょうか？　それを裏づけるものは、ニモイ氏の証言だけですね」

「はい、そのとおりです。スタッフたちの部屋を捜索しました。何人かが暮らしていた痕跡《こんせき》はありましたけれど、あの日に十人全員がいたかどうかはわかりません」私は答える。

「このように、実際の可能性を、観察された事項から導くことで、しだいに現実が見えてくるものです。客観性が大切です」レーヌは語る。まるで、大学の講義を受けているような気分になった。

「そのスタッフたちは、今はこの建物に来ている、と考えられますか？」私は連想したことを尋ねてみた。

「城にいなかったとすれば、ここにいる可能性が高いといえますね。ほかにも、居場所があるのかもしれませんが」

「ということは、レーヌ先生を連れてきたのも、私を襲ったのも、オメガ城のスタッフの人たちだということになりますね」

「確かではありませんが、その可能性は高いといえます」レーヌが頷いた。

「女性三人が、先生をここまで運んだのでしょうか。私も運ばれてきたはずですが、女性だけで可能でしょうか？」

「男性がいるのではないか、ということですね？」レーヌは腕を組む。「それは、今のところ不確定です。ところで、さきほどの食事は、誰が作ったのでしょう？」

「そうですね、ロボットが作ったとは思えません」私は、彼の突然の質問や、自分の答が可笑《おか》しかったので、笑いそうになった。「城で料理をしていた人がこちらへ来た、ということでしょうか？」

「味つけで、わかりましたか？」レーヌがきいた。

私は首をふった。そんなこと考えもしなかったし、正直、まったくわからなかった。昨夜のディナは非常に美味しかった。さきほどのワンディッシュは、素人のような簡単な料理だった。

昨日が一流の料理人だとすれば、さきほどの料理を作ったのは、同じ人物ではないだろう。だが、それは確定できない。わざとそう見せかけて作ることだって可能なのだから。

4

急に、どしんと建物が軽く揺れた。

振動もあったし、音も聞こえた。

地震だろう、と私は思ったが、その後の揺れは続かない。

「何でしょう?」私は呟いた。

「わからない。大男がジャンプしたみたいでした」レーヌが冗談を言った。

私は、トイレに行くことにした。二回めだ。レーヌも立ち上がり、二人で通路に出た。どこまで自由なのか、はっきりしないのが、気持ちが悪い。

通路には、ロボットはいなかった。トイレは男女の入口が並んでいる。近くにも、トイレの中にも、誰もいない。このトイレが使われたことがあるのか、と手洗いボウルに触れてみた。濡《ぬ》れているのがわかった。私が使ったのはもう一つの方で、だいぶまえのこと。そちらは、水は蒸発して濡れていなかった。つまり、誰か女性がここを使ったのではないか、それも、今から三十分以内くらいに、と考えた。

トイレから出ると、通路の先にレーヌが立っていた。部屋に戻る方向ではない。曲がり角まで行き、先を眺めているようだ。彼が手招きをするので、私もそちらへ歩いた。なるべく、足音を立てないよう、気をつけたが、そんな必要があるのかどうかはわからない。

曲がった先の通路は、十メートルほどで行き止まりになる。そこにドアがあった。ドアには窓はなく、むこう側は見えない。レーヌはそこまで一人で行き、ドアノブに手を触れた。しかし、それは回らなかったようだ。彼は戻ってきた。

「やっぱり、自由ではないということか」彼はそう言って、溜息をついた。

しかたがないので、二人で引き返した。途中にあるドアの幾つかを、彼は開けようとしたが、いずれも鍵がかかっていて、ノブが回らないようだった。自分たちがいる部屋まで来た。通路の反対方向も確かめにいくのか、と思っていたら、彼はあっさりと部屋に入った。

「私たちがしそうなことは、予期しているでしょう」彼は言った。「手が打ってあるはずです」

彼は、赤いソファの中央に腰掛けた。赤い方が自分、と決めたようだ。

「さきほどのお話で……」私は、頭にあったことを言葉にした。「不思議なものを観察したとき、その理由を問いたくなる、とおっしゃっていましたが、理由というのは、必ずあるものですか？」

「そう、良い発想だと思います」レーヌは、表情を緩めた。「人間の行為についても、必ず理由があると考えるのは、人間の一般的傾向として顕著です。しかし、理由がなければ実行できない、というわけではない。たとえば、酔っ払っていたり、遊んでいる、はしゃいでいる場合など、理由もなくなにかをしてしまうことは多い」

「でも、人を殺したりはしないと思います」私は言った。

「それは、常識ではそうですが、しかし、常識のない人間もいます。この世に殺人鬼は沢山いる。社会はそれらに対して、個人的な快楽を求めてとか、子供の頃に受けた虐待で神経が病んでいるとか、いろいろな理由をつけるのですが、そもそも理由がないことに、無理に枠組みを当てはめようとしている嫌《きら》いはあります」

「異常な欲求というのは、確実に存在するように思います」私は頷いた。「知性のある人物が綿密な計画や準備をしたうえで、そういった犯行を行う例がありますよね。でも、今回の場合は、少し違っていませんか？　多くの場合、被害者になんらかの共通点があったり、少なからず性的な欲求に絡んでいたりするはずです。なにも、このような孤島に被害者候補を集めなくても、もっと適当で安全な機会がいくらでもあるのではないでしょうか？」

「まあ、そのあたりは、趣味的な問題になるので、なんともいえない。というか、私にはわかりません。シモン先生なら、もう少し専門的な意見をお持ちでしょう」

「そうなんですね。そんなお話は伺えませんでした。シモン先生は、自分が犠牲者になるところだった、とお考えのようでした」

　話の途中だったが、突然真っ暗になった。

　私は、そのまま、動かなかった。

「停電ですか」そう呟いた。

「窓がないから、本当の暗闇だ」レーヌが言った。

そのとおり、なにも見えない。自分の手もわからない。普段だったら、端末を持っているから、そのライトを灯すことができるが、今は光を出すようなものを持っていない。

五分ほど、じっと待った。音も聞こえず、暗闇と静けさで、空間が宇宙のごとく広がったように感じられた。上も下もない空間だ。したがって、自分が立てるのだろうか、という不安を抱いた。だが、重力がある。それが上下を決める軸である。明るさには関係がない。

「ドアまで行ってみます」レーヌが言った。

彼は立ち上がったようだ。

「気をつけて下さい」私は声をかけた。

手探りで進んでいるのだろう。彼が動く音が微かに聞こえる。ドアの方へ向かっているようだ。

「ドアに到着しました」レーヌが言った。声が少し遠くなったのもわかった。

金属が軋む小さな音がした。ドアを開けたようだ。

だが、なにも変わらなかった。真っ暗なままだ。つまり、通路も暗闇だということが判明した。

「右も左も、光っているものはない」レーヌが言う。「何があったんだろう?」

私も、立ち上がった。このままじっとしているのが恐ろしくなったからだ。レーヌに声をかけながら、彼の方へ歩いた。前に両手を伸ばし、ゆっくりと進んだ。

戸口で、レーヌは私を待っていてくれた。私は彼の躰に触れ、手をつなぐことにした。

「誰かいませんか?」レーヌは大声を出した。「停電は、復旧しますか?」

どこからも、返事はない。

なんの反応もない。

「左へ行ってみよう」レーヌが提案した。

「そうですね」私は同意した。

さきほど、右へ行き、角を曲がった先まで行き、突き当たりのドアが施錠されていることを確認してきたばかりだったからだ。

「私は右の壁に触って歩きます。君は、前方に手を伸ばしていて」レーヌが言った。

「わかりました」

こうして、ゆっくりと暗闇の通路を進んだ。突然なにかにぶつかるようなことを想像しただけで恐ろしい。たとえば、それが人間だったら、と思うと恐怖だ。ワゴンのロボットが動いていないだろうか、とも考えたが、あれは走行音でわかるかもしれない。

「非常灯というものが、ここにはないのかな」レーヌが呟いた。彼は冷静なようだ。少し見直した。

そろそろ、曲がり角まで来る頃だ、と私は思ったが、それでも前にはなにもない。前進している。

「あ、壁がなくなった。角です。右へ曲がります」レーヌが言った。「突然、床が下がっている場所があるかもしれないから、一歩一歩慎重に進みましょう」

「階段があるかもしれないのですね」私は答える。声を出していないと、静けさが恐ろしい。

角を曲がった場所は、何があるのかわからない。今まで見ていない場所になるからだ。速度は落ちたが、私たちはゆっくりと、足を引きずるようにして歩いた。彼は、引っ張るようなことはせず、私のペースに合わせてくれているようだった。

「なにかある」レーヌが言った。「足がなにかに当たった。調べてみます。手を離しますよ。その位置で待っていて」

　つないでいた手を離し、私は両手で前を探った。通路の中央に何か立っているのがわかった。さらに屈んで、床の様子を手探りした。左の先には、床がないことがわかった。

「真ん中に手摺りがあります。階段ですか？」

「階段だ」レーヌが答える。「上へ行く階段。三段めまで確かめた。壁にスイッチもあるけれど、押しても点かない。左は？」

「手摺りの下は、空洞で、さらに左は、えっと、たぶん下へ向かう階段なのでは」

「どちらへ進もうかな」レーヌが言った。「今いる場所は、たぶん地下だと思う。だから、上へ向かった方が、外へ出られるんじゃないかな」

「そうですね。窓がありませんから」私は上を見た。「上にも光はありません。近くに窓がないということですね」

「階段を上がるのは、危険だから。手をつないでいない方が良い」レーヌが言う。「壁に沿って上るか、手摺りに沿って上るか」

「手摺りの方が安全なのでは」私は提案した。

「では、私もそちらへ行きます。私がさきに上がっていくから、あとをついてきて下さい」

「わかりました」私は答える。「でも、そのまえに、一つ思いついたことがあります」

「何を？」

「ワゴンのロボットが、こちらへ行くのを見ました。でも、あれは、階段は上り下りできませんよね。だから、階段よりも手前の部屋に、たぶん、料理を作る場所があるのだと思います。そこに、人間がいたのではないでしょうか」

「そうか……、素晴らしい」レーヌは言った。「誰かいたら、返事をして下さい！」

彼の大声が反響した。上下のフロアにも聞こえたのではないか、と思えた。しかし、反応はなく、物音一つ聞こえなかった。近くに人がいれば、ドアの音や足音が聞こえるはずである。

私たちは、階段を一段ずつ上がっていった。

「今、何時頃かな？」前にいるレーヌが言った。声を出して、位置を確認させるためだろう。

「私は、十時くらいかと思います」

「そう、そのくらいかな。眠くなりましたか？」

「いいえ、大丈夫です」

相変わらず周囲に光はない。真っ暗闇。右も左もわからない。階段を上っているという触感があるだけである。両手は、手摺りに掴まっていて、足を踏み外したときに体重を支える覚悟を持って、姿勢を少し低く身構えていた。

「そうだ」私は、突然声を上げてしまった。

「どうしたのですか？」レーヌが斜め上からきいた。

「ワゴンが入っていった部屋は、料理ができる部屋のはずです。つまり、キッチンか、あるいは給湯の設備があると思います」

「火があるということ？　ああ、マッチですか？」

「マッチは思いつきませんでしたけれど、火がつけられるものがあれば、明かりになります。今よりは、好条件になりませんか？」

「なるほど、試してみる価値があるね」レーヌは言った。「今、踊り場らしきところに立っていますが、上もまったく同じ暗闇で、窓すら見えません」

「キッチンがどの部屋かを探す必要がありますが……」

「戻りましょうか？」

「ええ、手分けをして、探しましょう」私は提案した。

「声を掛け合うこと」レーヌは言った。

階段を再び下りていった。何があるのかがわかっていれば、困難さは半減する。

階段が終わったところで、レーヌの手が私の肩に触れた。

「では、私は左側のドアを手前から開けてみます」レーヌが言った。「君は右側のドアをお願いします。下りの階段に気をつけて」

暗闇には慣れたが、目が慣れるということはない。光が僅かでもあれば、見えるものがあるが、光がまったくない完全な闇なのだ。

最初のドアを手探りで見つけた。ノブを回してみると回転した。

「一つめのドアが開きました。入ってみます」

「私の方は、一つめのドアは開かない。次へ行く」レーヌが答えた。

ドアを開けたままにして、両手を伸ばし、少しずつ部屋の中に入った。まず、冷たい硬いものに触れた。棚のようだ。ロッカのようなもの。私は屈んで、床を探った。歩いても感じたのだが、カーペットのような手触りだった。これはキッチンではない。事務室のような部屋だろう。

「床にカーペットがあって、外れのようです」私は報告した。

「二つめのドアが開いた」レーヌの声が聞こえる。「あ、ここかもしれない」

通路に戻り、壁に沿って歩いた。次のドアを探してだが、レーヌが入っていった部屋にも近づいている。

「キッチンだ」レーヌが言った。「ここがキッチンです。匂いでわかる」

そうか、嗅覚《きゅうかく》があったか、と私は思った。

「そちらへ行きます」そう告げて、通路の反対側へ移動。入口を探した。

「私は、入って右の方にいる」レーヌが言った。「しかし、誰もいないようだ。あのロボットもいないのかな」

「停電で、ロボットに指示を出すコンピュータが止まっているのではないでしょうか」私は話しながらキッチンに入った。

「冷蔵庫らしきものがある。調理台と、食器……」レーヌが話している。だいぶ奥へ進んだようだ。

レーヌとは反対側へ進む。左右両側に戸棚があった。それに挟まれたところを進んだ。

「あ、コンロです、これは」私は言った。「えっと、スイッチはこれかな……」

右手でダイヤルのようなものを摑み、それを回してみた。

手応えがあり、またカチッと音も鳴った。だが、なにも起こらない。再び試してみたが、同じだった。

「コンロは点きません。ガスではないのですね。電気なんだ」

「こんな島までガスは来ないし、ガスボンベを運ぶのも大変でしょう」レーヌが言った。そうか、そういう土地なのか、と私は思った。

コンロの火が点けば、それが明かりになる。なにかを燃やし、それを松明《たいまつ》のように持って歩くことができ、暗闇を楽に進めるだろう、と考えていたのだが、少々甘かったようだ。

「マッチくらいないのかな」レーヌが呟いている。

コンロの下はオーブンのようだ。反対側には調理台がある。触ったものが油っぽくべたついていた。フライパンだろうか。ボールのようなものもあった。

「あ、なにか光っている」レーヌが言った。声はだいぶ奥の方である。

私は、調理台の上のもの、特に端に置かれているものを探した。手で触れただけで倒れてしまうものもある。おそらく調味料入れだろう。

「ああ、わかりました」レーヌの声だ。「ここにワゴンロボットが格納されている。棚の中に入っていた」

レーヌの声のする方で、赤い光が点滅するのが見えた。久しぶりに見る光、というか、久しぶりに見るという行為をしたことになる。レーヌが戸を開けたことで、中の点滅ライトが周囲に広がったようだ。私から五メートル以上離れていた。キッチンはかなり広いことがわかる。奥に棚が並んでいるのも微かに見えた。おそらく、食材置き場なのだろう。

「やはり、ここで調理をして、ロボットに運ばせていたんだ」レーヌが話した。「ロボットは、信号が届かなくなったから、その異状を示すライトが点滅しているってことかな」

ロボットは、バッテリィで動くので、ライトが点くようだ。

「懐中電灯くらいあっても良さそうなものだけれど、ここでは、停電はないのだろうか」レーヌが呟く。

これは、停電ではない。故意に電源を落としたのだろう。オメガ城がそうだったが、島の施設であれば、非常用の発電機を備えていて、停電の場合には始動してバックアップするはずだ。だから、逆に非常灯もいらない。おそらく懐中電灯もないのだろう。端末さえ持っていれば、こんな苦労をせずにすんだのに、と私は思った。

赤い点滅が続いている。その光でかなりのものが見えるようになった。充分とはいえないものの、全然見えないのとは雲泥《うんでい》の差だった。

私は、調理台の上からぶら下がっている吊《つ》り棚に載っている缶のようなものを見つけた。背伸びをして手を伸ばした。それは、思っていたとおり、料理用のバーナだった。カセットのガスを使って炎を噴出する道具である。

さっそく、スイッチの場所を確認し、押してみた。カチッと音が鳴り、一瞬で光に包まれた。

「お、何？　何をした？」レーヌが驚いた声を出す。

「これです」私は片手を斜めに伸ばして言った。手の先でバーナが炎を吹き出している。「ガスバーナです」

「眩しいくらいだ」レーヌがこちらへやってきた。「それが光っているうちに、もっと使えそうなものを探そう。蠟燭《ろうそく》とか、マッチがないかな」

「これが燃えているうちに、階段を上っていく方が良いのではないですか？」

「そうか、それもそうだ」レーヌが頷いた。「それって、どれくらいの間、燃えているもの？」

「わかりませんが、ガス缶は、けっこう重くて、まだ燃料がありそうです」

5

　ガスの量を最少にして、炎を小さく灯したバーナを片手に持って、私たちは階段を上っていった。一つ上のフロアも、同じような通路とドアの配置だった。どこにも窓はない。

「まだ、地下のようですね」私は言った。

「それにしても、誰もいないし、この建物は何のためにあるのか……」レーヌが呟いた。今は、私が前になり、レーヌが後ろからついてくる。

　階段は、さらに上へ続いていた。半フロアごとに上る方向が百八十度変わる。踊り場まで来て、上を見ると、次のフロアは通路がなく、ドアだけがあった。

そこまで上ってみる。階段はそこで終わっていた。つまり、ここが最上階なのか。それとも、これは地下専用の階段なのか。

私は、ドアノブを摑み、回してみた。

「開きます」と言って、ドアをゆっくりと、そして少しだけ押してみた。

まず、ドアの外は明るかった。少し冷たい風が吹き込んだ。屋外だ、とすぐにわかる。ただ、昼間ではない。夜なのに、こんなに明るいのか、と改めて嬉しくなった。

もう火は必要がない。私はバルブを閉めて、バーナを消した。レーヌが私の前に出て、自分がさきに出ていく、と囁いた。

ゆっくりと開けたつもりだが、ドアは軋み、高い音を立てた。

ドアから出た場所は、広いコンクリートの広場のようだった。満月に近い月が、ほぼ真上にあった。明るかったのはこのためだ。近くには、誰もいない。外へ出てみると、白っぽいコンクリートに自分の影がくっきりと映った。

月明かりにスクリーンのように照らされたコンクリートは、大きな四角形で、細い手摺りで囲まれていた。振り返ると、今出てきた場所は、やはりコンクリート製の構造物である。地上には、この小屋くらいの大きさの突起物しかない。

一番近い手摺りまで歩くと、すぐ先に樹が茂っている。だが、地面は見えない。身を乗り出して、下を覗いてみた。

「地下ではなかったのか」レーヌが言った。彼も同じ姿勢で下を見ている。

　遠くの地面が、ずいぶん低く見えた。自分たちは地下にいると思い、階段を上ってきたのだが、ここは建物の屋上らしい。三階建てくらいの高さだろうか。

　とにかく、巨大な建築物だとわかった。四角の一辺は五十メートルほどもある。ほぼ対角の位置に、小さな四角い突起構造がもう一つあり、ドアが見えた。むこうも階段室なのだろう。

「おかしいなあ、地上に建てられているのなら、どうして窓がなかったんだろう」レーヌが言った。

　私たちは手摺りに沿って歩き、どこかから地上へ下りられる場所はないか、と探した。しかし、非常梯子《はしご》のようなものは見当たらなかった。

　この建物以外には、どの方向にも森林しか見えない。樹々は、建物よりもずっと高いので、遠くは見通せなかった。また、屋上には、なにも置かれていない。ただ、中央付近に円形のマーキングがあった。アルファベットのHが描かれている。どうやらヘリポートのようだ。たしかに、森には降りることができないが、これだけの広さがあれば、ヘリコプタの離発着は可能だろう。この島には、ヘリポートがあったのだ。

「どうしましょうか？」私はレーヌにきいた。「もう一度、建物の中に入って、一階の出口を探すほかありませんね」

「そうだね。もう一度、バーナの出番です」

「私たちがいた部屋が、一階だったのでしょうか？」

「一階か、あるいは二階か」レーヌが言った。「窓があれば、外に出られるのに……。これだけの広さだと、中を歩くのも大変だ」

出てきたドアへ戻り、建物の中に入った。そこで、ガスを少し出して、バーナに点火した。外よりも暗くなったし、さきほどより目が慣れていない。こんな暗闇の中、階段を上ってきたのか、と今さら思った。

しかし、知っている階段である。手摺りを片手で触れ、もう一方の手で炎を翳《かざ》して、一段ずつ下りていった。二フロアを下りたところで、レーヌが通路を進もう、と提案した。ここが一階だとしたら、どこかに出口があるはずだ。

自分たちが最初にいた部屋の前を通った。そこだけ、ドアが開いたままになっている。トイレの前を過ぎ、曲がり角で左へ進む。さらに直進する。誰もいないし、ロボットも動いていない。

突き当たりのドアまで来た。さきほどは施錠されていたドアだ。レーヌが、ノブを握り、それを回した。施錠されていなかった。ドアを開けることができた。

同じような通路が少し先まで続き、また曲がり角があり、左と右斜め方向に通路が延びていた。右へ行った場所は、少し広くなっているようだ。そちらへ歩くと、ガラスのドアがあって、そのむこうには、途中まで上がったシャッタのようなものが見えた。

「出口だ！」レーヌが叫んだ。私も叫びたくなった。

ガラスドアを押して進み、シャッタは頭を下げて潜《くぐ》り抜《ぬ》けた。ここが出入口だという雰囲気はあまりない。建物外壁の窪んだ部分に出入口があって、そのシャッタが途中で止まっていたのだ。

出た先は、橋のように両側に手摺りが五メートルほど続き、さらに先には緩やかに下るスロープがあった。建物から離れて振り返る。ちょうど、巨大な四角の角、直角に壁が交わる箇所から出てきたことがわかった。どこにも窓は見当たらない。四角い工場のような建造物だった。高くはないが、平たくて横に長い。とにかく異様なほど巨大である。

どこかから、人の声が聞こえた。

振り返ると、森の中だろうか、ちらちらと光るものが動いているのが見えた。人がライトを持って歩いているようだ。返事をして良いものかどうか、私はレーヌの顔を窺《うかが》った。

再び声が聞こえた。それは、聞き覚えのある声だった。

「サイカワ先生のようです」私は言った。

私たちは、光と声の方向へ歩きだす。道らしきものはあるにはある。だが、草が人の高さほどまで伸びていて、それらを搔き分けて歩いた。

「おーい」声が近づいた。

「ミヤチです。ここにいます！」私は叫んだ。

時間がかかったが、彼らの姿が見える場所に出た。サイカワだけではなく、ニモイも一緒だった。彼らは、レーヌの姿を見て、驚いた顔になったが、すぐに嬉しそうな表情に変わった。サイカワは、レーヌに片手を出し、握手をした。

「えっと、どうして、こちらへ？」私は尋ねた。

「ヘリコプタの音が聞こえて、こちらの方向に光が見えたんです」サイカワが答えた。「とっくに飛び立ってしまったようですが……」

「私たち二人は、あの建物から逃げてきました」レーヌが後方を指差して説明する。「私もミヤチさんも、拘束されていたんです。おそらく、彼らはヘリコプタで逃走したのでしょう」

「あれは……」サイカワは、持っていたハンディライトを建物の方へ向けた。しかし遠すぎて変化はなかった。「あの建物なら、知っています。ずいぶん昔に来たことがある」

「何の建物ですか？」レーヌがきいた。

「研究所です」サイカワは答える。「誰か、中にいるのですか？」

「いいえ、たぶん、もう誰もいないと思います」私は答える。「ヘリポートが屋上にあります。そこに着陸したのだと思います。そういえば、どすんという振動音が聞こえました」

「いつ頃ですか？」サイカワがきいた。

「さあ、もう三十分以上まえになるでしょうか」私は話す。「そのあと、停電になって、真っ暗闇を、手探りで逃げてきました」

「とにかく、オメガ城へ戻りましょうか。話は、歩きながら……」サイカワが提案し、私たちは、彼らの後をついていくことにした。

「城まで、どれくらいの距離ですか？」レーヌが尋ねる。

「どうかな、二十分くらいですよ」サイカワが答えた。相変わらず、感情の籠もらないしゃべり方である。

　ほとんど獣道《けものみち》のようだった。一列になって歩かなければならなかったが、話はできた。サイカワは、私が戻ってこなかったので、船着場付近を探したが、日没のため断念したという。九時半頃にヘリコプタの音を聞き、窓から光も見えた。そこで、二人でオメガ城から捜索に出た、ということだった。城には、シモンが一人残されていることになる。

私は、話すことがあまりなかった。気がついたら、レーヌと同じ部屋で監禁状態だった。レーヌは、昨夜からの経緯を話した。

「城から消えたスタッフたちが、あの研究所に潜んでいた。彼らは、ヘリコプタで島から脱出した、ということでしょうか？」私が、前を歩くサイカワにきくと、

「普通のヘリコプタに十人は乗れません」というのが、彼の返答だった。

少し歩いたところで、上の方にオメガ城が見えた。つまり、研究所のある場所は、かなり低い土地だったようだ。

オメガ城の壁面は月に照らされエッジが際立っていた。ただ、照明が灯っている窓は少なく、いずれも小さい。城の外壁もライトアップされていない。こんな孤島でライトアップしても、誰も見る者がいない、ということだろう。

後半は、凸凹ではなく、平たくて多少は道らしいところを歩いた。そのかわり、ずっと上り坂になった。城のテラスに到着したときには、息が上がり、汗をかいていた。

「ノエミ！」と高い声で呼ばれる。上からだった。見上げると、窓を開けて、シモンが手を振っていた。「大丈夫？」

「大丈夫です。ご心配をおかけしました」と答えておく。

ニモイが玄関のドアを開けて、四人は中に入った。階段を上っていくと、シモンが待っていた。

「レーヌ先生」彼女は、数学者の姿に驚いた。「戻ってこられたのね」

「生きていましたよ」レーヌは言った。「でも、大変なことがあったのですね、ミヤチさんから聞きました」

「いったい、二人とも、どこにいたの？」シモンがきいた。

　時刻は十一時を過ぎている。しかし、一緒に温かいものを飲もうという話になり、娯楽室へ向かった。レーヌとシモンはずっと話していた。

　私は、端末をサイカワから手渡された。ケーブルカーの駅に落ちていたそうだ。襲われたときに落としたのだろう。幸い、壊れてはいないようだった。しかし、まだネットは復旧していないので、ほとんどの機能は使えない。私はポケットに持っていたマスタキィをニモイに返した。私を襲った人たちは、端末にも鍵にも興味を示さなかった、ということだ。

　コーヒーか紅茶か、それともワインか、という選択で、レーヌだけがワインを選んだ。ほかの三人がコーヒーを飲むことになり、ニモイがそれらを用意した。

「とにかく、皆さんに再会できて、最高に嬉しく思います」レーヌが立ち上がり、頭を下げた。

　しばらくは、お互いが事情を話し、情報交換をした。十分もした頃には、それが一とおり終了し、全員の言葉が少なくなった。なにしろ、問題の多くは解決されていない。今も、この城には四人の死体があって、警察も救急隊も到着していないのだ。

「ところで、電話とネットの復旧はどうなりましたか？」私は、サイカワに尋ねた。私がここを出たとき、彼らはその作業をしていたのだ。

「順調です」サイカワは答えた。「電話の方は不確定ですが、ネットは問題のある機器が特定されました。意図的に、配線が切られていました。それをつなぎ直せば、たぶん元どおりに機能するでしょう。でも、どれがどの配線か、切られたコードを基板のどこにつなぐのか、じっくりと観察し、考える必要があります。あと、そうですね四時間くらいかかります。徹夜をすれば、朝には復旧しますが、皆さんがお元気そうなので、今日は寝て、明日の朝から作業をするつもりです」

「私を探すために、余計な時間を使わせてしまいました」私は、サイカワに頭を下げた。「申し訳ありませんでした」

「いいえ、捜索のきっかけは、ヘリコプタです」サイカワが軽く返す。

「その配線が直ったら、外部と連絡ができるのね？」シモンがきいた。

「できるはずです」サイカワは頷く。「最短で、明日の正午には、警察がこちらに到着することになる、と思います」

「サイカワ先生、さきほど、あの建物のことを知っているとおっしゃいましたね」レーヌが言った。「研究所だったとも。どうして、ご存知なのですか？」

「もう三十年近くまえになりますが、あの建物の中に入ったことがあります」

「本当ですか？」

「でも、今のミヤチさんの話では、階段があったそうですね」

「そうです。階段で屋上まで上がりました」

「当時、あの建物には階段はありませんでした。スロープとエレベータだけでした。それは、タイヤを駆動して動くロボットが働いていたためです。階段があっては不都合だったのだと思います。コンピュータ関係の技術者が集まっていて、ソフトウェアの開発を行っていました。その後、おそらく、なにか別のものに利用されたのでしょう。改築されたようです。外壁も新しくなっているようでした。スロープはスペース的に無駄が多いので、階段に作り替えたのではないでしょうか」

「その当時から、オメガ城があったのですか？」シモンが尋ねた。

「いいえ、ないと思います。あの研究所がほとんど唯一の建物でした。まだ、周囲の森を切り開いたばかりで、道路も新しかった。でも、さきほど行ったときは、もう道路もなかったし、建物の近くまで森が押し寄せていましたね。まあ、ここは温帯ですから、放っておけば森林になる」

「研究所の名前は？」私はサイカワに尋ねた。是非記事にしたいと思ったからだ。

「マガタ研究所です」

6

夜の会合は十二時にお開きになった。レーヌは、使われていない八号室で休むことになり、ニモイが一緒についていった。シモンも、彼らと一緒に出ていく。サイカワが席を立たないので、私も残った。

「目が冴えてきた」サイカワは言った。「今から、回路を直しましょうか」

「え、大丈夫ですか？」私はきいた。「先生が作業をされるのでしたら、アシスタントをしますよ」

「一人でできます」

「お話をしながらの方が眠くならないのでは？」

「眠くなったら、寝ますから」

しかし、私はコーヒーをポットに入れてから、五分ほど遅れて、彼のいる機械室へ行くことにした。途中、二階の通路でニモイに会った。サイカワは、やれるところまでやってみます、と言ったそうだ。ニモイが一緒に行くと言うと、その必要はない、と断ったらしい。もしかして、私も断られたのかもしれない。いや、はっきりと断る言葉ではなかったはずだ。

地階の機械室に入っていくと、サイカワは工具箱から先の尖った道具を取り出していた。私を見ても、まったく驚く様子もなく、また言葉もなかった。彼は、その道具のコードをコンセントに差し入れた。

「何ですか、それは」私は尋ねる。

「ハンダごて」サイカワは一言。

「ハンダごて？　何ですか、それは」

今度は無言だった。答えたくないらしい。

私は、機械室の周囲をぐるりと回ってきた。しかし、彼はまだなにも始めていない。考えているのだろうか？

「何を考えていらっしゃるのですか？」

「いえ、特に」返答が短いのは、機嫌が悪いのかもしれないが、深夜であるし、私たちを救出するために森の中を歩いたのだから、機嫌が良い方が不自然だともいえる。

「どうして、始め……」

「これが温まるのを待っています」サイカワは、私が問うことを予測していたようだ。

「ああ、そうか……、アイロンみたいな？」

彼は無言で頷いた。

作業台の上に置かれた機械は、蓋《ふた》が開いている。その中に電子回路があるらしい。その機械が、ネットのルータなのだろうか。切断されたケーブルを元に戻そうとしているのだ。尖ったアイロンのような道具を手にして、彼は作業を始めた。もう一方の手には針金のようなものを持っている。ときどき、細い煙が立ち上るのが見えた。

「話しかけてもよろしいですか？」私はきいた。

「どうぞ」

「私が拉致《らち》された理由は、何でしょうか？」一番ききたい質問だった。

「わかりませんが、船着場になにか見せたくないものがあった。貴女がそれを見にきたと勘違いした。あるいは、オメガ城の様子が知りたかった」

「ここの様子ですか？　そんなの普通にきいてくれれば良いことなのに……」

「レーヌ先生と貴女が話した内容を聞いたはずです。それで満足したので、直接質問しなかった」

「ああ、そうか。こちらの状況を気にしていたのですね」

「警察に連絡を取ったかどうかを、知りたかった」

「でも、ヘリコプタで逃げてしまったんですよ」

「ヘリが来るのに時間がかかるから、気になっていた」

「なるほど……」私は頷いた。彼の説明は納得ができる。「それじゃあ、もう用済みだから、解放されたのですね。殺されなくて良かったぁ」

「レーヌ先生も、殺す必要がなかったことになります」サイカワは顔を上げない。今は、別の道具を持っていた。

「既に、ヘリは最寄りの空港に到着している」彼は続ける。「今警察に連絡しても、間に合わない。彼らは、飛行機に乗って、高飛びでしょう」

「タカトビ？」会話は日本語だったが、その意味が私はわからなかった。

「飛行機で国外へ逃亡すること」

「ああ、そうなんですか、知らなかった」

「一般人は、使いませんからね」

「先生は、一般人ではないのですね？」

サイカワは、黙って顔を上げて、こちらを見た。二秒間ほど、睨まれてしまった。冗談が通じない人のようだ。

「不機嫌ですか？」私は恐る恐る尋ねた。

「全然」サイカワは否定し、また視線を下げ、作業を再開した。「ニワトリがさきか、それとも玉子がさきか、という質問に、貴女はどう答えますか？」

私は、思わず吹き出してしまった。

もしかして、機嫌が悪くないことを示すために、こんな話題を持ち出したのだろうか。ユーモアなのか、それともナンセンスなのか。どちらなんだ？

「答えようがない、というのが答だと思っています」私は真面目に答えることにした。真面目に答えることが、今は求められているような気がした。

「世間ではそういわれています」彼はこちらを見ず、作業をしながら話した。「しかし、問題が曖昧《あいまい》すぎるので、こうきき返さなければならない。その玉子は何の玉子か？　それは、ニワトリが産んだ玉子なのか？　それともニワトリが生まれた玉子なのか？　おそらく、このいずれかをイメージしているはずです」

「そう……、ですね」私は笑いを堪えて相槌を打つ。

「もし、ニワトリが産んだ玉子なら、ニワトリがさきで、玉子があとです。一方、ニワトリが生まれた玉子だとしたら、玉子がさきで、ニワトリはあとです。そうでしょう？」

「はい、そうですね」

「この世に最初に誕生したニワトリがいたとします。その動物が初めて、ニワトリと呼ばれた、と言い換えてもけっこうです。そのニワトリは、何から生まれたのでしょうか？」

「玉子では……、ないでしょうか？」私は答える。

「つまり、玉子がさきにあった。でも、それは何の玉子か？」

「何の玉子なんですか？」

「ニワトリではないものでしょうね」

「え、じゃあ、玉子がさきというのが正解なのですか？」

「当然、そうなります」

私は、納得させられてしまった。思わず口笛を吹きたくなった。なんという理屈屋なのだろう。数学者のレーヌもそうだが、サイカワも同じ部類にちがいない。

「直りました」サイカワが顔を上げて、私を見て言った。

「え、何がですか？」

サイカワは、目を一度瞬《またた》かせ、ハンダごてを持っていない方の手で、作業台の上の機械を示した。

「もう直ったんですか？　だって、四時間かかるって……」

「配線してみて、試してみる、駄目ならやり直す、という繰り返しを想定した見積もりが、四時間です。一番確率が高そうな配線をしてみました。さて、最初のチャレンジをしてみましょう。まあ、弱電だから、部品が飛んだりはしないと思いますが……」

「部品が飛ぶんですか？」

私の問いは無視された。サイカワはぶつぶつ言いながら、その機械を両手で壁際へ運び、コードをコンセントにつないでからスイッチを入れたようだ。蓋はまだ閉められていない。彼は、じっと中を見ている。

「電源は大丈夫そうですね。では、ほかのケーブルもつないでみましょう。これは、ルータの大元の装置なんです」

サイカワは、別の台にあったノートパソコンを開いた。それから、さきほどの装置のソケットにケーブルを一本ずつ差し入れ、そのたびにモニタを見た。

私は端末で時間を確認した。十二時三十分だった。

「コーヒーを淹れましょうか?」と提案してみた。さきほど飲んだばかりだから、いらないと言われそうな気もしたが、早い方が熱いコーヒーが飲める。

「お願いします」サイカワは答えた。

持ってきたカップにポットのコーヒーを注いだ。自分の分は半分ほどにしておいた。カップを彼に手渡す。

「どうですか?」なにも言わないので、きくしかない。

「非常に幸運なことに、一発で成功したようです」サイカワは答えた。だが、それにしては嬉しそうな顔ではない。「端末で、試してみて下さい」

私は、コーヒーは一口だけにして、自分の端末を見た。たしかに、ネット接続のアイコンが現れていた。メールを確認すると、新しいものが届いているのがわかった。編集長からのものがあった。

「つながっています! 凄い、やりましたね」私は立ち上がり、サイカワに報告する。飛び上がりたくなるほど嬉しかった。

サイカワは、コーヒーを飲んでいた。まったく表情を変えない。カップを作業台に置くと、ふっと息を一度吐いた。

「徹夜しなくても良さそうです」彼はそう言った。

7

警察への連絡はサイカワがすると話していた。私たちは二階へ上がり、それぞれの部屋に入った。三号室のシモンも、八号室のレーヌも静かだった。レーヌは、特に疲れていることだろう、と想像した。私も、シャワーを浴びたあと、こちらへ来て最強の眠気に襲われた。

小さな電子音で目が覚めた。

編集長からまたメールが届いていた。寝るまえに、グリーン博士が亡くなったことなど、事件のあらましを手短に報告しておいたためだ。マスコミが押しかけるまえに写真をできるかぎり沢山撮っておけ、という指示だった。亡くなった人の話ではなく、そこか、と思った。さすがに仕事第一の編集長である。

残念ながら、こんな場所にマスコミが押し寄せるとは思えない。でも、上空から撮影するかもしれないな、と想像した。

既に、窓の外は明るくなっていた。時刻を見ると六時数分まえである。もっと寝ていたいところだが、とても気持ちが良く、眠いわけでもない。深い上質な睡眠が取れたようだ。

　窓を開けて、外の空気を部屋に入れた。遠くを眺めてみたが、昨日の研究所はまったく見えない。どの辺りなのかもわからなかった。低層の建物なので、森の中に埋没しているのだ。

　サイカワのおかげで、ネットが回復し、今日は警察が来る。事件に対する捜査も始まるし、なによりも自分たちの安全が確保されることが嬉しかった。

　あとは、仕事である。編集長からの期待もあるが、なにより自分しかこの記事は書けないはず。もしかしたら単独の出版物にできるかもしれない。そうなれば、不運は反転し、私にとって大きなチャンスになる。

　オメガ城の中の写真を撮ろう、と考えた。それよりも、殺人現場の写真があった方が良い。もちろん、最終的には死者が写っているようなものは使えない、との判断になりそうだが、イラストにすることだってできる。編集長の指示は的確だ。

　マスタキィを持っていないので、殺人現場はすぐ近くなのに、今は入れない。まずは、ニモイに相談するべきか。などと頭が回った。

　警察は何時に来るだろう。もしかして、もう来ているのか？　警察が来てしまったら、写真は撮れない。寝ている場合ではない。そう考えると、いても立ってもいられなくなってしまい、急いで着替えをした。

　カメラを手に、ドアを開けると、通路の先から話し声が聞こえた。十メートルほど離れたところを、サイカワとニモイが歩いていく。

「おはようございます」私は、二人に駆け寄った。「警察は、いつ来るのですか？」

「船でこちらへ向かっているところだと思います」サイカワが答える。「ニモイさんに下へ迎えにいってもらうことにしました」

「朝食が少し遅くなりますが……」ニモイが言った。「もしかしたら、八時頃になってしまうかもしれません。申し訳ございません」

「全然かまいません」私は手を振った。「あの、実はちょっと、その、お願いがあるのですけれど……」ニモイが私に小さく頷く。サイカワは表情を変えない。「殺人現場の写真を撮りたいのです。証拠として、残しておきたいというか、あとで報告をするときや、記事を書くときに参考にできるからです。公開するようなことは、たぶん、ありませんし、もしそうなったときは、もちろん、しかるべき許可を得るつもりです。駄目でしょうか？」

　サイカワとニモイは黙っていたが、少し遅れてお互いに顔を見合った。サイカワは、私に向き直って言った。

「私が許可することですか？」

　そう言われると、たしかにそうかもしれない。サイカワに権限があるわけではない。私はニモイを見た。彼は、両手を広げ、こう言った。

「あの……、私には、判断ができません」

　というわけで、ニモイからマスタキィを借りることができた。彼は、食事の支度をすると言い、階段の方へ歩いていく。

「先生、一緒にお願いできますか？」私はサイカワにきいた。

「何をですか？」

「ですから、殺人現場で写真を撮ります」

「私は写真はご遠慮します」彼は片手を広げた。

「違います。私が写真を撮るとき、一緒にいて下さい、というお願いです」

「一緒にいる意味が、よくわかりませんが、べつにかまいません」彼は頷いた。

死体や血があるのだから、少なからず恐怖を覚える、という理由もあるし、それよりも、しては駄目なことがあったら注意をしてもらえるだろう、という期待が大きかった。

その恐怖の場所は、ごく近い。四号室のドアの鍵を開けて、私は中へ入った。サイカワは、私のすぐ後ろにいる。

グリーンの死体は、昨日見たまま、まったく変化がなかった。ただ、血は黒く乾いていた。私は、ドアから三メートルほどのところに立ち、カメラを構えた。部屋の様子を十数枚撮影した。ベッド、ソファ、窓、キャビネット、そして死体。逆の方向から撮ったものも欲しかったが、これから警察が調べる場所を踏み荒らすことになるため、遠慮することにした。サイカワは、なにも言わなかった。

三分ほどで仕事が終わった。通路に出て、ドアを施錠する。次は、隣の五号室である。室内に入り、やはり三メートルほど進んだところでカメラを構えた。亡くなっている女性の顔は、この角度ではよく見えない。この人はいったい誰なのだろうか、と再び思った。ここに何のために来たのか。

　同じように部屋の写真を撮影した。

「レーヌ先生は、この部屋で寝ていたのですね」急にサイカワが言った。「ここから連れ出された。覚えていらっしゃらないとしたら、気を失っていたのか、薬で眠らされていたのか、どちらか……」

「彼を運び出すには、一人では無理です。引きずったら、床に跡が残りますし」

「ドアから出して、通路を運んだ」サイカワは呟く。「最低二人必要、できればもっと欲しい。靴を履いてベッドで寝ていたのか、それとも靴を持っていったのか。計画的な犯行にしては、運ぶのは、あまりに無策です」

「無策？　というと？」

「どこかへ誘《おび》き出《だ》すとか、凶器で脅して歩かせるとか、そうすれば、時間的にも労力的にも楽でしょう？　研究所までの道のりを考えて下さい。車もない、台車も使えない」

「そうしなかったのは、顔を見られたくなかったからでしょうか？」私は言った。

「その推理は、妥当だと思います」

「船着場で私は気絶させられて、研究所まで運ばれました。レーヌ先生の場合と同じです。顔を見られたくなかった？」

「しかも、あらかじめ覆面などを用意できなかった」サイカワは言った。

「突発事故だったわけですね？」

「レーヌ先生も、そして貴女も」

「突発事故かぁ……」私は、そのシチュエーションを想像した。

犯人は、予期しないものに出会った。それは、何だったのだろう？　この部屋にレーヌがいることは予測できたはずだ。一方、私の場合は、たしかに予測できなかったかもしれない。城から人が下りてくるとは思っていなかった。

「そうか、ケーブルカーが動いたから、急いで、あの駅のどこかに隠れたのですね？　それで、私に見られてはまずいものがなにかあった。だから、気絶させるしかなかった」

「殺す必要はなかった」サイカワがつけ加えた。

「そうなんです。殺した方が処理も簡単なのに、わざわざ研究所まで運んだんです。どうして、私は殺されなかったのでしょうか？」

「わかりません」サイカワはあっさりと答えた。

「手当たりしだい人を殺したい殺人狂ではない、ということですね？」

「その推理は、妥当だと思います」

次は、六号室に入った。ゾンネフェルトが奥で倒れている。ここは血痕はないが、臭気が漂っていた。私は急いで写真を撮り、早々に退室した。やはり、入口から三メートルほどしか足を踏み入れていない。

通路に出て、深呼吸をする。

「一日経って、なにも変化がないというのは、自然であり、物理法則にも従っている」サイカワが話した。「生きていないものは動かない、というのは、ありがたい状況ですね」

私は、思わず眉を顰《ひそ》めてしまった。彼の言っていることが不可解だったからだ。もしかしたらジョークを言ったつもりなのかもしれないが、私には響かなかった。

しかし、協力してつき合ってもらっているので、なにか言葉を返さなければならない、と考えた。

「でも、電子は原子核の周りを回っているんですよね。だとしたら、動いているのでは？」

「回っている、と人間は考えています」サイカワは言った。「多くの人間は」

ますます会話が難しくなった。私は急いで七号室のドアへ行き、施錠を解いた。

七号室では、ウヅキ・フミオミが死んでいる。ここも流血はなかった。私は、仕事をまっとうし、写真を撮った。

サイカワは、ベッドの手前で膝を折り、ベッドの上を横から眺めていた。

「どうかしましたか？」私はきいた。

「昨日は、こちらから見なかったので」サイカワは答えた。

「ロープに注目しているのですね？」

「いいえ。ベッドに長い髪があります」サイカワは、片手を伸ばし、指差した。

私は、そちらへ近づき、それを見た。

「写真に撮っておいて下さい」サイカワが私に場所を譲った。

私は、カメラのレンズを近づけ、ベッドの上の髪の毛を撮影した。

「長くないですよ。二十センチくらい？」私は言う。

「でも、ウヅキさんの髪ではない」サイカワが言う。

ウヅキは短髪だった。せいぜい長くても五センチ。たしかに、サイカワの言うとおりだが、ベッドメイキングをしたスタッフの髪かもしれない。

「まあ、警察に任せましょう」サイカワは言った。

通路に出たところで、私はサイカワに軽く頭を下げ、ありがとうございました、と日本語で礼を言った。

すぐ隣の八号室のドアが少し開き、レーヌが顔を出した。

「レーヌ先生、おはようございます」私は挨拶する。「ゆっくりお休みになられましたか？」

「よく寝ました」彼は言った。「何をしているんですか？」

「いいえ、ちょっと写真を撮っていました。あ、そうだ。警察に連絡がついたんですよ。ネットが使えるようになりました。もうまもなく、警察がここへ来ることになっています」

「そう……、それは良かった」彼は笑顔になった。「生き延びられそうだ」

「朝食は、少し遅れて、八時頃になるそうです」

「わかりました。どうもありがとう」

レーヌは首を引っ込め、ドアを閉めた。寝巻きだったのかもしれない。

今度は、後方の三号室のドアが開いた。出てきたのは、シモンである。彼女は寝巻きではなく、パーカにジーンズだった。私たちは、そちらへ歩き、彼女も近づいてくる。

「おはようございます、シモン先生」私はお辞儀をする。「あの、ネットがつながりました」

「そうそう、さっき試してみた。驚きました。サイカワ先生が直されたのね？」

サイカワは黙って頷く。

「そうなんですよ。昨日の夜中の作業でした」彼がなにも言わないので、私が代わりに答えた。

「それから、警察にも連絡がつきました。まもなく船で到着することになっています」

「あら、どうしてヘリコプタで来ないの？」シモンが言う。

「夜でしたので、明るくなってから、ということにしたようです」サイカワが説明した。「そうなると、ヘリも船も時間的に大差がありません。ヘリは飛行場から飛びますから。かえって距離が遠くなります」

「はあ……」シモンが息を吐いた。「でもこれで、一安心ってところね。まあ、簡単には解決しないでしょうけれど……。犯人は逃げてしまっているし、たぶん、今頃、遠くへ行ってしまった」

「ニモイさんが警察を迎えにいく関係で、朝食は少し遅れるそうです。八時頃になりそうだ、と……」

「はい、了解。そうだ、外を少し散歩しない？」シモンが私を見た。

「そうですね」私は頷く。東に太陽があるうちに、城の外観の写真も撮っておこう、と思った。

8

サイカワが、ニモイの手伝いにいくと話したので、マスタキィを彼に手渡した。私とシモンは、一階へ下り、テラスへ出た。玄関のドアは鍵がかかっていたが、内側からはレバーを回して開錠することができた。

まだ早朝だが、東から直射日光が当たり、既に暖かかった。風はほとんどない。聞こえるのは、鳥の鳴き声だけで、それが延々と続いている。

「貴女が消えたときには、きっともう殺されたんだと思いましたよ」シモンが言った。

「貴重な体験でした」私は微笑んでみせたが、二度とあんな目には遭いたくない。

「レーヌ先生と二人だけだったのでしょう？ 何を話していたの？」

「そうですね、うーん、なんというか、普通の話ですね。彼が、なにか難しい数学の話をされていて、ちんぷんかんぷんのこともありました。でも、電気が消えて真っ暗になって、あのときは、さすがに凄かった。サスペンス映画みたいな」

「それを思うと、こちらは照明は消えなくて、助かりましたね。真っ暗になっていたら、それこそパニックだったかも」

「そういえば、電話線は切られて、ネットも機械が壊されていたのに、電気は使えましたね。これは、私たちに対する慈悲でしょうか？」

「まさか……」シモンは笑った。

オメガ城の外観をときどきカメラに収めながら、私は歩いた。シモンもゆっくりとした足取りだった。

「研究所で、電気を消していったのは、逃げる時間を稼ぐためだと思います。どしんという音がして、あれがヘリコプタが来たときだった、と思います。そのあと停電しましたから」

「城で四人を殺したグループが、研究所に隠れていたわけでしょう？」シモンが話した。「ヘリコプタが来るまで、ずいぶん時間がかかった。予定されたことではなかったのかな。昨日も一昨日も、天候は悪くなかった。ヘリコプタはどうして、一日近くあとに来たの？」

「まだ、なにか仕事が残っていた、ということでしょうか。そうだ……、あの研究所には、まだ何日分も食料がありそうでした。大勢があそこで生活ができると思います。電気さえあれば」

「使われていない建物ではないのね？」

「ええ、そうです。中はとても綺麗でした。掃除が行き届いています。たぶん、ロボットが掃除をしているのでしょう」

「ロボット？」シモンが首を傾げた。

　その話は、研究所から戻る途中で話したのだが、シモンはそのときいなかったのだ。

「そうなんです。あの、台車というか、タイヤのついたワゴンみたいな……。あと、腕もあって、ドアを開けたり、鍵を差し入れたりもできるんです」

「それ、今もあそこにまだあるわけ？」

「そうだと思います。キッチンにありました。持ってはいかなかったわけです」

「不思議だね。これからも、そこを使うつもりなのかな。何のために？　かつては、マガタ・シキが、そこで研究をしていたのでしょう？」

「よくは知りませんけれど、たぶん」私は頷いた。「ああ、そうか、もうネットが使えますから、調べれば良いですね」

「そう……、それに、サイカワ先生は、その研究所の中に入ったことがあるっておっしゃっていたけど、あれはどういうことだったのか」

「調べておきます」私は頷いた。

庭園内を歩きながら、写真を幾つか撮った。城もサイドから、つまり南から撮影した。この角度からだと、四本の塔や中央のドームも写すことができた。

「警察が来て、いろいろ質問されるのでしょうね、貴女、通訳をしてね」シモンが言った。「今は、とにかく、一刻も早くフランスへ帰りたい」

「こちらを観光されないのですか？」

「観光するつもりだったけれど、もう、ちょっとそんな気分じゃない」シモンは苦笑した。「ホテルなんかもキャンセルして、帰ろうと思っています。航空チケットが取れれば、だけれど」

「ネットがつながったから、予約ができますよ」

「貴女は、どうするの？　なにか予定があるの？」シモンがきいてきた。

「いいえ。私は仕事で出張してきているので、すぐに帰るつもりでいます」私は答える。今まで、帰りのことなど考えていなかったことに自分でも驚いた。「そうですね。いつ頃、解放されるのでしょうか。警察に事情をきかれて、しばらく滞在しないといけないことになる可能性もありますよね」

「それはないんじゃない？　だって、被害者なんだから。容疑者じゃあるまいし。今回の事件は、何が目的だったのか、謎だけれど、誰がやったのかは、だいたい絞れるわけでしょう？　なにしろ、ここは絶海の孤島で、不特定多数の人間の出入りは不可能だったんだから」

「犯人たちは逃走しているわけですから、それを追うことが、最優先されるとは思いますが……」

庭園の奥まで来た。一昨日、スタッフらしき女性が顔を覗かせた窓が見える。そこは、城のスタッフの居住スペースではない。彼女は、仕事をするためにあそこにいたのだろう。掃除をしていたのだろうか。彼女も今はここにはいない。ということは、犯人一味だったのか。

庭園を戻りながら、私は端末を見た。編集長からメッセージが届いていたからだ。物理学者のジェリィ・グリーン博士が殺されたことが、かなり大きなニュースになっているという。編集長はグリーン夫人に連絡を取ろうとしたそうだが、既に日本に向けて発ったあとだとわかった、と伝えてきた。

シモンが何の話か、と尋ねてきたので、フランスの様子やグリーン夫人がこちらへ向かっていると話す。

「わざわざ来るの？　へえ……」というのが、シモンのリアクションだった。

「サイカワ先生が警察に連絡して、もう六時間も経っているのですから」私は呟いた。「日本の警察が、すぐに知らせたということでしょうか。やっぱり有名人だから……」

「ヘリコプタで逃げた人たちは、捕まっていないの？」

「それは、わかりません。そういった報道はまだないようです」

正面まで引き返すと、玄関からニモイが出てくるところだった。警察の船がまもなく到着するとの連絡があったので下へ迎えにいく、と話し、ケーブルカーの方へ足早に去っていった。私とシモンは、テラスの端のベンチに腰掛け、この場所で警察を待つことにした。背中や肩に日が当たり、とても暖かかったからだ。すると、城の二階の窓が開いて、サイカワが顔を出した。

「睡眠不足なので、ちょっと寝ることにします」サイカワが言った。

「朝食は、どうされますか？」私は尋ねた。

「パス」サイカワが短く答える。

「警察はパスできませんよ」シモンが横から言った。

「必要があれば、起こして下さい」そう答えると、彼は窓を閉めた。カーテンはそのままだったが、ガラスが明るい空を反射した。

「私はすぐに寝てしまったのですが、サイカワ先生は、連絡をしたり、いろいろ忙しかったのかもしれません」私は説明した。

「真面目な方ね」シモンが言う。「社交性の欠如が垣間見《かいまみ》えますが、おそらく子供の頃の環境かな」

十五分ほどして、ケーブルカーが到着した音が聞こえた。ニモイの案内で警察のグループが現れた。制服の警官が四人、スーツ姿の男性が四人だった。制服の警官は若く、スーツの方は中年か年配。短く刈り上げた髪型が共通している。

彼らは、私たち二人をじろりと睨んだ。ニモイが、フランスからのゲストの方たちです、と紹介してくれたが、彼は英語で話したので、通じたかどうかはわからない。

私は立ち上がり、彼らの近くへ歩み寄った。

「ミヤチ・ノエミといいます。日本語が話せますので、通訳が必要でしたら……」

「それは助かります。お願いできますか」年配の男性が微笑んだ。半分以上白髪で、目が大きく、梟《ふくろう》のようだった。

　この男性が、八人の中ではリーダのようだ。のちに、ヤマシタという名前も判明する。彼は、警官を配置させたり、つぎつぎと指示を出した。彼らは、二階の殺人現場に直行した。通路の少し離れた場所で、私とシモンが見守った。ニモイは、朝食の準備のために階段を上がっていった。警察には、これからゲストに朝食を出すと話して、許可を得ていた。

　警察は、まず四号室を確認し、続いて五号室、六号室、七号室の順番で見ていった。そのあと、各自がまた別の部屋に入っていく。ドアは開けっ放しになっているようだが、角度的に中は見えない。何をしているのかは、わからなかった。当然、これから鑑識係などがやってくるのだろう。彼らは第一陣というわけである。

　八号室のドアが開き、中からレーヌが現れた。あれからまた寝直したのか、部屋着にガウン姿だった。途中で、警官と無言ですれ違い、私たちの方へ歩み寄る。

「良かった、やっと警察が来てくれたんですね」彼は言った。「事情聴取を受けました？」

「まだです。さきに、朝食になると思います」私は言った。

　五号室から、半白髪の刑事が出てきたので、レーヌを紹介した。

「ゲストは、これで全員ですか？」刑事が尋ねる。

「いえ、もう一人、日本人のサイカワ先生がいます」私は説明した。「二号室で、お休みになっていると思います。警察に連絡したのもサイカワ先生です」

　さらに刑事に問われたので、昨夜は誰がどの部屋を使っていたのかを説明した。私とレーヌの二人は、近くの研究所に拉致されていたことも話したが、刑事はその件を既に知っているようだった。サイカワが警察に報告していたらしい。

「まだ、しばらく確認に時間がかかります」刑事は言った。「一時間ほどしたら、お話を伺うことになります」

「ヘリコプタで逃げた人たちは、捜索されているのでしょうか？」私はきいた。

「もちろんです。ご安心下さい」刑事は、そう言うと、四号室の中に入っていった。

　私とシモンは、階段を上がって食堂へ行くことにした。レーヌは、着替えをしてから行くと話し、八号室へ戻っていった。彼のトランクは、五号室から八号室へ移してあるはずだ。

「こんな場所だから、警察の人たちも大変ですね」私は歩きながら話した。

「警官が男性ばかり」シモンが言う。そういえば、日本の警察は、その傾向があるかもしれない。

　食堂にはニモイがいて、厨房から料理を運んできたところだった。私は、彼の手伝いをした。昨日と同じようなメニューだったが、スープは別のものである。果物も加わって、少し豪華になっているように見えた。

「これが、ここでの最後の食事？」シモンが言った。「そうなると良いけれど、ちょっと無理かもしれませんね」

「どうでしょうか」私は微笑み返した。ランチのまえに解放されることはないだろう、と予想した。

しかし、午後には帰りたい。少なくともこの島を出たいものだ。その理由は、自分でもよくわからない感情だった。やはり、殺人という極めて異質な行為の場であったことが、理屈を超えた影響を私に与えているのだろう。

「サイカワ先生は？」レーヌがきいた。

「睡眠不足なので、お休みになっています。食事はいらないそうです」私が答えた。

ニモイも含め、四人での朝食となった。時刻は、まもなく八時半だった。

9

朝食後、私はニモイと二人で食器を片づけた。それが終わったところへ、刑事が入ってきた。半白髪の刑事である。私に話をききたい、というので、食堂へ出ていった。シモンとレーヌがまだそこにいたが、この二人はフランス語で会話をしていた。

テーブルの椅子を引いて、刑事が座り、私にも座るように促す。もう一人、少し若い刑事がいたが、彼は立ったままだった。

昨日の未明、悲鳴のような音で目覚め、その後、四号室、六号室、七号室、五号室の順に客室を確認したことを話した。詳しいことは、サイカワにきいてほしい、ともつけ加えた。私よりは多くを見ているはずだし、説明も的確だろう、と想像したからだ。

電話やネットがつながらなくなったため、昨日は、サイカワを中心として、城内を調べたこと、また、その後私は何者かに拉致され、少し離れたところにある研究所の建物で、やはり拉致されていたレーヌと出会ったこと、その後は、そこを抜け出して、捜索にきたサイカワたちと一緒にオメガ城に帰ったこと、サイカワがネットのルータを修理したおかげで、警察に連絡ができたこと、などを説明した。

「その研究所というのは、ここから歩いてどれくらいですか？」刑事が尋ねる。

「夜でしたし、上りだったので二十分以上かかりましたが、もう少し早く行けるかもしれません」

「そこでは、誰も見なかった、ということですね？」

「はい、そうです。でも、私たちの食事を作った人が、少なくともいたはずです」

「この城にいた人で、ミヤチさんが会ったのは？」

「ニモイさんのほかには、夕食の給仕をするために、二、三度ですが、食堂に現れた女性だけです。あと、夕方に庭を歩いているとき、窓から覗いている人も見ました。やはり女性でした」

「日本人ですか？」

「いいえ、違います。どちらも、白人でした。話していないので、どこの人かはわかりません。もちろん、日本人である可能性もありますけれど」

「五号室で殺されていた女性は、その二人のどちらかではありませんか？」

「違います」

「白人で、中年の女性ですが」

「別人だと思います」

「そうですか、わかりました」刑事は頷いた。もう一人の刑事が手帳にメモを取っていたが、そちらを見ると目が合った。

「あ、すみません」私は一つ思い出した。「マガタ・シキ博士が、ディナのときにいらっしゃったのです。それは、お聞きになられましたか？」

「いいえ」刑事は身を乗り出した。「誰ですか、それは」

若い方の刑事が、耳打ちした。彼の話を聞いて、頷いている。ドクタ・マガタを知らなかったようだ。彼女が世界的に有名になったのは、ずっと以前のことだから、無理もないのかもしれない。私自身、リアルタイムで知っていたわけではない。科学関係の取材をしていたことと、友人を通して偶然に入ってきた情報だった。

「なるほど。この島の研究所に以前いたという天才科学者ですか」刑事が言った。今仕入れたばかりの受け売りだろう。「その博士が、ここへやってきた、一人で来たのですか？　どこへ帰ったのでしょう？」

「お一人でした。どうでしょう、二分くらいで、すぐに出ていかれました。潜水艦で来たようなお話でしたけれど」

「潜水艦？」刑事が驚く。するとまた、もう一人が耳打ちを始めた。今度は三十秒間ほどかかった。

「その博士は、研究所へ行ったのではありませんか？」刑事は、三十秒間のギャップがなかったような顔で尋ねた。

「わかりません。そうかもしれません」私は答える。

「潜水艦は、水深からして、船着場に接岸できないと思いますが」

「それは、ボートかなにかを使うのではないでしょうか」私にそんな説明をさせないでほしい、と思う。

「その博士も、五号室の被害者とは別人なのですね？」

「はい」私は大きく頷く。

「わかりました。詳しいことは、またのちほど」刑事は立ち上がった。「では、次は、サイカワ先生に……」これは、もう一人の刑事に言ったようだ。

「あの、私たちは、いつ頃に帰ることができますか？」私は尋ねた。

「いえ、そんなに時間はかからないと思います」

「今日、この島から出られますか？」

「ええ、たぶん。なにか、お急ぎの用事が？」

「フランスへ帰りたいと思います。仕事がありますので」

「ああ、国外へね……」刑事は、そこで片手を広げた。「ちょっとそれは、ここで今すぐにお返事ができません。のちほど改めて」

　私たちのやり取りを、テーブルの反対側に座っていたシモンとレーヌが聞いていた。しかし、日本語だったので、二人にはわからなかったはずだ。

次はサイカワだと話したばかりなのに、刑事は、この二人のフランス人に話をきくと言い出し、私に通訳をするように依頼してきた。この二人が英語を話さないと思ったのだろう。レーヌは、一昨日の夜のディナのあと、自室に戻ったあとの記憶がない、との供述だった。気がついたら、両手に手錠をかけられ、ソファに座らされていた。誰とも会っていないし、話もしていない、と私と同じことを語った。彼は、長時間一人だけで過ごしたが、その大半はソファで寝ていたそうだ。記憶がないのは、酒に酔ったせいだろう、というのが本人の分析だった。ドクタ・マガタに会えたことに感激し、少し飲みすぎたのがいけなかった、と語った。刑事はレーヌに体重を尋ねた。彼は六十キロくらいだ、と答えた。おそらく、彼を運び出す労力を考えてのことだろう。

シモンについては、質問は少なかった。すぐ隣の部屋で殺人があったので、惨劇の最も近くにいた人物になるが、見ていたわけではなく、音や声も聞いていない。質問が終わったあと、シモンは、早くフランスへ帰りたい、できるだけ早くしてほしい、と私に言った。私はそれを刑事に伝えたが、聞き入れてもらえそうかどうかは、わからなかった。私の場合と同じ条件である。

ニモイに対しては、別の刑事が質問をしているようだった。厨房へ入っていく二人の刑事を見たからだ。ニモイも英語が話せるので、私の通訳は必要なさそうである。

私は、刑事たちと一緒に二階へ下りた。少し疲れたので、自室に入った。刑事たちは、サイカワの部屋をノックしていた。すぐ隣の部屋へ入っていく音だけを聞いた。

とにかく、安堵《あんど》の気持ちが大きく、ほっとした。危険が去った、ということだ。

端末を確認し、メールなどもチェックすることができた。編集長へは、警察が到着し、事情聴取が始まった、と報告しておく。殺人現場の写真も数枚だけ送っておいたが、万が一拡散するといけないので、死体が写っているものは自重して送らなかった。

外から声が聞こえたので、窓から覗いてみると、紺色の制服姿が二十人以上テラスにいた。お揃いのキャップを被っている。大きな荷物を背負っている人も多い。女性も数名いた。警察の鑑識係のようだ。別の船で到着したらしい。その人数は、ケーブルカーの定員の二倍ほどだ。もっと大勢が船で到着したかもしれない。また、何人かは、あの研究所へ向かったのではないか。

これから、殺人現場で科学的な証拠を採取し、遺体を運び出すはずだ。それも船だろうか、と私は想像した。オメガ城の警備のために、警官が残ってくれるのだろうか。夕方になったら、全員が一旦引き上げてしまうのではないか、と少し心配した。日本の警察はサービスが良いと聞いたことがあったが、今でもそうなのだろうか。

ベッドで横になり、ノートにメモを書いた。時系列にあったことを思い出し、場所や人物を整理しておいた。記録をすることで記憶が蘇《よみがえ》る。こういった行為がのちのち自分のためになる。

それから、サイカワが話していたマガタ研究所についても調べてみた。この研究所では、二回殺人事件が発生している。最初は、ドクタ・マガタが十四歳のときで、彼女は自分の両親を刺し殺した。この衝撃的な事件は、私が生まれるまえのことだ。

そして再び同じ研究所で殺人が起こる。このときもドクタ・マガタが、研究所にいた。サイカワがあそこを訪れたことがある、と話したのは、この二回めの事件のときだろうか。それでも四半世紀以上まえのことだった。

その後、この研究所がどうなったのかは、ネットを検索してもわからなかった。もともと、島はマガタ家所有の私有地だったようだ。したがって、おそらくは今も、マガタ・シキが所有者なのではないか。だが、日本では彼女は犯罪者として追われる身である。

さきほどの刑事は、マガタ・シキの名を知らなかった。それだけ年月が流れているのだ。彼女は日本にはいない、というのが定説とされている。潜水艦を所有しているというのも、ネットに情報が見つかった。ただ、それは単なる憶測の域を出ない噂話《うわさばなし》に起因したもののようだ。

調べているうちに、サイカワと話してみたくなり、私は部屋を出た。通路には、警官が立っていて、こちらを見た。それ以外にも、鑑識係の人が何人も立っている。四号室から七号室は、すべてドアが開いていた。

私は二号室のドアをノックする。中から「開いていますよ」と返事が聞こえた。日本語だったので、警察だと思っているのだろう。

「失礼します」私は部屋の中に入って声をかける。「ミヤチです。先生、今、ちょっとよろしいですか?」

「ええ、問題ありません」サイカワはソファに座っている。

中に入っていくと、彼は膝にパソコンをのせていた。

「お仕事ですか?」私はきいた。

「まあ、仕事といえば仕事。何ですか?」こちらを見ないできかれた。

近くのキャビネットに、円筒形のケースが立てかけられていた。城の建築図面が入っているものだ。私がそれを見たのに気づき、彼は言った。

「オメガ城について、ちょっと研究してみようと思っています」

「なにか、疑問点でも？」

「そういうわけではありません。単に、趣味的な興味です。何のご用ですか？」

「そのぉ、少しお話をしたいと思いました。駄目でしょうか？」彼の前に立って尋ねた。

「もう話をされています」

「いえ、質問をしたいのです。マガタ研究所についてです」私は言った。「ここに座っても良いですか？」

「どうぞ」サイカワはようやく顔を上げた。キーボードの上にあった指も止まった。

私は、肘掛け椅子に腰掛ける。

「マガタ研究所に行かれたことがある、とおっしゃっていましたね。何の用事で行かれたのですか？」

「録音していますか？」

「あ、いいえ」私は首をふった。「あの、でも、今回の事件について記事を書きたいのです。そのためのインタヴューです」

「でしたら、いつでもメールを下さい。すぐにリプライします。研究所には、用事があって訪れたわけではありません。たまたま島に来ていただけです。ちょっとした経緯があって、マガタ博士に会えることになったので、喜んで訪れましたが、そのときに殺人事件が発生して、あとはもう、てんやわんやでしたよ」

「てんやわんや？」

「パニック状態」サイカワが言った。「さっきまで、刑事がここにいました。事件はすぐに解決しそうにない。でも、私たちは、すぐに解放されると思います」

「そうですか……。それは良かった。ええ、ちょっと頼りない刑事さんでしたね」

「いえ、どんな優秀な人が来ても、結果は同じだと思います。犯人は逃亡しています。計画的ですし、ほぼ計画のとおり実行されたのですから、逃げることも用意周到だったでしょう」

「どこへ逃亡したと思いますか？」

「ヨーロッパやアメリカではないと」

「どうしてですか？」

「時間がかかるから。日本の空港を発ったときの記録を調べれば、偽名を使っていても候補がある程度絞られて、行先《いきさき》は限定されますから、むこうの空港で拘束できる。そうなると、警察が察知する以前に到着するような便を選ぶでしょう。そこからまた別の国へ飛びます。最初は、たぶんホンコンか、あるいはソウルでしょう」

「なるほど……」私は感心した。「それも警察に話されましたか？」

「そんな出しゃばった真似はしません」

「あのぉ、ドクタ・マガタが、今回の殺人に関与しているとお考えですか？」

「いいえ」

「どうしてですか？」

「そんな瑣末《さまつ》なことをする人ではありません」

「殺人が瑣末ですか？」

「そうです、彼女にとっては」

「でも、著名な物理学者が殺されました。今回の事件は、科学分野に大きな衝撃を与えると思います。この卑劣な計画は、科学に関係のあるものでしょうか？」

「インタヴュアっぽいですね」サイカワは僅かに口許を緩めた。「科学的なものではありません」

「どうしてそれがわかるのですか？」

「殺人というものは、そういうものです。人間の感情、あるいは欲望に起因した行為です」

「医師や画家も殺されました。彼らをオメガ城に呼んだのは、殺すためだったのでしょうか？」

「たぶん」サイカワは頷いた。

「シモン先生は？」

「そうですね……」サイカワは首を捻り、顎《あご》に片手を触れた。「彼女は、わからない。どうして例外になったのか」

「例外になった？　標的にならなかった、という意味ですか？」

「そうです」

「私たちが、部屋から出てきたから、諦めたのでは？」

「その可能性もないとはいえませんが、やや不自然。計画的なものだった。完全に計算されていたはず」

「でも、悲鳴が上がりました。私とサイカワ先生が気づいた」

「小さなトラブルは、どんな場合でも起こりうる」

「彼らにとって、トラブルだったのですね？」

「どうして、彼らと？」

「いえ、だって、スタッフがみんな消えているのです。殺人を実行した人たちは、複数だと思います」

サイカワは、無言で小さく頷いただけで、言葉を発しなかった。

「グリーン先生の部屋にあったwという文字については、どうお考えですか？」

「なにも考えていません」

「ダイイングメッセージなのではありませんか？」

「そうだとしても、意味はあまりない」

「殺人犯を指し示すものなのでは？」

「少なくとも、科学的証拠ではない」

「そうなんですか？　考える価値がない、ということですか？」

「ええ」サイカワは、躊躇《ちゅうちょ》なく頷いた。

え、そうなの……、と私は思った。wがつく名前の人がいないか、と考えたのだが、被害者が殺人者の名前を知っていたとは思えないので、その推理は諦めたのだが。

「サイカワ先生が警察に協力すれば、事件は難なく解決するのではありませんか？」少しだけ社交辞令を交えて、私は話した。しかし、この種の麗句は彼には効かないだろう、とも思った。彼は、これには一言も答えなかった。

「私は、できれば明日にもフランスへ行きたいと思っています」サイカワが話した。突然、話題が変わった。「チケットも予約してある」

「え、フランスへ？」

「あちらで、建築歴史関係のワーキンググループの会合と、最近公開された教会堂の地下構造が見学できることになっているので、是非出席したいと思っています」

「そうなんですか。私も、フランスに戻りたい」

「今、警察の上層部が数人で会議をしているところでしょう。私も貴女も、殺人事件の容疑者ではないから、おそらく許可されると思いますよ」

「だと良いですね。あのぉ、先生は、何時の飛行機ですか？　私も同じ便を予約しておきます」

10

ランチは、サンドイッチだった。ニモイとシモンと私の三人で作った。スタッフやゲストのために用意されていた食材があったことと、警察の人々にも差し入れをするため、大量に作った。

午後は、各自が正式に聴取を受けた。レーヌとシモンは母国語で答えたいと話したので、私が通訳をした。この協力の甲斐があったかどうかは不明だが、明日の飛行機で帰国しても良いとの許可が正式に下りた。これはサイカワの場合も同様で、彼の場合は、予定どおり日本に帰国することと、常に電話で連絡ができることが条件だったらしい。私も、住所はもちろん、勤め先や保証できる家族か血縁者の連絡先まで書かされた。

四人の遺体は、午後一時頃にケーブルカーで運ばれ、船で搬送《はんそう》されていった。警官は、お昼頃にまた増員し、八十人以上になった。このうち、約半数が、研究所の捜索を行っているらしい。レーヌ、シモン、サイカワ、私の四人は、定期便で、島を離れることになった。オレンジ色の夕日をバックに、オメガ城は遠ざかっていった。僅か二日間のことだったのに、一週間くらい滞在したように感じられた。

島に残ったのは、これでニモイ一人になった。警察は、何人が島に宿泊するのかわからないが、大半は一旦は帰るのだろう、とサイカワが話していた。理由を尋ねると、彼らは公務員ですから、と答えた。その理由は、私にはよく理解できなかった。

港に到着したあとは、レーヌとシモンと別れた。シモンも、明日フランスへ発つと話していたが、どの便かはわからない。レーヌは、日本にしばらく滞在するつもりだ、と言った。知合いが東京にいるので、まずはそこを訪ねるという。

私とサイカワは、先日泊まったホテルで一泊してから、明日の飛行機に乗る予定だ。サイカワは、自宅へ戻ることもできるのだが、空港がこちらの方が近い、とだけ理由を語った。

「先生、奥様は？」ホテルのラウンジで食事をすることになり、私は尋ねた。「待っていらっしゃるのでは？」

「いいえ、近くにはいないので」

「遠くで、お仕事をされているのですね？」

「ええ、東京で」

「電話をされたら、喜んでいらっしゃったのでしょう？」私はきいた。

「何をですか？」サイカワは首を傾げた。「電話はしていないから」

「え？　事件のこととか、無事に解放されたこととか……」

「一日、日程がずれただけです。このホテルには、連絡をしました。二泊の予定が、一泊になったと」

「あ……、そうですか」私の口は開いたままになった。

「貴女は、どこかに連絡をしましたか？」サイカワがきいた。

「えっと、編集長に」

「仕事の連絡だけ？」彼が珍しく微笑んだので、私は頭に血が上りそうだった。

「いいえ、友人にも知らせましたよ。凄い目に遭って、拉致されて、殺されるかもしれない状況だったって……」

「友人は、何と言っていましたか？」

「もっと詳しく教えてほしいって。あ、あの、ブラック・ウィドウって書いてきた彼女です」

サイカワは頷き、その後は黙ってしまった。

テーブルに料理が届き、この沈黙を救ってくれた。私は空腹だったようで、とても美味しく感じられた。魚のムニエルだが、少しレトロなフランス料理だった。レトロなというのは、パリではなく、よく田舎のレストランで食べられるような、という意味だ。サイカワも同じものを食べている。

「マガタ研究所のことを聞きたいのですけれど」私は話題を考えて切り出した。「どうして、あの建物には窓がないのですか？」

「自然に左右されない理想的な室内環境を目指したデザインだと……」サイカワは、フォークとナイフを使いながら話した。こちらへ視線は向かない。「研究所といっても、コンピュータのプログラマたちが仕事をしていた。各自が居室で仕事をする。時間もそれぞれが好きなように使う。同じ建物の中にいても、ほとんど人と会わず、会議などもオンラインだった。そうなると、一日二十四時間といった周期に従う必要もない。自由に時間を使える。窓はなくても、自然が観賞したければ、モニタに映せば良い、といった思想だった」

「何十年も昔なのに、そんな先進的な人たちがいたのですね」

「先進的かどうかはわからない。ただ、自由というものを知っている人たちだったとは思います」

「普通の人間は、窓がなかったら、不自由だって感じますよ」

「そう……。普通の人間は、開放的なもの、賑《にぎ》やかで、はしゃげる、大勢でわいわい遊べる、笑顔がいっぱい、みんなが自分を受け入れてくれる、そういう状況を自由だと思い込まされている。それが、不幸だとはいいませんが」

「誰が、そう思い込ませているのでしょうか？」

「支配する層」サイカワは、一瞬だけこちらへ視線を向けたが、すぐにまた下を向いてしまった。今は食べる時間なのだろう。「人々を束《たば》ねて、生産させるリーダたち。これまでは、大勢の人間が一丸となる必要があった。力を合わせ、チームワークをする、それが合理的だった。そのためには、一緒になって喜ぶ、用意された娯楽で羽目《はめ》を外す。アルコールさえ与えれば、文句は言わない。酔いが覚めれば、また機械のように働く労働力、そういったものが必要だった」

「これからの時代は、そうではないと？」

「さあ、どうかな……」サイカワは、フォークとナイフをテーブルに置いた。皿の上のものは食べ尽くしたようだ。彼は、ナプキンで口を軽く拭いた。「個人的な仕事はまだ必要だけれど、集団の活動は、ほとんど意味がなくなっている。でも、都市に集中して生きている人間の生態が変化するのには、百年くらいかかるんじゃないかな」

「大勢が集まってはしゃぐ、というお祭り騒ぎは？　なくなりますか？」

「ヴァーチャルかゲームになる」サイカワは言った。「都会的な生態は、古典的なスタイルになる。そういう懐古主義ももちろん一部に残る。でも、多くは、そうですね、やっぱりなにか、見せられた餌《えさ》に向かって生きるのかな、家畜のように。でも、一箇所には集中しない。その必要はない。そして、人口をどんどん減らすことになって、さらに百年経つと、だいぶ合理的な社会スタイルになっていると思います」

「先生のご専門は、建築学なのに、そういったことをお考えなのですね」

「建築学は、都市学、都市計画学を含みます。人間が生きる人工環境の構築全般。もっとも、私の専門は歴史なので、あくまで過去が対象です。でも、過去を探る目的は、未来志向にある」

言葉が少ない人物だが、しゃべりだすと滑らかで、話に淀《よど》みはない。何の話をしていたのか、と私は振り返った。そうだ、マガタ研究所の話だった。

「あの研究所で、過去に密室殺人があったのですね。友人からもメールが来ました」私は話した。「今回の四人も、密室殺人でした」

「密室かな。そういえるでしょうか？」

レストランのテーブル係が、デザートの注文を取りにきたため、話が中断した。テーブルの上は綺麗になり、コーヒーカップなどが並べられる。

「あ、そうそう……」私は質問を思いついた。「オメガ城もマガタ研究所も、というかあの島全体が、ドクタ・マガタが所有しているわけですから、警察が入るのにも、彼女の許可が必要だったのでは？」

「でも、彼女は殺人犯です」サイカワは言った。「財産管理の代理人がいて、なにか、取り決めをしているのでしょうね」

「ご存知ないのですか？」

「知りません。私とは無関係」そう言うと、サイカワはコーヒーを飲んだ。「さきほど、密室とおっしゃったけれど、今回の四部屋は、鍵があれば誰でも出入りできました。密室とはいえないのでは？」

「殺人者は、犯行のあと、鍵をかけていったわけですよね？」

「ええ」彼は頷いた。

「何のために？」

「不審に思われないためでしょう。鍵が開いていたら、不自然です」

「でも、悲鳴が聞こえたから……」

「そう、そこが計算違いだった。あれがなかったら、私たちは部屋をノックしなかった。寝ているグリーン先生を起こしてはいけない、と考えたはず」

「つまり、犯人は、逃走する時間を捻出《ねんしゅつ》したわけですね？」

「そういうこと」

「でも、予定よりも早く見つかってしまった」

「そう。だから、ネットを切断して、また時間稼ぎをした」

「ああ、そうか、そういうことだったんですね」私は頷いた。それは今まで考えていなかった。

「もしかして、私が襲われたのも、計画になかったことだったでしょうか？」

「たぶん。貴女が、あそこへ行くことは、イレギュラだった」

「船着場に何があったのかなぁ……」

「何でしょうね」

デザートがテーブルに届けられた。二人ともクレームブリュレである。サイカワはすぐに食べ始めた。

「あと、もう一つおききしたいことがありました」私は尋ねた。「今回の招待状を受け取られたのは、家族だった、と先生、おっしゃいましたよね。もしかして、奥様ですか？」

「いえ、違います」

「では……」

「招待状は、その、直接ではないのですが、母のところへ巡ってきました。それで、最後は私のところへ。私が母の代理として来ました」

巡ってきた、という言い回しが気になったが、あまり詮索《せんさく》してもまずいだろう、と私は思った。

「では、お母様が、ドクタ・マガタとお知合いなのですね？」

「それほどの仲でもないと思います」

サイカワがテーブルの上に置いていた端末が振動した。彼はモニタを見てから、それを耳に当てた。

「はい、ええ、私です」サイカワは電話に出た。しかし、私と話しているときよりも小声だった。「そうですか、ええ……、はい。ええ……、そうですね、はっきりと断言はできませんけれど、まずまちがいないと思います。ええ……、はい……、ああ、今は食事をしています。ああ、そうなんですか、わかりました。ええ、では……」

彼は、端末をテーブルに戻した。

「ヤマシタ刑事からでした。明日は、東京から公安の捜査員が来る、という話と、フランスから被害者の遺族の方たちが来たという話でした」彼は簡単に報告してくれた。

「公安というのは、テロなどを扱う警察ですね？」私はきいた。「外国人が被害者だからですか？」

「そうではなく、マガタ・シキが現れたから」サイカワは言った。「私に、再度、彼女本人にまちがいなかったか、ときいてきました」

「そうですか……。えっと、ご遺族が、オメガ城へ？」

「いえ、そうではなく、ご遺体のある病院か、あるいは空港へご遺体を運ぶのか、どちらかだと思います。島を見たいと遺族が強く主張すれば、べつですけれど」

グリーン夫人が日本に来ることは、編集長から聞いていた。それ以外にも被害者の遺族が来るとしたら、誰なのだろう、とぼんやりと想像した。ゾンネフェルト夫人、ウヅキ夫人といったところだろうか。もう一人の女性の被害者は、誰なのかまだ判明していない。

11

翌日、駅までホテルの車で送ってもらった。サイカワも一緒だった。そこから飛行場までは電車で一時間ほどである。飛行機の出発時刻まで五時間もあるため、彼とは別行動となった。

私は繁華街へ出て、買いものをした。編集長と友人への土産物を購入した。その後は、書店で時間を潰し、ランチは駅ビルの地下で済ませた。結局、早めに電車に乗って、飛行場に到着。フライトの二時間もまえだった。

飛行場の中で残りの時間を潰さなければならない。大部分はベンチに座って、今回の事件について、思いつくことをノートに記した。雑誌向けの記事を書くには、内容は充分だろう。もし、連載となったら、三回分はあるはずだ。しかし、書籍にするにはボリュームが不足している。それ以前に、出版社が書籍にしてくれるかどうかは、微妙なところだろう。

被害者が有名人であるし、同時に四人も殺された。舞台の特異さもアピールする。だが、マイナス面としては、事件が不思議すぎて、謎が多すぎる、と感じた。たとえば、事件が解決し、これまで私の目の前で起こった事象を、筋の通ったストーリィとして語ることができれば、文章の価値は倍増するはずだ。

なんとか、警察が早く解決してくれないものだろうか。そして、犯人たちの供述がきちんと伝えられることを願った。他力本願だが、自分の力ではどうすることもできないのだから、しかたがない。

ショップが並んでいるエリアをぶらぶらと歩き、なにも買わずにまた待合のスペースに戻った。すると、サイカワが隅《すみ》のシートに腰掛け、端末を見ているのを発見した。

「先生、早いですね」近くへ行き、声をかける。サイカワは一瞬だけ顔を上げたが、すぐにまたモニタに視線を戻した。「ここ、座って良いですか？」

「私の椅子ではありません」サイカワが答える。

「その後、警察から連絡はありませんか？」

これに対しては、無言で首を小さくふった。

「ちょっと振り返ってみたんですけれど、ドクタ・マガタが、これから起こることに注意するようにって、言いましたよね。あと、自分にはなにもできない。人間は無力だ、老化して、死んでいくって。それから、えっと……、なにかをトゥリヴィアルだって」

「一時の迷い」

「あ、そうでした。そう、一時の迷いなんて、トゥリヴィアル、つまり取るに足らないもの、小事だってことです」

「ええ……」

「あれは、どういう意味だったのでしょうか？」

「その言葉どおりの意味だったと思います」

「言葉どおり？」私は首を傾げる。「なにか、事件に関連するような示唆《しさ》だったのではありませんか？　ドクタ・マガタは、何が起こるのか、予測していたのでは？」

「さあ……」

「でも、それを自分は止めることができない。もし殺人を止めることができたとしても、いつかは人は死んでいくのだから、そんな努力をしてもしかたがない、誤差範囲みたいなものだって、そんな意味だったように思います」

「そうかもしれない」

「あ、先生もそう思います？」

「誰でも、それくらいは」

「誰でも？」私は一瞬言葉に詰まったが、気を取り直した。「城にいたスタッフは、ドクタ・マガタの信者みたいな人たちだったはずです。なのに、自分は止められない、と考えたのは、どうしてでしょうか？」

「人間がトゥリヴィアルだからでは？」

「え、どういうことですか？」

「人を正しい方向へ導くこと、つまり教育や宗教なんかがやろうとしていることを、彼女はしない。そういう人なのです。だから、知っていても止めない。干渉しない」

「そうなんですか？　サイカワ先生のマガタ・シキ像が、そうなんですね？」

「そういえるかな」

「人類に対して、諦めきっているような感じじゃないですか」

「諦めている、というよりは、最初から期待していない」

「ああ、なるほど……。諦めるほどの価値もない、というわけですか」

「価値をどこに見出《みいだ》すかは、主観」

私は、サイカワの言葉を頭の中で反芻した。人間に期待していない天才というものが、今ひとつイメージできなかった。しかし、コンピュータ関連技術が、マガタ・シキの専門分野なのだから、たしかに、人を排除した未来社会の構築を理想としているのかもしれない、という程度の想像はできた。

否、人を排除するというのは、表現が穏やかではない。人が楽をするために機械化され、自動化されているのだから、元来コンピュータも、人類を解放し、自由にするために存在するのではないか。

そんな理想の未来を目標にしているとき、周囲の人間は今もお互いを憎み合い、欲望のために殺し合っている。そういった現状を修正することは期待できない、という意味かもしれない。

人間にはいろいろいて、善良でモラルを順守する人もいれば、凶悪な罪を犯してもなんとも感じない人もいる。それを一括《ひとくく》りに人類という集合で考えるのが、間違いなのだろうか。

搭乗手続きを始めるというアナウンスがあった。

「隣のシートにしても良いですか？」私は彼にきいた。

「どうして、それを私に？」

「どうしてって……」私は口を尖らせた。「話をするのが嫌で、ゆっくり一人で静かに過ごしたい、という自由もありますから」

「ああ、そういうこと」サイカワは頷いた。「貴女がしゃべっても、耳栓をする権利はありますから、どうぞご自由に」

第4章

一人の告発者

犯罪人、悪人、恩知らずの徒《と》、要するに自然を感得《かんとく》しない人々、当今《とうこん》の不幸な不肖《ふしょう》な暴君どもが、自分らの野蛮《やばん》な行為に対して残酷《ざんこく》な快感を感じてもだめである。静かな反省の時期というものがあり、そういうときがくれば良心は膺懲《ようちょう》のために立ち上り、かれらに不利な供述《きょうじゅつ》をし、かれらをほとんど絶えまなく自分自身の手でひき裂《さ》くという刑罰を加える。人間を苦しめるものは、自分自身によって苦しめられる。かれの感ずる苦しみは、かれのなした悪事の正確な尺度《しゃくど》である。

I

結局、機内ではサイカワとほとんど話ができなかった。彼もだが、私も眠っていた時間が多かったからだ。たまに目が覚めて、彼を見ると、例の円筒形のケースから建築図面を引き出して、狭いシートの間で広げようとしていた。

私は、無事に帰国できた。彼とは空港で別れた。電話とメールの連絡先を交換し、近くまた会う約束をした。

私は、翌日の正午過ぎ、編集部のあるビルへ出向いた。ルベル編集長に会うためである。彼もベルギィから帰ったばかりで、久しぶりの出勤だと話した。

「で、どうなの？　事件は解決しそう？」ルベルがメガネを外して、私を睨んだ。彼がかけているのは老眼鏡なので、外すと目が小さくなる。

「犯人グループは、どこかに潜伏していると予想されていますが、計画的な犯行なので、政治的な組織の関与も考えられます。捜査は難航するのではないでしょうか」

「ふうん……、まずは、何があったのか、というのをすぐ書いて。来月のに載せるから。全部ではなくて、とりあえず、事件が発覚するところまで、そのあとは、次号にするか、それとも、電子で公開」

「わかりました。締切《しめきり》はいつですか？」

「来週の月曜日」

「え？　三日間で書けってことですか？」

「そうなるかな」

「しかも、週末も働けと？」

「週末なんて、そもそもない業種なの、我々は」そういう編集長は、週末をきっちり休んでいるのだ。「まあ、でも、少しくらいは許容するから、とにかく頑張って」

ありがたい言葉だ。よほど機嫌が良かったのだろう。ただ、単行本出版の話は出なかった。やはり、事件が解決しなければ書籍にすることは無理があるだろうか。今さら、ドクタ・マガタでもない、というのが一般世間の受け止め方だろう、と予想できた。なにかもっとインパクトがなければならないのだ、きっと。

私は、すぐに帰宅することにした。私のアパートは編集部から自転車で三十分ほどのところである。天候が悪い時間は避け、また酷い日は出勤しないことにしているので、自転車で充分なのだ。

日本の警察から連絡があった。電話をかけてきたのは、ヤマシタ刑事本人である。短い会話で、用件は特になにもなかった。捜査は順調に進んでいる。全力を尽くして解決したい、というような表明にすぎない内容だった。私がどこで何をしているのかを確認することが目的だったのだろう、と思われた。

夕方になって、友人と二人で食事をし、アルコールを飲んだ。私にブラック・ウィドウのメールを送ってきたミステリィマニアのソフィアである。

絶対に口外しないことを約束させてから、私の空前の体験を語った。といって、秘密にしておいてほしいと、誰かから頼まれたわけでもなく、日本の警察からも口止めされてはいない。どちらかというと、私がこれから書く記事の希少価値を高めるための処置といえる。

ソフィアは、目を見開き、口を開けるばかり。大きなリアクションで、話し甲斐があった。

「本当なの？」彼女は顔を震わせた。「信じられない。よく生きて帰ってこられたわね。それ以上のスリルとサスペンスって、一生体験できないよ、普通の人は」

「でしょうね。私だって、もう本当にびっくりなんだから」

「ドクタ・マガタの研究所の事件は、私、本を読み直したよ」ソフィアは話す。「凄い事件だったのよ。それを、サイカワ先生が解決されたってわけ」

「どうやって?」私はきいた。「あ、でも、なんか、わかるな。たぶん、理屈を捏《こ》ねたんでしょうね」

「そうそう、そこのところは、どれくらい事実に忠実なのかわからないけれど、きっと、そう、そんな感じだったんじゃない? ね、サイカワ先生って、どんな感じ?」

「うーん、そうねぇ、うん、そこそこ」

「そこそこって、どれくらい?」

「何をきいているの?」

「恋人になりたいくらい?」

「全然」私は首を力一杯ふった。「一言でいえば、難しい人。でも、あそこにいた人たちは、皆さんそうだった。そういう人たちが集まっていたから」

「サイン、もらった?」

「もらわないよ」

「もらってきてほしかったぁ」ソフィアが眉を寄せて、切ない顔をオーバにつくった。「一生の宝物を失った感じ」

「え、そんなに？　信じられない」私は笑った。「また会えるかもしれないから、そのとき頼んでみる。ソフィアのためにって、書いてほしい？」

「当然！」彼女は頷いた。

ドクタ・マガタなら話はまだわかるが、ドクタ・サイカワが異国の地でこれほどのファンを持つとは想像もしなかった。

自宅に戻ってテレビを見ると、グリーン夫人とゾンネフェルト夫人が日本を訪れているとのニュースを流していた。被害者の遺体は検死が済みしだい、夫人とともに帰国する予定である、とのことだった。もう一人の被害者であるウヅキ・フミオミの家族は行かなかったようだ。夫人は、フランスにいないのかもしれない。

サイカワに電話をかけてみた。友人の希望を伝えようと思ったからだ。こういうのは、酔っているうちに実行する方が賢明だろう。

「はい」すぐにつながった。

「サイカワ先生、今、お話ししてもよろしいですか？」

「問題ありません」

「その後、警察から、なにか連絡はありませんか？」私はきいた。

「ありません。あ、そうだ、五号室で死んでいた女性の身元が、まだわからないという話で、フランス警察と連携して、捜査を進めると言っていました」

「どうして、フランス警察なんでしょうか？」

「知りません」サイカワの返事は短い。

おそらく、ゲストの多くがフランス人だったし、ウヅキもこちらに長くいたため、フランスに関係がある人物と見ているのだろう。具体的には、日本とフランスの警察で、DNAなどの情報交換をするといったところだろうか。過去に事件に関《かか》わったような人物なら、網にかかるかもしれない。ただ、ゾンネフェルトはベルギィ在住だし、グリーンも長くイギリスにいた人物である。連携するならば、もっと広く、国際的な協力が必要といえる。

「ドクタ・マガタは、アメリカにいるような話でしたね？」

「そういう噂がある、というだけです。南米かもしれない、という話も」

「事件を解決するためには、どんな方向へ捜査を進めるべきでしょうか？　日本の警察に、先生はアドバイスをされましたか？」

「いいえ、そういった立場ではありません。そうですね、うーん、やはり、被害者の情報を詳しく調べるべきでしょう。それが、日本の警察には難しい。だから、フランス警察と連携したのだと」

サイカワにしては、常識的な返答だった。

「あの、もう一つ、個人的なお願いがあるのですが……」私は、ここで一息ついた。

「あ、申し訳ない」サイカワが言った。「すみません。切りますね」

電話が切れてしまった。誰かが訪ねてきたのか、急な用事のようだった。あとで、電話がかかってくるかな、と期待して待ったが、三十分経ってもなかった。こちらからも、用件がつまらないことなので掛け直しにくい。次の機会にするしかない。忘れないようにしなければ、と思った。

それよりも、サイカワの助言に従って、被害者の情報を集めることにした。ネットで検索したものを、とりあえず、自分のフォルダに集め、写真などの映像があるものは、プリントアウトした。

ジェリィ・グリーンについては、かなり古い記事が多かった。彼が学界で活躍したのは、三十年ほどまえのことで、現在は研究というよりは、講演や執筆活動がメインだったようだ。イギリスからフランスに移住したのは十五年ほどまえのことらしい。

アラン・レーヌは、殺人の被害者ではない。ただ、拉致されただけだ。しかし、検索でヒットする記事は膨大《ぼうだい》だった。テレビなどに出演し、人気者だからである。同時にスキャンダルも多いが、こういったものはどこまでが真実なのか、私には区別ができない。彼は、私立大学の現役の教授でもある。これは知らなかった。ちゃんと大学へ出勤しているのだろうか。

ルカス・ゾンネフェルトに関する資料は少なかった。彼は有名人ではない。ただ、地元では名士というか、政界への進出を推されている、との記事が幾つか見つかった。大きな病院を複数持つ実業家でもあるが、彼自身が話していたとおり、その業務からは引退しているようだった。

ウヅキ・フミオミは、芸術界では名士だとわかった。彼の作品は高く評価され、高額で取引されているらしい。美術館が購入したといった記事が、十年ほどまえから数件ある。また、最近は一般市民向けなのか、比較的安価な版画作品を多く発表し、これが事業としても成功しているようだ。彼がどこに住んでいるのかは、ざっと見たところでは、発見できなかった。

なにしろ、それらをすべて読んだり、じっくりと見る時間はない。私は今、記事を書かねばならない。そちらが優先だ。最初の文章を編集長に送って、意見をもらってから書き直す、という手順を考えると、明後日《あさって》には第一稿ができていなければならない。私は、この仕事に関しては自信過剰の逆で、非常に悲観的で心配性である。早めに書き始めなければならない。

書き始めの一文さえ決まれば、あとはなんとかなるのではないか。なにしろ、体験したばかり、記憶は極めて鮮明なのだから。

2

翌々日の午後になって、私は編集長に第一稿を送ったあと、自転車ではなく、歩いて編集部のあるビルまで行くことにした。歩くと一時間余りかかるのだが、天気も良く、リラックスしたい気分だった。その間に編集長が原稿を読んで、指摘のメモを入れてくれる、とメールで打ち合わせた。

アパートからしばらくは、小さな店が並ぶエリアで、道路には車がひしめいている。しかし、川沿いの公園に入ると、樹と芝が、都会の喧騒《けんそう》を一時的に遠ざけてくれる。ジョギングしている人、犬を散歩させている人が多く、それ以外は、だいたいカップルである。私は、端末のモニタを見ながら歩いていた。ようやく、被害者関連の資料に目を通せる時間になったからだ。

被害者でもなく、また拉致されることもなかったジャネット・シモンについても、資料を集めた。彼女は配偶者が同性だと話していたが、それは一般にも公開された情報だった。彼女が語ったとおり、先週の新しいニュースで、破局を伝えられていた。大きな記事ではない。しかし、ゴシップであることには変わりないだろう。長く連れ添ったパートナとして、有名だったらしい。弁護士を交えた話合いの末、両者が合意したとのことだった。そういえば、なんとなくさっぱりした、というような感じで話をしていたような気がする。

ふと見ると、すぐ近くのベンチで、雑誌を広げている紳士がいた。雑誌を両手で持ち、下を向いた顔をそれに近づけている。目を凝《こ》らしているようだ。顔はよく見えなかったが、組んだ脚で持ち上がった靴に見覚えがあった。近づいていくと、私の影に気づいたのか、顔を上げる。

「サイカワ先生、こんにちは」私は日本語で挨拶し、お辞儀をした。

「ミヤチさん、どうも」彼も日本語で応えた。

「どうして、ここに？」私はきいた。

「ちょっと時間ができたので、ぶらぶらと。貴女は？」

「私は出勤の途中です。でも、休憩を兼ねて、普段は自転車で行く道を歩いてきました。あ、その雑誌、うちで出しているものですよ。でも、だいぶ古いナンバですね。サイカワ先生、フランス語が読めるのですか？」

「たまたま、古本屋で手に入れました。文章は読んでいません」サイカワは答える。そして、開いたページをそのまま私の方へ差し出して見せた。「レーヌ先生が紹介されているみたいです。

写真がある」

　私は覗き込んだ。小さな写真だった。記事は数学界の授賞パーティのときのものだった。五年ほどまえのことだ。

「小さな写真で、よくわかりませんね」私は言った。

「この写真、編集部にありますか？」

「どうしてですか？　少なくとも私が撮ったものではありません。その頃は、まだ今の仕事をしていませんでしたから」

「そうですか。機会があったら、探してみて下さい」サイカワは言った。

　私は、雑誌のナンバとページを確認して、それを記憶した。

「事件の進展は？　警察から連絡がありましたか？」

「ありましたが、予想どおり、警察は手間取っているみたい」サイカワは答える。

「そうですか。解決してもらわないと、私も困ります」

「どうして困るの？」

「本にしたいと思っています。でも、未解決では内容が不足だからです。日にちが経ってからの解決では、みんなも忘れてしまうでしょうし」

「そういうものかな。未解決の方が、真実を知りたがって、本が売れるような気がするけれど」

「そういうのは、謎解きが趣味だという、ほんの一部の人だけだと思います。そうだ、先生にお願いすることがありました」

「このまえ、電話を切ってしまって、申し訳ありませんでした」

「いえいえ、大丈夫です。あの、ミステリィ好きの友人が、サイカワ先生にサインを是非もらいたい、お願いしてくれと言っているんです」

「へえ……」サイカワは軽く頷いたようだった。

「してもらえますか？」

「ええ、私のサインで良ければ」

「それは、良いにきまっていると思います。ありがとうございます。きっと喜びます。先生、いつまでパリにいらっしゃるのですか？」

「えっと、あと二泊します」

「では、友人に先生の本を持ってこさせますから、そこにサインして下さい」

「私の本？　私の本は、フランス語にはなっていません」

「あ、失礼しました。その……、マガタ研究所の事件について書かれたノンフィクションの本です。友人が持っているんです」

「誰が書いたんでしょう？」

「えっと、たしか、先生の妹さんだったのでは？」

「ああ……、なんだ、そうか……」サイカワは頷いた。「フランスで翻訳されているんだ。驚いたなぁ」

「私、あちらへ歩きますけれど、ご一緒にいかがですか？」

「では」サイカワは立ち上がった。

私たちは、公園の中の小径《こみち》を歩いた。サイカワは、薄い鞄を持っているだけで、さきほどの雑誌は脇《わき》に挟んでいた。

「明日にも、グリーン博士のご遺体がこちらへ戻るそうです」私は話した。「ゾンネフェルト先生は、どちらへ行くのか知りません」

「ブリュッセルではないでしょうか」

彼の病院の本部があるのは、ベルギィである。サイカワは、そういった情報を調べたのだろう。今回の事件について、彼が情報を得ていること、関心を持っていることがわかって、私は少し嬉しかった。

一緒に歩いたのは五百メートルほどの距離で、大通りを渡る手前で彼とは別れた。これから美術館へ行く、と話していた。

編集長はデスクにいなかった。近くにいた顔見知りに尋ねたら、会議中だそうだ。日本で発生した事件に関しての方針を話し合っているとのこと。そういう場に私が出られないことに不満を感じたが、ここではまだ新人なのでしかたがない。

私は書庫へ行き、バックナンバの保存資料について調べることにした。サイカワから頼まれた写真の件だ。書庫のパソコンで検索して、すぐに目的のものを発見した。それをプリントアウトしてから戻ると、通路でルベル編集長に出会った。

「読んだ。おおむね、いけるんじゃないかな」彼は私に微笑んだ。「ただ、もう少し、感情移入して、あからさまにあいつが怪しいぞっていう感じに書けたら、読者を吸引できるんだけれどねぇ」

「はあ、そうですね」私は苦笑いする。「移入できるほど感情がないような気もします」

「わかっているじゃない、自分が……。それは何？」

「え、ああ……」私は手に持っているプリントしたばかりの写真を見せた。「昔のレーヌ先生の写真です。以前に掲載したことがあります」

「ふうん、あ、本当だ……」編集長は、写真をじっと見つめた。「若いなあ」

編集室に戻ると、彼は私に封筒を手渡した。指摘メモが入った原稿である。

「今日中に直せる？　あ、いや、明日でもいい。お願い」

「わかりました。ありがとうございました」

「日本の事件について、それから、ドクタ・マガタについて、特集を組むことになった。来月号は無理だけれど、来月号で予告して……」

「そうですか」私は頷く。忙しくなりそうだ、と思った。

その場で、プリントされた原稿を見る。赤インクと鉛筆で指摘メモが入っていた。編集長は鉛筆だ。赤インクは校閲係の誰かだろう。すぐに見てくれたのだ、期待されていることがわかる。致命的なミスや、辻褄《つじつま》が合わないような部分もなく、また、根本的な修正を促すような指摘もなかった。簡単な手直しで済みそうだ。

「書籍出版の可能性も大だよ」編集長はそう言って、私の肩を叩いた。

「本当ですか！」

「早く出せば、売れるんじゃないかって、話になっているよ」

「はい、頑張ります」私は、新人らしい返事をして、編集室を出た。

建物から外へ出たところで、まず友人のソフィアに電話をかけ、サイカワがサインをOKしてくれたことを伝えた。彼女は大喜びして、今すぐ本を私に渡したい、と話した。

「今からって、職場でしょう？」

「えっと、ちょっとなら抜けられるから、すぐに持っていくよ」ソフィアが言った。

彼女は、近くの書店の店員である。しかし、本を取りに自宅へ帰らなければならないのではないか。

「同じ本が、うちの店にあるわけ」ソフィアが続ける。「それを買っていく」

「あ、そう……」そこまでのファンか、凄いな、と思った。

「だから、もう一冊は、今度ノエミにあげる」

「サインなしの方をね」

「ノエミも、欲しかったら、それにサインしてもらったら」

「そういうことね……、はい」

パリは平和だな、と思った。人が殺された事件に関する本なのに。

それに、数日まえまで、私もサイカワも、大量殺人事件の現場に居合わせたのだ。私は、それを記録した文章を書いたばかり。生々しい現場の情景を思い出し、実際に写真を何度も繰り返し見た。たしかに、今は距離が離れている。だが、簡単に気持ちが切り替わるものではない。

　サイカワにも電話をかけた。まだ近くにいるかもしれない、と思ったからだ。例の写真を手渡すためである。電話はすぐにつながった。

「まだ、美術館ですか？」私はきいた。

「ええ」

「写真の大きいプリントを手に入れました。ご覧になりますか？」

「えっと、どこで？」

「ちょうど、友達と会うことになっていて、先生にサインをしてもらうための本を持ってくるんですけれど、その場で、サインをしてもらえませんか？」

「恥ずかしいな」

「駄目ですか？」

「できれば、遠慮したい」

「それじゃあ、こうしましょう。カフェの中で待っていて下さい。友人には、外で私が会って、本を受け取りますから」

　美術館の近くのわかりやすい場所にあるカフェを、サイカワに教えた。そこでコーヒーを飲んでいてくれ、と頼んだ。一方、ソフィアの方には、そのカフェの近くの交差点で待て、と電話で指示した。あと十五分ほどで、私はそこへ行ける。サイカワは美術館だから、十分くらい。ソフィアは、歩いて二十分くらいの距離である。

歩きながら、出版のことを考えた。編集長が意気込んでいるのは、ドクタ・マガタの知名度からして、広い範囲で売れる見込みがある、と予測できるからだろう。ただ、実際には、世紀の天才科学者が、今回の事件にどれほど関わっているのかは、疑問符が付く。そこが不安材料だ。それでも、場所はずばりマガタ研究所のある孤島だし、かつての対決者だったドクタ・サイカワも出席している。そういった舞台と役者の観点から考えれば、キャッチコピィの素材としては充分すぎるほどだろう。まるで、そのために企画された事件といえるほどである。

カフェに到着し、入って見渡すと、テーブルについているサイカワが片手を上げた。まだ、来たばかりのところらしく、カップなどはなかった。私は席に着き、店員を呼んだ。二人ともコーヒーを注文したあと、私はバッグから写真のプリントを取り出した。

「どうもありがとう」サイカワはそれを受け取り、テーブルの上に置いた。

私は、ウィンドウの外を眺める。ソフィアが来るからだ。まだ、時間的に早いと思っていたのに、彼女が走ってくる姿が見えた。通りの向こう側で、これから左右の車を見て横断しようとしていた。

「友人が来たので、ちょっと出てきます」サイカワに告げて、私は席を立った。

店から出ていくと、ソフィアが駆け寄ってきた。

「サイカワ先生、中にいるの？」彼女は息を切らしてきいた。

「いるよ。でも、恥ずかしいって」

「何が？」

「ファンに会うのがじゃない」

「サインは、してもらえるの?」

「してもらってくるから、ここで待っていて」

「ええぇ……」ソフィアは眉を寄せた。「握手もできないの?」

「それは無理だと思う。とにかく、待っていて」

「わかった。無理は言いませんって」


サインさせることは、無理ではなかったのか、と思ったが、店内に戻る。席に着き、バッグからペンを取り出す。サイカワは顔を上げない。写真に見入っている。私は、ソフィアが持ってきた本を捲り、サインに適した場所を探した。扉の前のページが良いだろう。

「先生、お願いします」彼に向けた本をテーブルに置き、ペンを添えて差し出した。「コーヒーは奢《おご》りますから」

サイカワがウィンドウの方へ視線を向けたので、私も見る。外でソフィアが手を振っていた。


彼は、ペンを手に取り、漢字で名前を書いた。名前だけだった。

「漢字って、凄いですよね。そんな図形を操る人たちが凄い」

「タイワンの漢字の方が凄い」

「あ、その最後の字、平和のヘイですよね。フランスだとエイだけど」

「読める漢字があるの?」サイカワがきいた。

「ヒロシマに行ったとき、覚えました。シンメトリィだから覚えやすい。あ、あの……、できたら、名前だけじゃなくて、フォ・ソフィアとお願いします」

私の指示に従って、彼はそれを書き加えた。

「大変お手数おかけしました。本当にありがとうございます」私はお辞儀をした。そして、その本を受け取り、また席を立った。

「はい、もらってきましたよ」店の外で待っていたソフィアに本を手渡す。

「ありがとう、ありがとう。今度、食事を奢るね」ソフィアは言った。「あとは、お仕事？」

「そうです」私は頷く。

「じゃあ、名残《なごり》惜《お》しいけれど、今日は帰ります」

「そうして下さい」私は丁寧に言った。

ソフィアは、目の下に指を当て、泣き顔をつくったが、すぐに笑顔に戻って立ち去った。もうすぐ四十歳になるとは思えない仕草である。

3

店内の席に戻ると、サイカワは難しい顔で電話をしていた。返事はしていたが、日本語とも英語ともつかない。彼はそれを切った。

「急に、ここを出ないといけなくなりました」彼は言った。「しかも、裏口から」

「え、どうしてですか？」

「危険が迫っている、という連絡があったから」

「誰から？」

「すいません、話している暇はない」サイカワは立ち上がった。「えっと、コーヒー代は……」

「私が払います。私も一緒に行きます。裏道がわからないでしょう？」私も席を立った。

彼は、ウィンドウの方を見る。外の様子を気にしているようだ。私は店員に多めの紙幣を手渡し、裏口へ向かった。店の裏は駐車場だから、そちらを利用する客もいる。奥行きの長い店内を歩き、外に出た。非常階段の近くである。

「あそこが抜けられます」私は、建物の間を指差した。

私がときどき利用するパブがある小径だった。駐車場を横切って、ビルとビルの間の細い道に入った。車は通れないが、人の往来はけっこうある場所で、少し上り坂になっている。

振り返ると、カフェの裏口から、男が飛び出してくるのが見えた。サングラスをかけている。

「誰か来ます」私は言った。

サイカワは走りだす。私も走った。

道は、途中で折れ曲がる。そこにパブがある。

「先生、ストップ」彼を止めた。「こちらへ」

ドアを開けて中に入った。ドアにはクローズドの板がかけられていたが、この時間なら鍵がかかっていないのを、私は知っていた。サイカワの手を引いて、中に入り、ドアを閉める。レバーを捻って鍵をかけた。

カウンタの方へ行くと、顔見知りの店員が立ち上がった。

「ノエミ、久しぶり」黒人の店員が笑顔を見せる。

「変な奴《やつ》に追われているの。隠れさせて」

私とサイカワは、カウンタの中に隠れた。

ぎりぎり顔を出して、外を見る。すぐに前の道にサングラスの男が現れた。ドアを見て、鍵を確かめた。店の中を覗き込んでいたが、また先へ走りだした。もの凄く慌てている様子だった。

「危ない奴か？」店員がきいた。

「そうみたい」私は答える。「この人は、日本人の先生」

「ありがとう」サイカワが頭を下げた。店員は、サイカワと握手をした。

「まだ、酒しか出せないよ」店員は私に言う。

「いえ、店に来たんじゃないの。ごめんなさい。どこか、ほかの場所から出られる？」

出口を聞いて、私とサイカワはそちらへ歩いた。外へ出ると、裏通りだが、近くにタクシーが見えた。左右を確かめてから、そこまで走り、立ち話をしていた運転手らしき男に金を渡した。

「乗せて」私はタクシーを指差す。「貴方のでしょう？」

運転手は、軽く頷き、運転席へ向かった。私はサイカワをさきに乗せ、自分も乗ってからドアを閉めた。サイカワは、後方を気にしている。

「どちらへ？」運転手がきいた。

「首を引っ込めて」サイカワが囁く。彼は横向きになり、頭を下げた。

私も前のめりになり、思い切り頭を下げた。すぐ横を車が通る音がした。サイカワが頭を上げ、前を見ている。私も頭を上げる。黒い車がのろのろと走っていき、角を右へ曲がっていった。

「凱旋門《がいせんもん》へ」サイカワが言った。フランス語だった。それくらいは話せるようだ。

「へい」運転手は返事をし、車のエンジンをかけた。

「凱旋門に何の用が？」私は日本語で尋ねる。

「少しドライブしてから、貴女をアパートへ送ります」サイカワは答えた。普段どおりの冷静な口調だった。

「先生は、そのあと、どうするのですか？」

「ホテルへは帰れないかもしれないなあ」独り言のように、しかも他人事のように呟いた。「さて、どうしたものか……」

「あの、誰に追われているのですか？」私はきく。

「たぶん、今回の事件を解決されたくない人たちでしょう」

「え？　事件に関係があるのですか？　解決されたくないって？　それって、もしかして犯人たちという意味ですか？」

「近いかもしれない」

「限りなく近いんじゃないですか」

　一時間弱ドライブをしたが、その半分の時間は渋滞に巻き込まれていた。私をアパートへ送ってくれると話していたサイカワだが、私のアパートも先回りされ、待ち伏せされている可能性がある、と言いだした。

　そこで、とりあえずどこかで夕食にしよう、と話がまとまった。タクシーの運転手が推薦する店に到着し、そこに入った。滅多に入らない高そうな店で、明らかに観光客向けの店といえるだろう。

　外から見られない一番奥のテーブルに着いた。まだ客は比較的少ない。なにしろ六時になっていない。早すぎるディナだ。コースの料理を頼み、アルコールは断った。私は飲みたいと思ったけれど、サイカワが断ったので、それに同調。サイカワはジンジャエール、私はスパークリングウォータにした。

「事件を解決されたくない勢力が、先生を追っている、ということは、先生は事件を解決する予定だ、ということですか？」私は冷たい水を泡《あわ》と一緒に喉に通してからきいた。

「まさか、フランスまで来て、つき纏《まと》われるとは思わなかった」サイカワは溜息をついた。珍しく感情が少しだけ籠《こ》もっていた。

　私は、端末で事件関連のニュースを検索した。すると、明日にも三人の遺体が母国に戻る、と報道されていた。記事を読んでみると、いずれもフランスに到着する予定だとあった。

「三人とも、フランスに遺体が戻るそうです」私はサイカワにそれを話した。「ゾンネフェルト先生もそうなんですね。あと、ウヅキさんも……。うーん、たしか、日本にいると話していたような気がしますけれど」

「本人が滞在していただけで、遺族がこちらにいるとか、こちらで埋葬したいとか、なのでは」

サイカワが言った。「それにしても、早いと思います」

「早いですか？」私はきいた。

「殺人事件の被害者で、しかも死因が一見わからない場合もあったし、一人は、どこの誰かもわからなかった」

「その女性の遺体は、日本に残っているわけですね」

「当然そうなる、と思う。見た感じが日本人ではなくても、日本人かもしれない」

「そういえば、ニモイさんは、どうされるのでしょう？」

「どうって、あそこにいるしかないのでは？　仕事なのだから」

「一人で？」

「今は、警察の人たちが沢山いるから、寂しくない」サイカワは言った。「彼の雇い主が誰なのか知りませんが、解雇されるようなことはないでしょう。彼は、なにもミスをしていない。問題は、ほかのスタッフにあった」

「私たちゲストよりも、ニモイさんは警察の追及を受けたと思います。行方不明のスタッフたちを知っているのは、彼だけだし、疑われるような人は、彼しか残されていなかったわけですから」

「ところで、レーヌ先生は、帰国されたのでしょうか？」サイカワがきいた。

「いいえ、その知らせは受けていません。帰国したら、マスコミが放っておかないでしょうから、こっそりと隠れて帰国されるかもしれませんね。レーヌ先生といえば、サイカワ先生、あの写真、なにかの参考になりましたか？」

　サイカワは、鞄からプリントを取り出し、テーブルの上に置く。私の方に向けて回転させた。授賞パーティのとき、マイクの前に立っているアラン・レーヌの写真である。サイカワは、その写真の上に指を置いた。

「この人」サイカワは囁くような声で言った。

「え？」私は、写真に顔を近づける。

　それでもよくわからないので、写真を両手に持ち、顔の正面に近づけた。レストランは、充分に明るくはない。キャンドルの明かりの方へ写真を向けてみる。サイカワが示したのは女性のようだった。白いドレスを着ていることはわかった。髪は黒っぽいが茶色かもしれない。笑っている顔だった。

「誰ですか？」私はサイカワを見た。「私にはわかりません」

「いえ、それは私がききたい」サイカワがきき返した。「それが誰なのか、わかる人がいますか？」

「この写真を撮った人にきいてみるか、あ、もしかしたら編集長が知っているかもしれません」

「是非、きいてみて下さい」

「この人が、どうかしたのですか？」私は尋ねた。

「百パーセントとはいえませんけれど、彼女に似ていると思う」

「彼女って？」

「五号室で殺されていた人」

4

　さっそく、編集長にメールを送った。プリントした写真に指を当てて撮影した映像も添付した。写真を撮ったカメラマンがわかったら、その人にも尋ねてほしい、と書いて送った。

　そのレストランに、二時間以上いた。時刻は八時を過ぎた。店から出ると、外はまだ明るく、歩道を歩く人も多かった。この時間が一番賑わっている界隈である。

「えっと、これからどうしますか？」私はサイカワにきいた。

「まず、貴女をアパートまで送っていく」彼は答える。「そのあとのことは、歩きながら考えます」

「なんか、それって、口説き文句みたいに聞こえますよ」私は笑った。アルコールは飲んでいないので、酔っているわけではなかったけれど、顔が熱くなったように感じられた。

　通りに出てタクシーを拾った。私のアパートの前で、二人で降りる。サイカワは一緒に階段を上がってきた。私は、どこで断るべきか、それとももっと話がしたいのか、と自問していた。

　結局、ドアまであと十メートルになったところで、サイカワは、「じゃあ、ここで」と囁いて、あっけなく階段を下りていった。

「うわぁ、何なんですか、これは」私は、思わず叫びたくなったが、言葉は頭の中から出なかった。

　そして、私が断らなかったからとはいえ、何のために彼はここまでついてきたのか、と冷静に考えることにした。

一番考えられるのは、私の安全を確認したかった、という理由だろう。常に、彼は周囲を見回していた。メガネの奥の目が、異様に鋭かったからだ。

次に考えられるのは、私の部屋がどこか知りたかった、という理由。これは、確率が低い。日本の警察にも正直に住所を書いて渡したし、ホテルの記帳にもアパートの住所までは書いた。サイカワがそれを見た可能性はある。私が漢字に弱いことも、知っていたではないか。

どちらにしても、彼は、今回の事件の裏側に存在するなにかを知っていて、そのために、自分に、そして、もしかしたら私にも危険が及ぶことを心配しているのだ。

できれば、そこを説明してもらいたい、というのが私の願望である。まだ不確定なことがあるのか、それとも私が記事に書いてしまうことを恐れているのか、話してもらえない。無駄なことは話さない主義なのかもしれないが、秘密主義のように私には見えてしまう。

もっとも、彼とは知り合ったばかりだし、二人だけで食事をしたことが数回、という程度の関係である。信頼を勝ち取れないのも無理はない。劇的な場面を数々体験したおかげで、私の方が幾分傾倒しているのかもしれない。もっと冷静にならなければ、と気を引き締めながら、ドアを開けて自室に入った。

薄暗かったので、通路の照明を点《つ》けた。私は、玄関で靴を脱ぐ生活をしている。これは、日本人の習慣である。ブーツを脱ごうとして下を見た。そこには、もう一足、私の靴が置いてある。それが、一つなかった。視線を前方へ向けると、一メートルほど先にもう片方があった。横倒しになって、放り出されたような向きになっていた。

さらに視線を上げる。鼓動が速くなった。

奥の部屋が見える。床に紙が散乱していた。

泥棒か？

そのとき、微かな物音がした。

私は、息を止めていた。

前進していた足を止め、身を屈めた。

どうしよう？

叫びたかったが、声は出ない。息を吸わないと……。

ゆっくりと、後ろのドアを振り返った。

靴を脱ぐような格好をしていた。相手は、そう思って見ているだろう。

考えろ。

頭の中で、自分の行動をシミュレーションした。

大きく息を吸う。

落ち着け。

思いっきり悲鳴を上げ、それと同時に身を翻《ひるがえ》し、ドアノブを摑む。ドアを引き、床に右手をついて、開いた隙間に頭から、躰を通した。一瞬、室内から誰か出てくるのが見えた。

何かが光った。

銃声。

ドアを思い切り閉める。

ドアの音が鳴る。

通路を這《は》って移動。立ち上がって、階段の方へ走る。

「助けて！」大声で叫んだ。

階段の途中で、私は前のめりになり、躰が宙に浮いた。

ぶつかる。

踊り場の先のコンクリートにぶつかると思ったが、もっと柔らかかった。

突然現れた人物に抱き留められる。

後ろで、ドアが開く音がした。

私は、自分の足で立つ。

彼に引っ張られ、さらに階段を駆け下りた。

踊り場で方向が変わるので、撃たれないだろう、と頭で考える。

次のフロアへは行かず、さらに下のフロアへ向けて駆け下りた。

後ろや上を見ている余裕はない。

一階で、鋼鉄製の大きなゴミ箱の後ろへ滑り込んだ。

サイカワの顔が目の前に。

私を奥に行かせ、彼が前に。

足が震え、立っていられなかった。

駆け下りてくる音。

近づく。

目の前を走り抜けていった。

その足音が聞こえなくなっても、まだ怖くて息ができなかった。

静かになった。

呼吸を取り戻した。

「逃げたみたいです」サイカワが私を見て、冷静な発声で告げた。

「逃げた?」私は、思わず彼の言葉を繰り返した。

逃げていたのは、私の方で、むこうは追っていたのだ。私を殺そうとしていたのだ。私の部屋で銃を撃った。

「怪我は?」サイカワがきいた。

「え?」

「大丈夫?」

「大丈夫だと思います」私は、なんとか立ち上がった。

自分の躰を確認する。どこも痛くはない。血も流れていなかった。

「誰ですか?」サイカワがきいた。

「わからない」私は首をふった。「部屋の中に、いたんです」

「なにか、取られましたか？」

「わからない」私は、ここで大きく深呼吸をした。「戻ってみないとわかりません。戻っても大丈夫でしょうか？　また来ないでしょうか？」

「どうかな。とにかく、確認しにいきましょう」

私は頷いた。階段を上るとき、躰が重く感じられた。

部屋に入って、私はまず鍵をかけた。

「あの人、どうやって入ったんでしょう？」

「これくらいの鍵は、プロなら開けられます」

「プロなんですか？」

「私はプロじゃない」

サイカワは、私を笑わそうとしたようだ。でも、まだ怖すぎて笑えなかった。躰の震えが続いている感じだった。

部屋の中に入ると、パソコンがオンになったままだった。床に散らかっているのは、編集部から持ってきた資料で、今回の事件に関するものである。

「なにか、なくなっているものは？」サイカワがきいた。

「わかりません。でも、うーん、散らかっているだけだと思います。なにか探していたのでしょうか？　盗むことが目的だったのかな。それだったら、まだ良いけれど、待ち伏せして、殺そうとしたんじゃないかと思うと……、その、怖いというか、どうしてそんな目に私がって……、思えます」

「そこに座って、少し休んだ方が良い」サイカワは、私の大きなクッションを指差した。象のぬいぐるみでもある。私はそこに座った。

「ビールが冷蔵庫にあります」私は、サイカワに言った。「どうぞ、先生、なんでも飲んで下さい」

「さてと……」彼は、キッチンにあったスツールを移動させて腰掛けた。「どうやら、貴女も、命を狙われているようだ」

「認めます。でも、理由は？」

「私の場合と同じ。事件を解決させたくない勢力に狙われている」サイカワは話す。「ここを出た方が良い。パソコンや資料など、仕事に必要なものを持っていくこと。ほかに大事なものがありますか？」

「いつか、戻ってこられます？」

「たぶん、一日か、二日のうちには」

「どうして、そんなことが言えるのですか？」

「事件が解決すれば、もう命は狙われない。そういう道理」

「どうして、一日か、二日で解決するといえるの？」

「話すのはあとにして、荷造りをして下さい」

「警察に連絡は？」

「しても良いけれど、ここを出てからに」サイカワが言った。「ドアにめり込んでいる弾丸を調べてもらう」

「めり込んでいました？」

「めり込んでいます。上手く逃げた」

「あぁ……、信じられない。本当に殺されていたかも……、今頃……」

「落ち着いて」サイカワが、私の震えた声を遮断《しゃだん》して言った。「忘れものがないように、荷造りを」

5

警察に電話をし、自宅で銃撃されたと話した。だが、大事な用事があって、これから出かける。管理人にドアを開けてもらい、室内を捜査してもらいたい。ドアに銃の弾が残っている、と説明した。

アパートから百メートルほど離れた場所にタクシーを呼び、私とサイカワは一緒にそこまで歩いた。時刻は九時。ようやく空が暗くなってきた。幸い、なにごともなくタクシーまで行き着き、パリ北駅の近くまで向かった。人が多い場所の方が安全だろう。

ネットでレンタカーを予約し、その店の前でタクシーを降りる。小型のルノーを私の名前で借りた。私は免許は持っているけれど、車の運転はほとんどしたことがないので、最初からサイカワが運転席に座った。彼は、国際免許証を持っている、と店員に話した。

車はセーヌを渡った。その頃にはすっかり暗くなって、ヘッドライトが蠢《うごめ》く幹線道路を巡航した。

「端末を消した方が良いですか？」私はきいた。端末で場所がだいたい特定できると聞いたことがあったからだ。

「いいえ、大丈夫だと思う。相手は、そんな手法を持ち合わせていない」サイカワは前を向いたまま言った。「どこか、このさきにモーテルがあったら、入りましょうか」

「調べてみます」私は端末で検索した。

二十キロほどさきに候補が見つかり、電話をかけて予約をした。その手前のストアで飲みものや食料を調達してから、モーテルに無事到着。

「部屋を二つにしますか？」サイカワが車の中できいた。

「いいえ。同室でけっこうです。その方が安全です」私は答える。「先生は、いびきをかきますか？」

「聞いたことがないから、わからない」

私がさきにシャワーを浴び、次にサイカワがバスルームに入った。私は、ベッドの上でパソコンを開き、原稿の修正を始めた。そこへ編集長から電話がかかってきた。

「ノエミ、大丈夫？」いきなり質問された。

「えっと……、大丈夫ですけれど。原稿は、今修正しているところです」

「警察から電話があった。強盗が入ったんだって？」

警察には、勤め先を知らせておいたのだ。大事な用事だと私が話したのを、仕事だと勘違いして、電話をかけたのだろう。本人に電話してくれれば良いものを、と思う。

「いえ、大丈夫です」

「でも、どこにいるの？」

「あの、家族に不幸があって、ええ、今から電車に乗るところです」

咄嗟《とっさ》に嘘をついてしまった。ありがちな嘘である。

「とにかく、良かった。じゃあまた……」編集長が電話を切ろうとした。

「あ、編集長」私は言った。「写真の女性、わかりました？」

「いいえ。わからない。私も知らないし、写真を撮ったカメラマンにもきいてみたけれど、心当たりはないって」

「そうですか……」

電話を切ると、サイカワがバスルームから戻ってきた。写真の話を彼に伝える。軽く頷いただけで、特に反応はなかった。

「レーヌ先生が、こちらへ戻ってきたら、直接きくのが一番良いと思いますよ」

これにも、サイカワは無言で頷いただけだった。

部屋にはテレビがあったので、ニュース番組にチャンネルを合わせていたが、興味のある話題ではなかった。

原稿の手直しの仕事をしたおかげか、私の頭はすっかり理性を取り戻し、感情も落ち着いた。

そこで改めて感じたのだが、サイカワにとっては予定外で、余計な行動だったのではないか、ということだった。

「サイカワ先生、今頃なんですけれど、どうもありがとうございました」私はベッドの上に座ったままだったが、頭を下げた。腹筋の運動に近い。「とんだとばっちりでしたね、先生にとっては」

「とばっちりというなら、貴女の方です」サイカワは言った。彼は缶のコーラを開け、肘掛け椅子に座っている。「私が、事件の真相に接近したことを気にしている。カフェで追ってきた連中がそうです。あそこで、貴女と一緒だと見られたことと、日本の事件について貴女が記事を書いていること、資料を集めていること、そんな状況から、どこまで知っているのだろう、と気になり始めた」

　そうか、それで、アパートを探っていたのか、と私は頷く。

「でも、私、事件の真相なんてさっぱりわかりません。先生はご存知なのですね？　まもなく解決するだろうって、おっしゃいましたよね」

「まあ、解決といっても、いろいろなパターンがあるわけで……」サイカワは、体操のように首を回した。疲れているのだろうか。

「解決というのは、事件の真相が明るみに出ることではないでしょうか？」私はきいた。

「そう……、でも、たとえば、私一人が、そうか、それが真実か、と納得しても、私にとっては解決です」

「それを、みんなに教えてあげれば、みんなも納得するんじゃないですか？」

「それは、どうかな」サイカワは首の運動を止めて、私の方へ視線を戻した。

「少なくとも、私は納得すると思います。教えて下さい、真相をご存知ならば」

「事件の解決というのは、犯罪が立証され、犯人を裁判で有罪にすること」サイカワはゆっくりとした口調で話した。「私が、こうだな、と思うだけでは、誰も罪には問えない」

「でも、現に犯人たちは、先生の真相解明を恐れているわけですよね。だから、必死になって口を封じようとしているのでしょう？　だったら、早めにしゃべってしまって、大勢に伝えれば、もう命を狙われたりしないですみます。安全になるわけです。ね、そうじゃありませんか？」

「だいたいのところは、そうかもしれない」彼は、鼻から息を吐いた。

「だいたい？　そうかなぁ……」私は、少なからず不満を感じた。サイカワのやり方がじれったい、といった感情である。「もしかして、日本に帰ってから、警察に話すつもりなんですか？　それまでは、こちらで証拠を集めようとしている、とか？」

「いいえ。私は目的があってこちらに来ている。事件を解決することは、私のビジネスではない。警察に協力はしますが、あくまでも、きかれたら答える、というだけのことです」

「でも、私を助けてくれたじゃないですか。ビジネスでもないのに」

「成り行きです」サイカワは言った。

「明日、明後日は、どうなるのですか？　このまま隠れ続けて、何を待つのですか？」

「明日のことはわからない」サイカワは首をふった。「でも、そうですね、そのうちマスコミも気づくかもしれない。今回の事件で誰が得をしたか」

「誰が得をしたか？」

「基本でしょう、それが」サイカワはほんの少しだけ微笑んだように見えたが、テレビの場面が変わって、部屋が明るくなったせいだったかもしれない。

　私はしばらく黙った。自分の考えていることを頭の中で箇条書きにしよう、と思った。これは、私の得意とする技だ。記事を書くとき、書きたいテーマなどを数えておく。数を覚えていれば、なにか忘れかけたときに、なんとか記憶を辿ることができる。そして、疑問の一つを私は引っ張り出した。

「今、ここで私たちが追われているということは、犯人はフランスへ逃げた、と考えられるわけですね？」

「順当な憶測」サイカワは頷いた。

「ということは、被害者も殺人犯もフランス人、あるいはフランスにいた人間だったということになります。それなら、何故フランスで殺さなかったのでしょうか？　わざわざ遠くへ行った理由は？」

「それなりの都合があった」サイカワは答える。「そうすることで、被害者たちを誘き出すことができる。ドクタ・マガタの名前を使うので、あの場所でなければならなかった。場所が日本ならば、自分たちは疑われにくい、という計算もあった。たとえば、アリバイなどの関係かもしれない」

「アリバイ？　でも、容疑者がまだ誰一人見つかっていません。ニモイさんが追及されて、オメガ城で働いていた人たちを調べていますよね。誰が、就職を斡旋《あっせん》したのか、どこから集められたのか、と」

「すべて虚構でしょう」サイカワは言った。「偽名を使い、おそらくパスポートも偽造だった。そんな人物はこの世に存在しない、と判明するかも。それが、日本の警察が今、噛み締めている現実です」

電話がかかってきた。また、編集長からだった。

「はい、ミヤチです」

「レーヌ先生にメールできくことができた。あの写真の人物が誰かって」

「誰でした？」

「覚えがないって」編集長は言った。

「あぁ、なんだ、そうですか」私は落胆した。

「誰だと思ったの？」

「あ、いえ、勘違いかもしれません」

「大丈夫？　安全な場所にいる？」

「はい、ご心配なく。明日にも原稿を送ります」

「書籍の企画が通ったから、早めに全体の構成もまとめておいてね」

「わぉ、本当ですか！」私は、ベッドの上で跳ね上がった。「わかりました。ありがとうございます」

電話を切ると、椅子で片肘をつき、拳《こぶし》を頬《ほお》に当てたサイカワが私を睨んでいた。自分で自分を殴っているようなスタイルに見えた。

「今回の事件について本を出せることになりました」私は、サイカワに報告した。

　サイカワは、無言で頷くだけだった。彼には関心のないことかもしれない。

「あ、そうだ。レーヌ先生にも写真の女性について問い合わせたところ、やっぱり、誰なのか知らないという返答だったそうです」

　これにも、サイカワは、小さく頷いただけだった。

「がっかりですね」私は言った。

「そうだろうと思っていた」サイカワは呟くように言った。「本になったら、ベストセラ、まちがいないでしょう」

「ありがとうございます」サイカワにしては珍しい言葉だったので、私は素直に嬉しかった。「ついに、夢が叶《かな》います」

「どんな夢？」サイカワが首を傾げる。

「もっと広い部屋に引っ越して、猫を飼おうと思っているんです」私は話した。

「それくらい、今すぐにもできそうだけれど」サイカワが返す。

「いえ、それが、なかなか……、今の収入では難しいんですよ。そろそろ一発当てないと、人生このまま地味で不安定のまま、じり貧で、老後が心配になります」

　サイカワは少し微笑んだようだった。私は、どうしてこんな話をしているのだろう、と不思議に思った。まるで十代の若者のようだ、と恥ずかしくなった。話の聞き役として、彼は特別な能力を持っているとしか思えない。

「その本のタイトルを、提案しましょうか」サイカワが呟いた。これも、独り言と思えるようなトーンだった。

「え、どんなタイトルですか？」

「黒後家蜘蛛《くろごけぐも》の会の殺人」

彼のジョークに、私は手を叩いて笑ってしまった。

6

彼の方がさきに眠ってしまった。私は、パソコンで記事を書いた。ベッドの上では仕事がやりにくく、途中で肘掛け椅子に移った。午前一時まで頑張ったところで、ベッドに入り、たちまち眠りに就いた。

翌朝、目を覚ますと午前八時十分まえだった。サイカワがベッドにいない。バスルームかな、と思ったが、しばらくすると、出入口のドアが開き、彼が現れた。外から帰ってきたようだ。

「どこへ行っていたのですか？」私は尋ねた。

「いや、ちょっと朝の散歩に」そう答えたあと、肘掛け椅子に腰掛けた。

「嘘でしょう？」私はきいた。どうも、サイカワの表情の変化に慣れてきたのか、話し方でだいたいわかるようになった。

「安全を確認してきた」サイカワは答える。「誰かに見張られていないか」

「そういうのって、見るだけで確認できるものですか？」私はきく。だが、これは返答を求めた問いではない。

私はバスルームに入り、洗面台の前で鏡を見た。自分が少し痩せたのではないか、と感じた。のんびりと朝の支度をしていると、編集長から電話がかかってきた。この時間の電話は珍しい。いつもなら、彼はまだ寝ている時刻だ。

「ノエミ、起きている？」ルベルの声に、勢いがあった。

「起きています」

「今ね、テレビから連絡があった。レーヌ先生と一緒にテレビに出るの。インタヴューを受けるのよ。大丈夫？」

「誰がですか？」

「貴女だよ」

「え？　まさか……、いつ？　今日ですか？」

「十一時半から、生放送だって」

「ちょっと、えっと……、三時間後に？」

「レーヌ先生が帰国して、空港で記者会見があって、そのときに一緒に、ということらしい。大丈夫、行ける？」

「あ、ええ……、なんとか、大丈夫だと思います。シャルル・ド・ゴールですね？」

「そう。着ていくもの、大丈夫？」

「え？　何を着ていけば？」

「まあ、小綺麗《こぎれい》な格好して。髪もセットして」

「えぇ？　そんなぁ……、急に言われましても」

「記事を書くって、話して。宣伝してよ」

「あ、あ、はい」

「また、連絡する」

電話が切れた。

バスルームのドアを開けて、サイカワにすぐ事情を話した。彼は、テレビを見ていた。事件のことを取り上げている番組だ。もうすぐ数学者のレーヌが帰国するため、レポータが生中継をしているのだ。

編集長から、テレビ局の担当者の電話番号がメールで届いた。一時間まえくらいには現場入りして、そこへ連絡しろ、ともあった。とりあえず、化粧をしてからバスルームを出た。

「ここから、空港までどれくらいかかります？」サイカワに尋ねた。

「貴女の街だと思う」

「えっと、今どこにいるのかな……」私は端末で検索した。「あ、けっこう近いですね。大丈夫そう。美容院に寄っていけるかなぁ。服はどうしよう……」

「昨日着ていたもので良いのでは？」サイカワは言った。「着飾ったら、不自然」

「そうですか？　うーん、そうかなぁ……、でも、テレビのスタッフがメイクとかしてくれますよね？」

「知らない」サイカワの返答は短い。

「テレビに出たことないんですよぉ」私は言った。「母に電話しようかな。録画しておいてもらわないと……」

サイカワは、肘掛け椅子で脚を組み、顎に片手を当てて動かなかった。唸り声を上げそうな難しい顔だったが、実際に声を出してはいない。

「先生、具合でも悪いのですか？」私は近くに立ってきいた。

「え？」彼は顔を上げた。「何が？」

「なんか、難しそうな表情でした。難問を考えているのですね？」

「難問、うん、そういえるかな」

モーテルを出て、近くのドライブインで朝食となった。サイカワは、コーヒーだけを頼んだ。私は朝は食べたい方なのでしっかりとタンパク質を摂《と》った。私が食べている間、サイカワは腕組みをした姿勢で椅子にもたれかかり、何度か溜息をついた。しかし、言葉はない。

「何を考えているのですか？」食事も終えたので、私はきいた。

「ウヅキ・フミオミさんの夫人は、遺体を迎えにいかなかったのかな？」

「そうですね。夫人は、日本にいたのかもしれません」

「でも、彼の遺体は、こちらへ搬送された」サイカワは話した。「そのあたり、なにか資料はありませんか？」

　ウヅキについての資料は、まだ充分に目を通していなかったが、プライベートな情報は少ない印象だった。彼はフランスで活動していたが、フランスの国籍を持っているわけではないかもしれない。

「家族や結婚のことが書いてあるものはなかったと思います」私はバッグからパソコンを取り出し、ファイルを探った。

「そうか、たぶん同棲《どうせい》している愛人は日本にいて、法律上の夫人は、フランスにいるんだろうね」

「それが、なにか事件に関係があるのですか？」

「そういえば、着ていくものは？」サイカワがきいた。

「着ていくもの？」私は、何のことか一瞬わからなかった。「あ、私の？　そう、そうでしたね……、えっと……」

「この先に、私が知っているブティックがある。服を買っていこう」サイカワが言った。

「え？　いえ、そんな……」彼の言葉に私はとても驚いた。

「大丈夫、私が奢ります」サイカワは言った。

「いえ、奢りますって、あの、先生……」

　動揺してしまった。そういうことを絶対に言わない人格だと認識していたからだ。

　私はサイカワに言いくるめられ、ドライブインから十キロほど走った街で、店に入った。大通りに面し、ブランド店が並んだ一角にあった。入っただけで、目眩《めまい》がしそうになった。モデルのような店員が現れると、サイカワが内緒話のように耳打ちした。

「私は、外を見回ってきます。気に入ったものより、彼女が選んだものを買うように」

「え、どうしてですか?」

「こういう場合は、下手に自分を信じない方が良い。それから、店の奥でヘアセットとメイクもしてもらって下さい。この店は安全ですから、安心して……」

　サイカワは、そう言うと、そのモデルのような女性から、洒落たサングラスを受け取り、それをかけて店から出ていった。ガラス越しに彼の後ろ姿を追ったが、すぐに見えなくなった。周囲を見回しているようだった。やはり、追っ手のことを警戒しているのだろう。

「あのぉ、彼は、よくここへ?」私は女性に尋ねた。

「いいえ」微笑みながら首をふった。「でも、よく知っています」

「そうですか。あの、よろしくお願いします」私は、頭を下げた。

　三点ほど、彼女が選んだスーツを見せられる。どれも値札がない。値段をきこうと思ったが、勇気が出なかった。一番、地味なものを早々に選んだ。

　その手直しをするのに三十分ほどかかる、と言われて、彼女に奥へ案内された。奥の部屋は、ヘアサロンというより、ヘルスサロンのような場所で、生きて帰ることができるか、と一瞬疑った。こういった場所には入ったことがない。恥ずかしさを通り越して、躰も頭も痺れた状態になってしまった。

　軽くヘアカットしたあとシャンプーをしてもらい、そのあとは、顔のマッサージを受けた。私はほとんど意識を失っていた。

　意識を取り戻しても、まだメイクの途中だった。目を開けたから、できることがある。私は、極力別のことを考えた。テレビのインタヴューで何を話そうか。編集長から雑誌や書籍をPRするように要請されているけれど、どのように宣伝すれば良いだろうか。キャッチコピィを考えなければ……。

　私は、殺人現場をこの目で見てきたし、また拉致され、監禁された場所から脱出したのだ。アラン・レーヌと二人の脱出劇だった。おそらく今日は、そこをインタヴュアがきいてくるはず。だが、四人の人間が殺された。その残忍な手口についても、是非伝えたい。それをこれから詳しく書くつもりだ、では弱いだろうか。

　サイカワが、事件を解くと話している。それを公の場でしゃべってしまって良いだろうか。そうすれば、来月の雑誌の記事に、注目が集まるだろうし、書籍への期待も高まるはず。

　だが、彼が許可するとは思えない。なんというのか、ストイックすぎる人格だから、きっと誇張《こちょう》や煽《あお》り文句を彼は嫌うだろう。そもそも、他者への承認欲求があるとも思えない。目立った事態になりそうなことは、きっと断られるだろう。

　私も、実は同じタイプだから、それがよくわかる。子供の頃は引っ込み思案、登校拒否や引き籠もりの繰り返しだった。大人になって、なんとか自分を変えようと決意し、鳥肌が立つほど嫌なときも、笑顔で人に接する体験を重ねた。自分が役者だと考え、演じることに徹した。カウンセリングを受けていた時期も長く、そこで知り合ったのがソフィアだった。

しかし、今日は人生一番の檜舞台《ひのきぶたい》かもしれない。

ここで、大勝負に出るのも、ありなのでは？

ある程度はハッタリをかけても、良いのではないか。本が売れたら、人生の後半が、ずっと楽になるだろう。一冊当たれば、記者としての株も上がるし、仕事も自分のやりやすい方向へ修正できるだろう。

「終わりました」と声をかけられた。

目のピントを調節し、鏡を見た。

「おぉ……」思わず低い声が出た。「凄いじゃないですか」

自分の顔とは思えない。否、自分である。たしかに自分だが、これは自分史上最高の自分ではないだろうか。

「お気に召しましたか？」後ろで声がする。さきほどのモデルみたいな女性が立っていた。「仕立て直しも終わりましたので、こちらへどうぞ」

7

新しいスーツに袖を通しているとき、この店で一時間半も時間が流れたことに気づいた。生放送まであと一時間少々しかない。

姿見の前で自分を確かめているところへ、サイカワが現れた。彼は私を一瞥《いちべつ》したが、なにも言わなかった。こういうときは、言うのが普通だろう、とかなり腹が立ったが、一方で、そんなに自信を持っているのか、と自問したくもなり、恥ずかしさで赤面しそうだった。

　モデルの店員にサイカワはカードを手渡していた。彼は時計を見た。

「間に合いますか？」私は努《つと》めて冷静な口調できいた。

「ええ」彼は一言。

　私が着てきた服は紙袋に入れてもらった。その荷物が増えたが、店のすぐ前までサイカワが車を移動させていたので、歩く距離は短かった。この店には相応しくない貧相なレンタカーだな、と思ってしまった。

　人間、ファッションでそれくらいは人格が変わるものだ。テレビに出ることに対しても、勇気が湧《わ》いた、というより、落ち着きを取り戻した。これなら上がらずに、いつもどおりの対応ができそうだ。このような効果を狙って、サイカワが用意してくれたのではないか、と思えてきた。

　私が思ったよりも、空港は近かった。十五分ほどで、駐車場に到着した。私は、車内からテレビのスタッフに電話をかけ、今到着したので、どこへ行けば良いのか、指示を受けた。

　サイカワは、運転席に座って、前を向いていた。私の電話が終わるのを待っているのだと思った。だが、私がシートベルトを外しても、彼は動こうとしなかった。

「万一のことを、頭に入れておく方が良い」サイカワは、私を見ずに言った。「たとえば、誰かが銃を向けていないか」

「はい。その可能性がありますね。この服が防弾だったら良いのに」

「防弾ではない」サイカワは言った。「最後まで迷っていたが、やはり、これを貴女にお願いしないといけない、との結論に達しました」

回りくどい言い方だったので、笑いそうになった。私は、数秒間待った。彼はなかなかしゃべらない。

「お願いって、何ですか？　服代を払え、ですか？」私は尋ねた。

「違う」サイカワは首をふった。「インタヴューのときに、話して欲しいことがあります」

「私に？　何を話せば良いですか？」

「オメガ城の殺人現場で、私のハンカチが血で汚れた。その血を警察に持っていこうと思います。それから、ウヅキさんのベッドに落ちていた髪の毛を持ってきたから、これも警察に提出します。そう話して下さい。主語は私ではなく、貴女自身」

「どういうことですか？　えっと、つまり私が殺人現場から証拠品を持ち出した、と話すのですか？」

「そう。日本の警察と連絡がつかず、自分で分析しようと思って採取した。このほかにも、殺人現場から証拠品を幾つか持ち出した、と話して下さい」

「はあ……」私は首を捻る。「それをフランスの警察に渡す？　まだ渡していないのですね？」

「そうです。航空便で郵送したので、もう少し時間がかかると」

「どうして、郵送したんですか？」

「日本を出るときに見つかると、まずいことになると思った」サイカワが説明した。

「ほう……、うーん、あの、それで、私がそれを話すと、どうなるのですか？」

「貴女の雑誌が売れるでしょう」

「いえ、そういうことではないでしょう？　それもあると思いますけれど、本当の目的は？　犯人を焦らせるということですよね？　犯人が焦ったら、どうなりますか？」

「貴女に危険が及びます。ですから、警察に保護を求めて下さい」

「そんなぁ……」私は、彼の顔を見た。睨みつけたといっても良い。

しかし、サイカワは運転をしているように前を見たままだった。ちらりとも私の方を向かなかった。

「大丈夫だと思います」サイカワは力の抜けたような、まるで他人事のような話しっぷりである。「警察には、私からも頼んでおきます。貴女の発言で、動かざるをえない人がいるはず」

「でも、そんな血痕や髪の毛については、日本の警察が科学分析を行っているはずですよね？　そのデータをフランスの警察へ送ってくれたら、それで同じことではありませんか？」

「ＤＮＡの情報を送って、こちらで登録されているデータと照合しても、一致するような結果は出ない。犯罪に関与した人間のものしか、登録されていないし、ＤＮＡのサンプルを採った人でなければ、データもない」サイカワは話した。「でも、たとえば、誰が犯人なのかを知っている人がいたら、その容疑者にサンプル提供を申し出ることは可能だし、それを拒否すれば疑われる。髪の毛でも良いし、その人が使ったカップでも良い。照合は可能です」

「でも……、それだけでは証拠として不充分なのでは？」

「たとえば、フランスから出たことがない人だったら、どうかな？　殺人現場は、フランスから遠く離れた国で、しかも海に隔《へだ》てられた孤島だった。そこから採取された血痕や髪の毛から、その人物のＤＮＡが検出されたら、その場にいなかったという主張は極めて危ういものになる」

「どんな結果になるのか、先生は予測されているのですね？」私はきいた。

「はい……、ただ、申し訳ないが、百パーセントという確率ではない」

「九十パーセントくらい？」

「もう少し低いかもしれない。人間の反応の予測は難しい。しかし、高い確率であることはまちがいない」

「それに、賭《か》けろというわけですね？」

「価値はあると」

「もし、その賭けに、私が乗らなかったら？」

「なにも起こらない。ただ、事件は解決しない。日本の警察は、まったく想像もしていない。フランスの警察も、言わなければ動かない。合同の捜査本部が立ち上がってもいない。捜査協力の連絡を交《か》わしただけで、掛持ちの担当者が一人いるだけ、といったところがせいぜいかな」

「解決した方が、私のビジネスとしては好条件です」

「出版社としても好条件」サイカワは言った。「しかし、危険は増す。ジレンマといえる」

私は、五秒ほど考えた。そして、深呼吸をした。

「わかりました」私は言った。「もうこうなったら、やるしかありません」

運転席のサイカワは、こちらを向き、私を見つめて小さく頷いた。

「あまり、その、気合を入れない方が良い。いつも、力を抜いて、落ち着いて、ぼんやりとして、集中せず、あちらこちらを見て、いろいろ考えること」

「それが、先生のスタイルですか？」

「そういうわけでもない」

「行きましょう」私はドアを開けた。

私もサイカワも、車から降りた。広い駐車場を歩き、空港の建物へ向かった。近づくにつれ、同じ方向へ歩く人が増える。長いエスカレータに乗っているとき、後ろのステップにいたサイカワが私に顔を近づけて囁いた。

「あとは、少し離れたところにいます。私のことを気にしないように」

私は振り返って、彼を見て頷く。テレビに出ることで緊張する、という気持ちは消し飛んでいた。もっとなにか大きな課題に立ち向かっていく自分を感じる。事件を解決することは、正義を通すことなのだ。神様は私を守って下さるはず、と考えた。

電話で約束した時刻の三分まえに、指定の場所に到着した。すぐにテレビ局のスタッフらしき人物が近づいてきた。学生のように若い。ジーンズにトレーナという軽装だった。

彼に案内されるまま、ガラスのドアを開けて通路に入った。少し先の広い場所に、大勢の人間が立っていた。照明のスタンドやカメラが見える。その手前で、細い通路に入り、控室に導かれた。

私と同じ年齢くらいの女性と、若い女性の二人が、室内にいた。立ったまま、タブレットを見ながら打合せをしていた。片面の壁に鏡が二面。小さなテーブルにドリンクが何本も並んでいる。

「ミヤチ・ノエミさんです」案内してくれた男性が、女性に伝えた。彼は私を振り返り、「こちらでお待ち下さい」と鏡の前にあった椅子を勧めた。「ご自由にどうぞ」

並んでいるドリンクのことのようだ。私は腰掛けて、鏡の中の自分を見た。

いつもの私である。

大丈夫、これまで生きてきたのだ。子供ではない。もうすぐ四十歳だ。ゆっくりだが、ここまで成長したのだ。

「お疲れ様です」打合せをしていた中年の女性が握手を求めてきた。「中継ディレクタのコメットです。あと四十分ほどで、アラン・レーヌ先生の飛行機が到着する予定です。約一時間後からスタートして、三十分間ほどですね、先生のお時間をいただいています。インタヴューは私がいたします。ミヤチさんも、先生とご一緒に、お話をさせて下さい。ええ、あくまでも、レーヌ先生がメインです。でも、お二人は犯人グループに拘束され、二人で一緒に脱出されたのですよね？　そのあたりの話になりましたら、ミヤチさんにマイクを向けることになると思います」

「わかりました。でも……」私は言った。「四人の被害者を出した殺人事件については、レーヌ先生は目撃されていません。彼は拉致されてしまったので、なにも見ていないのです。私は、四つの殺人現場へ最初に入って、死体を発見しました。どんな様子だったかも話せます。もちろん、手短に話すつもりですが……」

「そうなんですか。えっと……」ディレクタは眉を寄せた。「それ、どんな感じの話ですか？　今話してもらえますか？　どれくらい説明に時間がかかりますか？」

「二分くらいで話せます。話しましょうか？」

「はい、是非」

ディナにドクタ・マガタが出席したこと、そのあとは少し談話をし、客間へ引き上げた。夜二時半過ぎに悲鳴が聞こえたので通路に出た。隣のドクタ・サイカワと一緒に。どの部屋をノックしても返事がないので困っていたが、執事のニモイに連絡を取り、マスタキィで部屋を調べた。四号室でグリーンが刺殺されていた。次に医者のゾンネフェルトが死んでいるのを発見。画家のウヅキは絞殺されていた。最後に、レーヌの部屋を調べると、そこには、見知らぬ女性の刺殺死体があった。

「ざっと、こんな感じです」私は言った。「二分もかからなかったでしょう？」

「今の話を、本番でもお願いします。もう少しディテールを加えてもらって、倍の長さでもけっこうですよ」

「日本の警察が来たのは、その日ではなく、翌日でした。連絡がしばらく取れなかったからです。そこで、現場の写真を撮ったり、いろいろ証拠を調べました」

「へぇ、そうなんですか……、どうして、そこまで詳しく？」

「もともと、オメガ城のスペシャルな会合をレポートするために、私は参加していました。ですから、最初から記録係というか、詳細なレポートを書くつもりで観察していたのです」

「なるほど、そうなんですね。わかりました」ディレクタは、微笑んだ。「レーヌ先生と一緒に脱出したときは、どんな感じだったのですか？」

「真っ暗でなにも見えない場所で、どこに出口があるのかもわかりませんでした。でも、結局、誰もいなかった。みんな逃げてしまったあとだったんです」

「そのあたりは、レーヌ先生からも話していただけますね？」

「ええ、たぶん」私は頷いた。

「わかりました。はい、えっと、メイクはされていますね？　必要ならば、担当者を呼びましょうか？」

「今のままで、駄目ですか？」

「いいえ」ディレクタは私を見つめた。「パーフェクトだと思います。では、もうしばらく、お寛《くつろ》ぎになって、ここでお待ち下さい。時間になったら、アシスタントが呼びにきます」

8

ディレクタが話していたより、十二分早く飛行機が着陸した。帰国の手続きを経《へ》て、レーヌが現れたのは、その二十分ほどあとで、これはオンタイムである。沢山のフラッシュが数学者に向けて焚《た》かれ、大勢が一度に短い質問を叫んだが、レーヌは、にこやかに片手を上げ、目を細めて、ドアの中に消えた。私は、その様子をモニタで見ることができた。

マスコミで抽選会でもしたのか、一局が代表してインタヴューのライブ中継を行う手筈《てはず》だった。ロビィのような場所の片隅に椅子が三つセットされ、照明器具とカメラが取り囲む中、私一人だけが座って待っていた。

五分ほどして、ディレクタのコメット女史が、アラン・レーヌを導いて現れると、周囲は一瞬にして静かになった。

どの方向を見ても眩しいので、私は、コメットかレーヌを見つめるようにした。レーヌが中央の椅子に座り、私の反対側にコメットが腰掛けた。

「シャルル・ド・ゴール空港におります。ドミニク・コメットがお伝えしています。日本の事件から無事にご帰国になったばかりのアラン・レーヌ先生です」コメットが紹介する。レーヌが一礼した。「それから、同じ事件で現場に居合せ、レーヌ先生と一緒に脱出した記者のミヤチ・ノエミさんです。よろしくお願いします」

私も一礼した。

「さて、まず、どんな事件だったのかを、短いビデオでご覧下さい」コメットが、そういうと、ビデオ映像に切り替わった。小さなモニタでそれがわかる。

「レーヌ先生に、最初に、今回の事件での体験が、ご自身にとってどんなものだったのか、をお伺いします」コメットがレーヌに囁いた。

レーヌは軽く頷いたあと、私の方を向いて、目を細める仕草を見せた。意味はわからないが、機嫌は悪くなさそうだ。事件の説明ビデオは一分間だった。

「レーヌ先生、いかがですか？　今の説明で間違っていなかったでしょうか？」

「事実に近い観察だと思います」レーヌが答える。

「大変な体験をされたことと想像しますが、今回の事件は、先生にとってどのようなものだったでしょうか？」

「一言でいえば、不可解。しかし、人間が実行したことなのですから、なんらかの目的なり、欲求なりが原点にあるはずです。早急にその解明をしていただきたい。日本の警察にも全面的に協力をしました。帰国が遅れたのは、そのためです」

　観光していたのではないのか、と思ったけれど、もちろん黙っているしかない。

「この殺人現場から、レーヌ先生は拉致されたのですね？　グリーン先生、ゾンネフェルト先生、ウヅキ画伯が殺され、次は、まさにレーヌ先生の部屋だったわけです。拉致されたあと、どのように感じられましたか？」

「私は、その時点では、殺人のことを知りません。自分だけが誘拐されたのだと考えました。なにか身代金でも要求しているのだろうと」

「犯行グループの人間と、話をされましたか？」

「いいえ。一度も会っておりません。手錠をかけられ不自由でしたが、幸い、暴力を受けるようなことはありませんでした」

「殺人事件のことを知ったときには、どう感じられましたか？」

「ああ、それは、ショックでした」レーヌは言った。「グリーン先生を失ったことは、科学にも社会にも大きな痛手といえます。非常に残念です。また、ゾンネフェルト先生やウヅキさんは、その日に初めてお会いして、数時間ですが楽しい時間をともにしました。三人の方のご冥福《めいふく》をお祈りしたいと思います」

「殺人のことを知ったのは、いつですか？」コメットがきいた。

「それは、ここにいらっしゃるミヤチさんから聞いたときです。彼女も拉致されて、囚われの身となりました。私と彼女は、ソファに座って向き合っていました。二人とも両手に手錠をかけられていました。私は眠っていて、気がついたら、彼女が目の前にいたのです」

「ミヤチさんは、どうだったのですか？」コメットは私にきいた。アシスタントがすかさず、私にマイクを手渡した。

「私も気を失っていて、気がついたら、目の前にレーヌ先生がいらっしゃいました。そこで、オメガ城で殺人事件があった話をしました」

「そもそも、そのオメガ城の集まりは、どのようなものだったのですか？」コメットがレーヌにきいた。

「不思議な招待でした。招待主は、ドクタ・マガタ・シキです。私は好奇心に負けて、出席することにしました。もっと大勢が参加しているものと想像していましたが、実際にはたったの七人だけ。そのうちの二人が、今ここにいて、三人は残念ながら、お亡くなりになりました。あとの二人は、心理学者のジャネット・シモン先生と、日本のサイカワ先生です」

「ドクタ・マガタも、出席したのですか？」

「そうです。あのときは、非常に驚きました。皆さんがそうだったでしょう。本人が出席するとは予想していなかったからです。そのときまでは、最高に幸せでしたよ」レーヌは語った。「まさかそのあとに、こんな大きな不幸が待っていたとは……」

「殺人現場は、どのように発見されたのですか？　これは、ミヤチさんにおききしましょう」コメットが私に言った。

　私は、打合せのときに話したことを、再び語ることになった。少しディテールを交えるようにと言われたので、悲鳴が二回聞こえたこと、殺され方が四つの部屋で、それぞれ様子が違っていたことを話した。また、どの部屋も鍵がかかっていて、マスタキィを使わないかぎり入れなかったこと、殺人犯は施錠をして逃走したことをつけ加えた。

「なるほど……、ミヤチさんは、今回の集いを取材するために参加していたのですね？」

「はい。招待状は編集部に届きました。科学関係の雑誌を出版しています。その方面の読者のための記事を書くことが目的で、私はオメガ城へ行きました。それが、とんでもない事件に遭遇してしまったというわけです」

「そのレポートを、これから書かれるのですね？」

「もちろんです。詳しい記事を発表するつもりですし、書籍にする企画も上がっています。情報量がとても多いのですが、できるかぎり早く発表したいと考えています」

「殺人現場には、マスコミが押し寄せたのでしょうか？」

「いいえ。それどころか、警察にも丸一日連絡がつきませんでした。電話もネットもトラブルがありました。また、オメガ城は、船で一時間かかる沖の孤島で、島にはほかに誰も住んでいません。ほとんど無人島です」

「警察が来ない間、怖かったのではありませんか？」

「そうなんです。死体が四人。レーヌ先生は行方不明。でも、サイカワ先生がリーダとなって、残った人間で事件を解決しようと頑張りました」

「え、具体的には何をしたのですか？」コメットがきいた。

予想外だ、という彼女の顔だった。私はここぞと思っていた。

「殺人現場を保存するため、一旦は部屋を施錠しました。でも、警察に連絡が取れないことがわかり、それぞれの現場の写真を私が撮りました。それから……」私は、頭を回して、架空のストーリィを確認する。「被害者の状態を確認するときに、サイカワ先生が近くまで行きました。彼の靴に血がついてしまったので、私のハンカチでそれを拭いました。それから、ウヅキさんの部屋には、首を絞めたロープが残っていたのですが、その近くに長い髪の毛が落ちていました。それも、ティッシュで拾い上げて、持ってきました。これらは、日本の警察に提出するのをうっかり忘れていて、荷物と一緒にフランスへ送ってしまったんです。もうすぐ届くから、こちらの警察に提出したいと思います」

「それは、また、有力な証拠といえますね」コメットが頷いた。「ではここで、九十秒間のＣＭを挟みます。このあと、お二人の脱出劇について詳しく伺いましょう」

急に周囲から、声がかかり、場がざわついた。ディレクタは、レーヌに礼を言ってから、私に近づいた。

「生々しいお話、ありがとうございます。とても良かった」彼女は微笑んだ。

カメラの後ろに、少女が立っているのが見えた。こちらに手を振って、「パパ」と声を上げた。隣のレーヌが片手を広げて、それに応えた。

「もしかして、お嬢様ですか?」ディレクタのコメットが見逃さず、レーヌにきいた。

「はい」彼は答え、娘を呼んだ。「ニコル、こちらへ、おいで」

少女は走り寄り、レーヌに抱きついた。泣きそうな表情だった。

「あの、ちょっと、よろしいですか?」ディレクタがレーヌに言った。「本番で、お嬢様をここへお呼びするのは、NGでしょうか?」

「いや、それは、ちょっと。勘弁して下さい」

「そうですか、残念です」ディレクタは、しかしすぐに微笑みを取り戻す。「名前は出しませんが、今、父娘《おやこ》の抱擁《ほうよう》があった、と話すくらいはOKでしょうか?」

「それくらいなら」レーヌは頷いた。「ニコル、もう少しの間、むこうで待っていてくれないか」

「お嬢様、何歳ですか?」私は尋ねた。

「十二かな」レーヌが答える。

「本番十五秒まえです」アシスタントの若者が手を挙げた。「準備をお願いします」

私は座り直した。レーヌも姿勢を正す。ディレクタの女性は、鏡を見て、髪を整えていた。

「五秒まえ、三、二……」アシスタントが指差した。

「シャルル・ド・ゴールからドミニク・コメットがお伝えしています」ディレクタが早口でしゃべり始める。「凶悪な事件から奇跡の生還を遂げた数学者のアラン・レーヌ先生にお話を伺っています。先生とミヤチさんが拉致された場所は、殺人現場の近くだったのですか？」

「はい。そうです」レーヌが答える。「私たちは、拘束されていたとき、自分たちがどこにいるのか知りませんでした。島には城以外に建物はない、と思っていました。ところが、何十年もまえから、それはあったそうで、かつては、ドクタ・マガタの研究所だったのです」

「どのような場所でしょうか？」

「巨大な建物ですが、窓が一つもなく、室内の壁は真っ白。どのドアにも表札などの表示がありませんでした」レーヌは語った。「犯人グループは、その研究所の屋上から、ヘリコプタを使って逃走したようです。そのとき、建物の電源を切っていったので、真っ暗闇になりました。なにも見えない状態です。窓もないし、建物の何階に自分たちがいるのか、もちろん、建物の大きさもわかりません。でも、二人で、手探りで、通路へ出て、階段を上り、出口を探しました」

「ミヤチさん、どんな感じでしたか？」

「無我夢中でした」私は答える。「レーヌ先生が常に声をかけてくれて、通路は手をつないで、少しずつ進みました」

「怖かったでしょう？」

「それはもう……。でも、誰もいませんでした。なにも聞こえないし。最初、自分たちは地下にいると思ったんですよね？」

「そう、窓がなかったから。それで、階段を上がっていったんです」レーヌが話す。「そう、途中でキッチンを見つけて、料理用のガスバーナを彼女が発見したんです」

「ガスバーナ？」コメットが私を見た。

「はい、その炎を明かりにして、階段を上りました」私は言った。

「それは、凄い」コメットがオーバに目を見開いた。

「そうしたら、屋上に出てしまいました」レーヌが続ける。

「屋上に？　最初は何階にいたのですか？」

「あれは、一階でしたね。無駄に上がってしまったわけです」レーヌが説明する。「でも、屋上から外に出て、月明かりで森に囲まれていることがわかりました。月夜がもの凄く明るいことを、思い知りました」

「夜中だったのですね？」

「そうです。それまでは、時間もわかりませんでしたが、ミヤチさんの予測がだいたい当たっていた」レーヌが笑った。「また一階に下りて、出口を見つけました。そこで、オメガ城から捜索にきたサイカワ先生たちと出会うことができたのです。城までは、歩いて二十分ほどの距離でした」

「その時点でも、まだ警察に通報できていなかったのですか？」

「はい、そうです」私が答えた。「レーヌ先生が戻られて、それから、回線の修理を、サイカワ先生がしました。ルータは、人為的に破壊されていたのです」

「レーヌ先生は、殺人現場を確認されましたか？」コメットが質問した。

「ええ、いちおう。でも、もうすっかり疲労していて、もちろん部屋を変えてもらって、すぐに眠ってしまいました。朝になって、起きたら、警察が来ると聞き、本当にほっとしました」

「そうですか、過酷な状況だったのですから、無理もないと思います。さて、今こんな質問をしても戸惑われるかと想像しますが、レーヌ先生は、今回の事件をどのようにご覧になっていますか？　犯行の目的は、何だと思われますか？」

「残念ながら、数学的には解けない問題です」レーヌは答えた。「あそこに殺人者がいたことは事実です。人が亡くなっているのも現実です。観察された状況は、人間による実行が可能なものです。ここまではまちがいない。しかし、誰がどうしてあんなことをしたのか、と考えると、ゼロで割るようなことになる」

「それは、どういう意味ですか？」

「不定です。わからない。不可能ではありませんが、不定です」

「ありがとうございました」コメットは、レーヌの締めに満足したらしい。カメラを自分に向けさせ、一分間ほどしゃべった。よく見ると、彼女を撮影しているカメラに、文章が書かれていて、それを読んでいるようだった。

「それでは、スタジオにお返しします」という言葉で、生中継が終了した。

9

私は解放された。サイカワに買ってもらったスーツの防御力の効果か、上がらずに話ができた。子供の頃の私に見せてやりたい気分だった。アシスタントの男性が、僅かですがお礼です、と封筒を手渡した。中を覗いたら、なにかのプリペイドカードだった。思わず笑ってしまった。

控室に戻り、バッグを持って帰ろうと、通路を戻った。レーヌは、スタジオの脇で、十数人の記者と思われる人々に囲まれていた。私には誰も話をききにこないのか、と思った。やはり、人間にはポテンシャルというものがあるようだ。少し離れたところに、ニコルが立っているのを見つけ、彼女の近くへ歩いていった。

「ニコル、こんにちは」私は話しかける。「お母様と一緒？」

彼女は無言で首をふった。

「じゃあ、誰とここへ来たの？」

「運転手」ニコルは答えた。

「その人は、駐車場で待っているわけ？」

彼女は頷く。ほっそりとして、レーヌに似ている。背が伸びそうだ。

「あ、そうだ……」私は、急に思いついた。バッグを開けて、中からクリアファイルに挟んであった写真を取り出した。「ニコル、この人を知らない？」

今日、父親の会見現場を見にきたように、パーティなどの場に、彼女がいた可能性を想像したからだった。ただ、五年もまえのことだから、ニコルは七歳。きっと無理だろう、とは思った。

「どの人？」彼女は私にきき返した。「ママの横の人？　後ろの人？」

「え？　ママ？　ママはどの人」

彼女の細い指が、私がききたかった人物の顔を指し示していた。

「そう……」私は頷いた。「どうもありがとう」

周囲が気になって、見回した。記者に囲まれているレーヌがこちらを見ていた。その眼差《まなざ》しがいつもより強く感じられる。怖い顔だった。記者が失礼な質問をぶつけたのかもしれない。

私は、その場を離れ、ガラスのドアから大空間へ出た。高い天井を鉄骨構造が支えていて、その下で大勢の人間が蠢いていた。沢山の声が混じり合って、意味のないざわめきが空間に充満している。

そうか、警察に護衛をお願いするのだっけ。でも……。

ガードマンならいるが、警官らしい人はいなかった。さきほどの場所でも、警官を見かけなかった。警察は、レーヌを護衛しているのだろうか。私には興味がないのかもしれない。だが、私のアパートで銃を発砲した人間は、まだ銃を持って、自由にどこでも歩ける状態のはず。

電話がかかってきた。サイカワからだった。

「終わった？」彼の声で、私はほっと溜息をついた。

「終わりました。でも、警察の人は来ていませんでした。そちらへ戻ります」

「誰に会った？」

「え？　誰って、レーヌ先生だけです。あとは、テレビ関係の人たち」

「ほかのテレビ局で、グリーン夫人がインタヴューを受けていた」サイカワが言った。

「それぞれ、独自のインタヴューが欲しいというわけですね」私は話す。「そう、レーヌ先生のお嬢さん、ニコルと会いました。あの写真を見せたんです。サイカワ先生が気にしていた、雑誌の写真です。初めて、誰なのかって、答えた人が彼女でした」

「お母さんだって？」サイカワが言った。

「あれ？　なんだぁ、ご存知だったのですか？」

「そんなことよりも、周囲に注意をして、一人になったら、特に気をつけて」

「あ、はい……」

　建物から出て、駐車場の方へ歩いた。

　屋外になっても、コンクリートの塀に両側を囲まれた場所だった。たびたび、後ろを振り返った。誰かにつけられていないか、と確認をした。咄嗟の場合には、走るしかないか、などと考えながら歩く。

　通路が左右に分かれる場所に突き当たった。案内板が正面にあった。そこまであと三メートルほどだった。

　突然左から男性が現れ、私は飛び上がるほど驚いた。声を上げる間もなく、息を止めてしまった。両手を前で広げて、私の前に立っていたのは、サングラスをかけたサイカワだった。

「びっくりした、悲鳴を上げるところでしたよ」

「発声練習した方が良い」彼は冷静な口調だった。「いざというときに、声なんか出ないものです」

「出せる女性もいると思います」

「条件反射となるには、練習しないと」

二人で車まで歩き、私は助手席に座った。サイカワがエンジンをかけ、すぐにスタートした。

「見ていました?」私はきいた。

「とても良かった」サイカワは言った。

「服がでしょう?」

「自然に嘘がつけたこと」

「偽証罪に問われないでしょうか?」私はきいた。その心配をしていたのだ。

「警察の事情聴取でもないし、正式の場でもない、また、そういった記事を書いたわけでもない。本を書くときには、事件解決のために必要な嘘だった、と明かせば大丈夫」

それを聞いて、私はほっとした。

「あの写真の人物が、レーヌ夫人なのですね。表に滅多に出ない人だと聞いていましたが」

「レーヌ夫人かどうかは未確認。単に、ニコルの母だというだけ。レーヌ先生は、ニコルを自分の娘だと言った?」

「ええ、おっしゃいましたよ。ニコルは、パパって呼びました」

「となると、あまり公開の場には出たがらないレーヌ夫人その人かもしれない。授賞パーティのときは、夫婦同伴を求められて、しかたなく出席したのかな」

「でも、彼女が五号室で死んでいた人と似ていた、ということになりますね」

「そう」ちょうど信号で停車したところで、サイカワはこちらを向いた。

「先生は、なにもかも、ご存知だったみたいでしたけれど」

「予測はしていた。確かめたかった。図《はか》らずも、子供の証言でわかった、というわけ」

「でも、カメラマンも知らないって言っていたんですよ」

「そう、良いところに気づいた」サイカワが呟いた。

「え、私が？　何に？」

また車が走り始め、サイカワは前を向いた。

「これから、どこへ行くのですか？」サイカワが話を続けてくれないので、私は別の質問をした。

「うーん、ハンバーガでも買って、貴女のアパートへ行こうかな、と」

「え、どうしてアパートへ？」

「うーん」

「大丈夫ですか？」

「微妙」

「それ、どういう意味ですか？」

「ハンバーガは嫌い？」

「いいえ、大好きですけれど……」空腹を感じていた。やはり慣れないテレビ出演が堪《こた》えたのか。

「仕事がしたいんじゃないかな、と思って」サイカワが言った。

「えっと、それは、どの質問の答ですか？　ああ、どうしてアパートへ行くのかか……。そんなことよりも、えっと……」私が良いところに気づいた、と彼が言ったことを、もっと説明してほしかった。「先生は、あの写真で、いったい何を確かめようとしたのですか？」

「たとえば、貴女は、自分が思いつき、正解はこれではないか、という仮説を確かめようとする場合、どうする？」サイカワは滑らかな口調で質問した。まるで、その問いを用意していたみたいだった。

「その仮説が正しいという証拠を集めます。その仮説を支持するものを探しますね」

「それは、科学的アプローチとはいえない」

「どうしてですか？」

「効率が悪いから」

「それじゃあ、サイカワ先生は、どうするのですか？」

「自分が持っている仮説を否定する証拠を集める努力をする」サイカワは答えた。「疑わしいものを調べ、否定的な証拠を集め、それらが間違っていることを確かめる。これが科学のやり方だ。反証を丹念に潰していくことの方が、正解に近づける。一方で、正しさを立証しようとする試みは、宗教的なアプローチといえる。神は存在し、奇跡を起こす、という証拠を必死に集める。信者は、自分たちが信じたいものにしか目を向けない。ここに宗教のジレンマがある」

「ちょっと待って下さい。では……、あのレーヌ先生の古い写真では、何を探していたのですか？　先生は、最初からレーヌ夫人だと疑っていたのですか？」

「それが、私の仮説だった」

「そして？」

「そして、誰もが、それを否定した。その反証が、私にとっての収穫だった。ニコルという少女の返答は、どうでも良い、おまけのようなものでしかない。私は最初からついていた。だから、事件はすぐに解決するだろう、と予測できた」

「えぇー、なんか、信じられませんけれど」

「簡単にいえば、こうかな……。ニコルは、あれは母親だと言った。しかし、レーヌ先生は五号室の女性を知らないと言った。さて、どちらが重要か？」

「変ですね。どうして知らないなんておっしゃったのでしょうか？」

「そう考えるのが科学的。どうしてニコルは自分の母親だと言ったのか、よりは重要な証言といえる。ニコルには、そんな嘘をつく理由がない。彼女には利益にならない。一方で、レーヌ先生には、その嘘をつくことで得られるものがあった。そう推測できるということ」

「お嬢様が来たのに、奥様が来なかったのも？」私は首を捻った。「まさか、似ているだけじゃなくて？」

「とりあえず、今はハンバーガのことを考えよう」サイカワは言った。

10

ハンバーガとドリンクをドライブスルーで購入し、レンタカーを返却してからタクシーで、私のアパートに到着した。案外早く戻ってこられた。いつまで逃亡生活が続くのか、と昨日は心配したが、不思議なことに、今はそれほど怖くない。サイカワが近くにいてくれるおかげだろうか。

アパートには警官はいなかった。管理人と顔が合い、警官がドアの弾丸を持っていった、と聞いた。管理人は、サイカワのことをじろじろと見たが、なにも言わなかった。もしかしたら、怪しい人間がうろついていたら、警察に連絡を、と言われているのかもしれない。管理人は、私より歳上でインテリである。私は彼と気が合うので、部屋に不満があっても、このアパートをなかなか出られないのだ。

ハンバーガは冷めてしまったが、美味しかった。私はデスクでパソコンを見ながら食べたし、サイカワはソファで端末を操作しながら食べていた。二人ともほとんど口をきかなかった。

私は興奮していたようだ。早くこの事件の記事を書きたくてしかたなかった。思いつくところから、どんどん文字を入力していった。

ただ、観察したこと、経験したことはすらすらと書けるものの、これから何が起こるのか、事件がどのような決着を迎えるのかについては、まったく予想ができない。それは、横のソファに座っている人物の頭の中から、まだ取り出せないでいる情報だった。

それでも、彼の静かな自信のようなものを、ひしひしと感じていた。

この人は、きっと見通している、と信じている自分がいる。

どうして、そこまで信じられるのか、との自問を何度もしたけれど、それは、彼の言葉がいつも、少し未来を言い当てていたからだろう、ドクタ・マガタが私たちに忠告したのと同じように。

そうだ、同じような機能というか、エネルギィを感じる。

ハンバーガの攻撃力を利用して、私は執筆に没頭した。サイカワも黙っていた。彼は二度ほど外へ出ていったが、いずれも五分もしないうちに戻ってきた。自分でコーヒーメーカをセットし、自分の分だけを淹れて飲んでいた。私も意地になって、一度だけ自分の分だけを淹れた。同じ部屋にいて、このように圧迫を感じない異性というのは、わりと珍しいように思えた。

事件の記憶を最初から辿り、フランスへ戻ってからのことも振り返った。執筆中に、手を止めてメールを見ると、テレビを見た、という知合いからの反響が幾つか届いていた。

四時過ぎになった。あまりにサイカワが静かなので、少しだけ話をした方が良いか、というサービス精神が湧き起こった。

「なにか、調べているのですか？」私はきいた。彼がずっと端末を操作していたからだ。「それとも、お仕事ですか？」

「両方」彼は答えた。

「事件についてはもう謎はない、という顔に見えますけれど」

「貴女には、そんな能力が？」

「けっこう、人を見る目はあると思っています」

「それを判断基準にしない方が良い」

「あの……、まさかとは思いますけれど、もしかして、レーヌ先生は、奥様を殺したのですか？」

記事を書きながら、私はその結論に達していた。

でも、どうしてそんなシチュエーションが生まれたのかは、全然わからない。理不尽すぎる。見当もつかない。ただ、殺人というものが、そもそも理不尽なのだから、鵜《う》呑《の》みにして考えるしかないのか、と自己防衛する。

サイカワは、手を止めて、顔を上げた。私を真っ直ぐに見据える。

それでも、彼は黙っていた。

「どうなんですか？」私は、質問を重ねた。

「たぶん」彼は頷いた。「それが、最も可能性が高い」

「本当ですか？」私は、少なからず衝撃を受けた。自分の思い過ごしであってほしい、という気持ちが残っていたようだ。「では、警察はレーヌ先生を取り調べているのですか？」

「日本との連携が上手くいっていれば、そうなると思う」

「でも、どうして奥様があそこに、オメガ城にいたのですか？　ご夫婦は一緒に島に来られていたのですか？」

「そうではない」

「あ、それから、犯人たちに拘束されていたのは、どうなるんですか？　私たち、たしかに手錠をかけられて……」

「おそらく、彼の犯行は自己防衛だったでしょう」サイカワは言った。「少なくとも計画的なものではない。思いもしない事態に遭遇しただけかと」

「自己防衛って……、夜中に、奥様に襲われた？　そういうことですか？」

「だと思う」サイカワは頷いた。「彼は、今頃きっと、警察に自首しているのではないかな、良心の呵責《かしゃく》に苛《さいな》まれて。あの人は善人だ、と思いませんでしたか？　貴女、見る目があるのでは？」

　私は絶句してしまった。

　今回の事件の解決が、そんな方向から訪れるとは予想もしていなかった。というよりも、ますます謎が大きくなったといえるだろう。

「はい、レーヌ先生は、私を助けてくれました。一緒に、あそこを脱出しました。悪い方だとは思えません」

「悪い人だけが、殺人を犯すのではない」サイカワの言葉は静かだった。

　私は溜息をつく。頭がぼうっとしていた。

　キーボードを叩き続けていたので、肩も凝っていた。私は、立ち上がって首の運動をしながら、リモコンでテレビをつけた。

　すると、画面にテロップが流れ、アラン・レーヌが路上で撃たれ、救急搬送された、との文字が流れていた。

「え？」私は、声を上げてしまった。

チャンネルを切り換えてみる。臨時のニュースになっているものもあったが、場所と時刻以外は、詳しい情報はなかった。犯人は逃走し、警察が捜索中ともある。

ネットも調べてみたが、詳しい情報は見つからない。撃たれたのは、彼の自宅のそばで、三十分ほどまえのようだ。容態については、まだ発表されていない。

サイカワも、いつの間にか立ち上がっていた。私が彼の顔を見ると、小さく舌打ちしたようだった。

「警察に言っておいたのに」彼は呟いた。「本気で護衛しなかったようだ」

「誰が、レーヌ先生を？」私はきいた。

「そこまではわからない。人に頼んだ可能性もある。でも、レーヌ先生は、警察に自首しようとしていたのでしょう。それこそが、犯人にとっては致命的になる。彼は拉致され、事実を話さないことを約束した。だから殺されなかった。貴女と一緒に解放された。貴女はなにも見ていない。しかし、レーヌ先生は相手を見ていないはずがない。彼はオメガ城から、歩いて研究所まで行った、犯人たちと一緒に」

私は、サイカワの話を聞くしかなかった。メモを取りたいと思ったほどだ。

「約束を守って、日本では嘘の証言をした。でも、こちらへ来て、気が変わった。ニコルの顔を見て、ニコルに貴女が写真を見せているのを見て、もう隠しきれないと諦めたのでしょう。しかし、犯人は、彼に証言させるわけにはいかない」

「先生は、何をご存知なんですか？」私はまたも溜息をついた。「どうして、そういうことがわかったのですか？」

「いや、貴女が見たり知ったりできたことと、私のそれは、ほとんど同じだと思う」

「そう、同じ条件でしたよね。でも、先生にはわかって、私にはさっぱりわからない。この差は、何ですか？」

「さあ……」サイカワは、考えるような振りをする。わざとらしいのではないか、と私は思った。しかし、彼はそこで言った。「あ、そうか」

「何ですか？　頭の良さとか言わないで下さいよ」

「一つ、隠していたことがありました。島でネットがつながるようになったとき、私は警察にすぐ連絡をしたわけではなかった。しようかな、と考えたけれど、疲れていて、眠かったし、警察の人も夜に召集されたりしたら大変だろう、数時間遅くなっても、状況は変わらない、怪我人はいないし、証拠は消えない。現場は保存されている。そう考えて、寝てしまったんです。それで、朝になってから、警察に連絡した」

「そうだったんですか。でも、それが何だとおっしゃるのですか？　何の話をしていたんでしたっけ？」

「私だけが知り得た情報が、それだった。貴女は、たしかに知らなかったから、解決に必要な条件が揃わなかった」

「じゃあ、それを知った今は、揃ったということ？」

「まあ、そういうことになるかな」

「えぇ……、全然わからない。苛《いじ》められているような気がしますけれど」

「いえ、そんなことは」

チャイムが鳴った。何の音か、と一瞬わからなかったが、誰か訪ねてきたらしい。私がそちらへ向かおうとすると、サイカワが素早く移動して、私を止めた。

「私が出る。警察かもしれない」彼は囁いた。

彼は、玄関の方へ歩いていった。ドアを少し開けて、話をしようとした。

「誰ですか？」私は奥からきいた。

サイカワが弾《はじ》き飛《と》ばされ、ドアが勢い良く開いた。

室内に男が飛び込んでくる。その黒い姿に、私は声も出せなかった。

「待て！」サイカワの声が響く。「警察がいる。ここを見張っている」

男は、振り返って、躊躇なく発砲した。

銃声が響き、私は床に崩れ落ちた。

撃たれたのは、私ではない。サイカワだ。

男は、私に銃を向けている。

「荷物は？」そう言った。「どこにある？　記事はパソコンか？」

私は下を向いたまま頷いた。もう駄目だ。

殺される。

玄関の方を見た。

サイカワが倒れている。やはり、撃たれたのだ。

ゆっくりと顔を上げて、相手を見た。それは、まさかの人物だった。

私は、恐怖で震えた。

「荷物はまだなのか？」

「はい」私は返事をする。

「記事はクラウドにもあるはず。操作をして、削除しろ」

「でも、そんなことをしたら……」

「すぐ、やれ！　撃たれたいか？」

「サイカワ先生は？」私は、もう一度そちらを見た。「先生！　大丈夫ですか？　救急車を呼ばないと……」

「いいから、早くしろ！」

私は立ち上がり、デスクへ行く。椅子に座り、パソコンに手を伸ばした。

「これをしたら、私を殺すのでしょう？」

「死にたいか？」彼は銃を私に近づけた。

「待て！」玄関から、サイカワが叫んだ。「わからないのか。警官が大勢包囲しているんだ」

「無駄だ」男は、私に銃口を向けたまま答える。

「罪が重くなる。一人殺しただけじゃないか」サイカワが言った。片手で胸を押さえている。そこを撃たれたのだ。「自首すれば、十年くらいで戻ってこられる。よく考えるんだ」

驚いたことに、サイカワはフランス語を話していた。私の前では、初めてだった。いつもの冷静な口調ではない。別人のようだった。

「せっかくの財産がふいになる。何のためにやった？　こんなことをしてまで守りたいか？」

「警察は、何故ここへ来ない？」彼は、今度はサイカワに銃を向けた。「何故、突入してこないんだ？」

「見張るように頼んでおいたからだ。今は、君が銃を撃ったから、不用意には突入できない。機会を窺っている。窓から見ればわかる」

「そこを動くな」彼は、サイカワに銃を向けたまま、私から離れ、窓の方へ移動した。

半身になり、首を伸ばして、窓から通りを窺おうとする。

外から見られることを恐れているのか、慎重だった。

少し覗いては、すぐにサイカワの方を振り返った。

「誰もいない」彼は、不敵に笑ったようだ。「狙撃《そげき》しようとでもいうのか？　そんな場所はどこにもない」

私は、サイカワを見つめていた。

彼は、少しずつこちらへ移動していた。

最初はドアにもたれて倒れていたが、今は、一メートルほど離れていた。座ったままの姿勢で、脚と手で移動しているのだ。

サイカワは、私を一瞬見て、小さく頷いてから、ゆっくりと床に伏せた。

「サイカワ先生！」私は叫んだ。悲鳴に近い声だっただろう。

大きな音を立てて、玄関のドアが開き、同時になにかが光った。

銃声が二発。

私は撃たれたと思った。

しかし、振り返ると窓際に立っていた男が、後ろへ傾いていた。

そこへ体当たりするように、黒い男たちが突入してきた。

私は、彼の銃を見つめていた。

彼は、床に背中から倒れ、その銃は彼の手を離れた。

二人がかりで、押さえつけられる。

黒い服装の者たちが、あっという間に大勢になった。私の部屋に五人、いや六人もいる。ヘルメットを被り、分厚いベストを着ていた。一人は女性で、私の近くで跪《ひざまず》いた。私は、いつの間にか椅子から滑り落ち、床に座っていたからだ。

「ミヤチさんですね。怪我はありませんか？」ヘルメットの風防を上げて、彼女がきいた。

私は答えられなかった。躰が震えていて、声をどうやって出すのか思い出せなかった。

しかし、呼吸が戻り、躰が一気に熱くなった。

「サイカワ先生が、撃たれました」どうにか言葉にする。

「立てますか？」女性がきいた。

彼女に助けられて、私は立ち上がった。

大男の警官の後ろから、サイカワが現れ、私に歩み寄った。

「先生、大丈夫？」私は日本語できいた。「痛くないですか？」

「大丈夫」サイカワは、私に顔を近づけて囁く。「防弾チョッキを着ていたから」

「え？　嘘でしょう？」

「嘘です」サイカワは真面目な顔で言う。「脇の辺りを掠《かす》っただけ」

サイカワは、胸を私に見せた。

「本当に？」

涙と汗が私の顔の表面を流れ始めた。

「良かったぁ……」

「まあ、そういえるかな」彼は、いつもの口調で呟いた。

「警官は、本当に張り込んでいたんですね」私は、女性の警官に話した。

「狙撃するか、突入するか、どちらも準備していました」女性の警官が答える。「でも、結果は同じでしたね」

彼女は、無線で救急隊員を要請した。

窓際に仰向けに倒れている男から、警官は離れていた。彼はもう動かない、と判明したということらしい。二発を胸に被弾しているのがわかった。銃を持っていたため、警官は瞬時に動きを止める必要があったのだ。

私は、倒れている男のすぐ横で膝を折った。

恐ろしい顔ではなかった。

目は見開かれ、口は開いたままだった。

血の気が引き、顔は青白い。

銃を離した片手が、私の足許《あしもと》の床に投げ出されている。

いったい、何がどうなっているのか、と私の頭はようやく回り始めていた。

そして、今日執筆した下書きを誰に見せたら良いのか、と考えた。

何故なら、そこに倒れているのは、ルベル編集長だったからだ。

11

私は警察署へ連れていかれ、そこで沢山の質問を受けた。

質問したいのは私の方だ、と何度思ったかわからない。解放されたのは、午後七時だった。サイカワは病院で手当を受けているはずだ、と刑事から聞いたので、その病院へ向かった。

ところが、受付で尋ねると、手当を受けたのは二時間もまえで、既に病院にはいない、とのことだった。

私は、サイカワに電話をかけた。

「先生、どちらにいらっしゃるのですか？　あの、お話を伺いたいと思って……」

「もう私の仕事は終わりました。あとは、警察から聞いて下さい」サイカワは事務的に言った。

「明日、フランスを発ちます」

「お忙しいのですか?」

「うーん、まあ、そこそこには」

「嘘だとわかりますよ。今から会ってもらえませんか? そちらへ伺います。どこですか?」

「貴女が今いる病院を出て、通りを渡ったところのパブです」

「なんだ……。すぐに行きます。逃げないで下さい」

私は、病院を出て、大通りを横断した。まだ明るいものの、涼しい風が吹いていた。是非彼に真相を聞こう、と熱くなっていた私の顔を、適度に冷却してくれたので、だいぶ落ち着いた。店に入ると、カウンタにサイカワが座っていた。

「何を飲んでいるのですか?」

「ノンアルコールのカクテル」サイカワは答えた。「医者が、アルコールは控えろと言ったので」

「もともと飲まないじゃないですか」バーテンダが私に近づいてきた。「これと同じものを」と注文する。

「是非、先生ご自身から聞きたいと思いました。私をこんな目に遭わせた責任があるのではないでしょうか?」

「その責任は感じています。申し訳ない」サイカワは頭を下げた。

「冗談ですよ」私は笑った。「ねえ、教えて下さい、お願いですから」

「何から話せば良いかな……」サイカワは、私から目を逸らせ、息を吐いた。「そう、何故わかったのか、という理由からかな」

「ええ、それを是非」

「さっき話していたとおり、私が警察に連絡をしたのは、朝五時半頃だったかな。だから、七時頃に島に警察が来た」

「そうでしたね。鑑識も遅れていたし、最初は少人数でした」

「問題は、フランスからグリーン夫人とゾンネフェルト夫人が日本に到着した時間。その日の午後だった。あれは、早すぎると思った。連絡を受けてすぐ出発しても、あの時間には無理だ」

「でも、実際にいらっしゃったわけですから」

「グリーン夫人とゾンネフェルト夫人は、夫が殺されたことを知っていたのか……。しかし、知っていたとしても、当然知っていることを隠すだろうから、不自然な時間に出発することはありえない。つまり、ネットが回復した時間を知っていて、当然日本の警察に連絡されたものと勘違いしただけだ」

「ネットが回復したと、何故知ったのですか？」

「私は誰にも伝えなかった。知っていたのは、私と貴女の二人だけ。そして、貴女は二人に連絡したと言った。ルベル編集長と友人のソフィア」

「あぁ……、そうか……。そうですね。え？　それで、編集長が、夫人たちに連絡したのですか？」

「そう。ルベル、グリーン夫人、ゾンネフェルト夫人の三人は、日本にいて、フランスに戻ったばかりだったけれど、二人だけ、また日本へ発った。こういうのを日本語では、蜻蛉《とんぼ》返《がえ》りといいます」

「知っています」私は頷いた。「その三人？　三人が殺人犯なのですか？」

「三人ではなかった。四人だった」サイカワは話す。「もう一人が、レーヌ夫人です。四人は、自分たちの夫を殺すために、日本に行った」

「ちょっと待って下さい。編集長は？　彼は……」

「彼は、つまり、ウヅキ夫人だったということです」

「え？　あぁ……」私は、呆然としてしまったが、すぐに気を取り戻した。「そうか、だから、黒後家蜘蛛の会だったのですね」

「冗談であっても、それをメールで書いてきたソフィアは、容疑者から除外される」彼は続ける。「また、これは想像ですが、ジャネット・シモンの夫人も、当初は参加予定だった。でも、直前に離婚が成立し、財産分与を受けたため、プロジェクトに加わらずにすんだ。シモン先生は命拾いし、シモン夫人も犯罪者になるのを免《まぬが》れた」

「レーヌ夫人は？」

「夫が泥酔していると思って油断したのか、それとも、酔っていたため、自分の妻だと気づかず殺してしまったのか、とにかく、抵抗するうちに、襲撃者を逆に殺してしまった。これは、彼らの計画において、最大の誤算だった。きっと、それぞれに確率の高い方法を検討して、シミュレーションもしたでしょう。ゾンネフェルト夫人は、医師が入手できる劇薬を飲ませたか、あるいは注射した。また、編集長は、絞殺を選んだ。力が入りすぎて、髪をベッドの上に残してしまった。そのDNAが証拠となるはず」

「私が、それを持ち出した、荷物で送ったと嘘をついたから、焦ったのですね。私の部屋へ来たのも、そのためだったのですね」

「目的を果たした彼らは、五号室のレーヌ先生をどう処理するか、頭を悩ませた。とりあえず、彼を連れていった。城のスタッフの部屋だったでしょう。このとき、マスタキィを使って、施錠し、キィは事務所に戻しておいた」

「黒後家蜘蛛の会の人たちは、城のスタッフに紛《まぎ》れ込《こ》んでいたのですね？」

「もちろん。四人以外は、金で雇った人たちだった。夫の財産が入れば、それぞれが大金持ちになれるから、準備に資金をかけ、用意周到に計画した」

「ニモイさんも？」

「彼だけが、なにも知らなかった。だから、残された。警察に供述しても、スタッフのことをなにも話せない」

「その殺人の会の人たちは、何故、仲間を殺したレーヌ先生に復讐《ふくしゅう》しなかったのですか？」

「それぞれの個人的な欲望が殺人の動機であり、その目的を共有していただけで、仲間という意識はなかったのでは。一人が失敗して、逆に殺されてしまった。残ったメンバは、レーヌ氏に内緒にしておけば殺さない、と脅迫した。レーヌも、殺人を犯してしまった以上、保身に走るしかなかった。それで、囚われの身を演じ、救出されるか、自分で脱出する手筈だった」

「そこへ、私が連れられてきたわけですね」

「あれは、船着場から逃げようとしていたメンバが、見つかったと思ったのか、あるいは連絡船に乗るつもりだったから、時間的に貴女が邪魔だったのかな。それで、船で逃げるメンバ以外で、貴女を研究所まで運んだ、というわけです。残りは、ヘリコプタで逃げた」

サイカワの説明で、オメガ城で起こった事象が、納得できる形で頭の中で再現された。なにもかも不思議だったのに、こうして説明を受けると、なにも不思議な点はない。何故、このように考えられなかったのか、という方がむしろ不思議になる。

「夫人たちは、夫婦仲が破綻《はたん》していて、別居状態だった」サイカワが言った。

「夫の財産目当てで、このプロジェクトに参加したのですね？　先生は、うちの編集長が、ウヅキさんのパートナだと、いつ知ったのですか？」

「彼が銃を持って現れる、ちょっとまえ」サイカワは答えた。「仲間にいろいろ調べさせていて、ようやく判明したところだった。それまでは、編集長が関わっている、というだけしかわからなかった。どこかに、ウヅキ夫人がいると考えていた。編集長は、今回の黒後家蜘蛛の会を企画した中心人物だった。ドクタ・マガタの名を使って、招待状を出した、つまりあの集会の招待主でもあった。彼らは、もともとドクタ・マガタのネット上の集団に属していて、ネット上で交遊していたようです。あの城は、そういった集団がときどき利用する保養所のような施設だった」

「そうなんですか。つまり、信者だったのですね」

「なにしろ、聖地ともいえる研究所が近くて、いつでも見学ができる状態に保存されていた。でも、最近は、さすがに勢力が衰えて、あまり使われることもなかったと聞きました。ニモイさんは、なにも知らず、あそこに就職したというわけです」

「わざわざ、あんなところへ、みんなを呼び出すような企画をどうして？」

「なにもかも、金のためかな。この騒動を独占して、実録の本が出版できれば、もの凄い収益が得られる。貴女がもらう印税の何倍も、出版社には利益がある。編集長としても評価されるし、もちろん、報奨金が出たでしょう。派手であればあるだけ、利益が返ってくる」

「もしかして、私はそれを手伝わされていたわけですか？」私はきいた。頭に血が上るのがわかった。「酷い、なんてことを……」

「貴女は、今も本を書くことができるし、貴女よりもそれに適した人は世界中にいない。だから、損失はない。別の出版社でも企画に乗ってくるはず」

「先生の方が適しています。先生が本を書けば良いのでは？　売れますよ」

「いや、私は書きません」サイカワは首をふった。「まえのときも、書かなかった」

なるほど、そういえばそうだ。サインしてもらった本のことを思い出した。

「あ、そうだ。サイカワ先生は、どうして招待されたのですか？　まさか、本のセールスのために、かつての事件のメンバを揃えようとしたわけではありませんよね？」

「私にそんな価値はない」サイカワは首をふった。「私は母の代理で来たと話しましたが、実は招待されたのは、私の父だった。父と母は、離婚しているし、表向きは不仲だと周囲に認識させている。ドクタ・マガタは、母のことをよく知っている。だから、その信者にも、その情報が広く流れていたはず。母も、夫を殺すチームに勧誘できるのではないか、と勘違いしたのでしょう」

「黒後家蜘蛛の会候補だったのですね？」

「もちろん、ネットの集会に参加するような信者ではなかった。それに、母は今も父のことを愛していて、別居はしていても、ときどき会っている。父は、面白がって、招待状を母に見せた。その話を、私が聞きつけて、代理で参加を決めた、ということ」

「どうしてですか？」

「ドクタ・マガタに会えるかもしれないから。そして、それは報《むく》われました」

「お母様は、何とおっしゃるのですか？」

「セザイマル・ベニコです。調べれば、いくらでも情報が得られる。本を書くときに、インタヴューしたら良い。喜んで応えると思います」

私は、その名前をメモした。もちろん、どんな漢字を書くのかは、想像もできなかったので、アルファベットで書いた。

グラスに口をつけカクテルを飲んだあと、彼は私のメモを覗き込んだ。

「綴《つづ》りが違う。イニシャルは、V・C。どういうわけか」

私はメモを修正した。

なにか、ほかにきくことはないか、と頭を巡らせたが、思いつかなかった。
私は、ようやくグラスに手を伸ばし、それを飲んだ。
「あれ？　これって、ノンアルコールじゃありませんよね……」私は言った。
彼は、これまでになく不敵に微笑んだ。

エピローグ

偏見《へんけん》の鎖を断《た》ち、経験の炬火《たいまつ》で武装せよ。自然が諸君を取り残した無知の状態から、自然に対してあしざまの結論をひきだすかわりに、当然自然の受くべき名誉を自然に捧げるがいい。なんにもしなくともいいから眼を開きたまえ。理解できないことはそのままにしておくがいい。そうすればこういうことがわかるだろう。頭も知識も己の耕《たがや》す畦《あぜ》の縁《へり》をいでないかの耕作者も、本質的には最大の天才とすこしも異るところはない。

パブで酔った私を、サイカワは送ってくれた。そして、アパートのドアの前で、「じゃあ」と彼は言った。

私は無意識にドアを閉めて、いつものように鍵をかけた。室内は静かで、私は照明をつけることもなく、ベッドに倒れ込んだ。久しぶりに酔ったな、と思いながら眠りに就《つ》いた。

朝になって、サイカワに礼を言おうと思い、ベッドに寝転がったまま電話をかけたが、つながらなかった。

もう空港だろうか。電話のスイッチを切っているようだった。

朝食を自分で作り、久しぶりに長閑《のどか》な朝を楽しんだ。体調も良いし、なによりも頭がクリアだった。母からメールが届いていて、テレビのインタヴューを見た、と知らせてきた。あとで話をしよう、と思った。

ニュースを見ると、グリーン夫人とゾンネフェルト夫人が逮捕された、と報じていた。これで、四人を殺したうちの三人が、警察で聴取を受けることになった。もう一人は、なにも語らずに死んでしまった。

サイカワが話していたとおり、事件は一応の解決をしたことになるだろう。

母と電話で長話をしたあと、サイカワに再度電話をかけたが、やはりつながらなかった。私は、小さな不安を抱いた。もしかして、もう二度と彼と会えないのではないか、という予感だった。

ソフィアから電話がかかってきた。彼女は仕事中のはずだったが、開店まえかもしれない。

「見たよ、テレビ。あんな服持ってた？　テレビが用意してくれたの？」

「あれはね、サイカワ先生が買ってくれたんだよ」

「本当に？　どういうこと？　そんなのあるわけ？　あって良いこと？」

「うーん、どうしてなのか、私にもわからない」

「彼、今はどこにいるの？」

「今日、日本に帰るって話していた」

「思っていたより、ダンディだったよね」

「見たの？」

「しっかりとね。隠れていたから大丈夫」

「どこで？　店の外から？」

「そうだよ」

「外からだと、暗いから見えないでしょう？」

「虹彩《こうさい》を開くの」

「凄い能力じゃない」

「だけど、ちょっとイメージよりも歳を取っていたかな、さすがにね」

「そりゃあ、そうでしょう。誰だって、歳を取りますよ」

「少し老け込んでいた。うん、でも素敵だった」

「わかった。複雑なのね」

「あの服さ、どこで買ったの？」

「あ……、えっと、今度連れていってあげようか。でも、めちゃくちゃ高そうだったよ」

「外から見るだけにしようかな。どこらへんか、地図を送って」

「了解。そうだ、セザイマル・ベニコさんって知っている？」

「ううん、何？　それ名前なの？　どこの人？」

「そうか、まあいいや。じゃあ、また今度……」

「飲もうね」

　その後、執筆の仕事を続けていると、何度かメールが届いた。いずれも、出版社からだった。もちろん、他社である。内容は、一度会ってお話がしたい、といった提案だった。書籍の出版に興味はないか、というものである。

テレビでは、容疑者逮捕の報道があっても、詳しいことはわからない状況だった。ディテールが出てくるには、もう少し時間がかかるのだろう。日本の警察との調整もあり、軽々しく情報をマスコミに漏らせないのではないか。

夜になっても、サイカワには電話がつながらなかった。彼がパブで語ったことを録音しておけば良かった。いつもバッグにレコーダを入れて持ち歩いているのに、オメガ城でも一度も使わなかった。それどころか、サイカワの写真を一枚も撮っていないことに気づいた。

仕事を続けていたが、少し休憩しようと、ベッドに倒れ込んだまま、眠ってしまい、手に持ったままの端末が鳴ったので、目を覚ました。電話ではなく、メールだった。

起き上がって、名前を見ると、Venicoとある。迷惑メールかと一瞬判断したが、すぐに気がついて、開けてみると、ネットでお話ししましょう、と書かれていた。

私は、デスクのパソコンを開き、すぐに準備をする。少し遅れて、モニタに女性の顔が映った。

「うわぁ、ローマの休日？」思わず呟いてしまった。王女様のような印象だったからだ。

「こんにちは」相手の声が聞こえた。「ミヤチさんですね？」

「はい、ミヤチ・ノエミです」

「セザイマル・ベニコでございます。はじめまして」

「はい、あ、はじめまして」

「彼から、アドレスを聞いて、アクセスさせていただきました。こんな時刻に、起きていらっしゃいましたの？　今、大丈夫ですか？」

「はい、大丈夫です。あ……」そうか、自分の顔がむこうに見られているのだ。

「どうかなさいました？」

「い、いいえ。すみません。寝ていました。髪が変でしょう？」私は、頭を両手で整えながら話す。

「いいえ。お気になさらず……。このたびは、いろいろ大変でしたね。ご無事でなによりでした。だいたいのことは、彼から聞いております。ミヤチさんが、大活躍だったそうですね」

「彼……、あ、あの、サイカワ先生は、もう、そちらに、帰られたのでしょうか？」

「あ、いいえ、私は会っておりませんの。もともと、それほど親しいわけでもありません。そう、若い頃の腐れ縁と申しますか、あ、腐れ縁ってわかります？」

「くされえん？　ロッテン……、何ですか？」

「いいえ、まあ、いうなれば、インセパラブル・リレイションシップ、でしょうか」

「えっと、それが、どうされたのでしょうか？」話がわからなくなって、私は混乱した。

「まあ、あの方は、なんというのか、悪い人ではないのですが、でも、うーん、まっとうな職業にはお就きにならなかったのね。それでも、とても優秀な人ではあるので、いちおうは信頼しておりますの」

「えっと、それは、その、失礼ですが、サイカワ・ソウヘイ先生のことをお話しになっているのですか？」

「あらま……」セザイマルは、口に手を当て、ほほほと笑った。「それは、また……」

「え、違うのですか？」私は尋ねた。どうも、彼女のペースについていけない。

「あぁ……、失礼、ごめんなさいね。いえ、やっぱり、そうなのですね。いえ、あの方は、ソウヘイさんではありません。私がいけなかったのね、代理を頼んでしまい、名前を使うことを許可いたしましたの。ソウヘイさんにも、いちおうですけれど、極めて消極的にお話ししてはおきました。だって、もしかして、警察から電話があるかもしれませんものね」

「えっと……。では、誰なんですか？」

「ですから、私の知合いの方です。ソウヘイさんよりは、ずっと、えっと……、十七かしら、それくらい上なんですよ。ですから、ソウヘイさんは、あの方のような、おじいさんじゃありません。もっとね、ずっとハンサムなのよ。でも、彼、ほとんど籠もりっきりでいらっしゃるから、最近は写真とか動画とかは、全然世間に出回っておりません。残念ですけれど、探しても見つからないと思うわ」

「そうなんですか……。私はてっきり……」

「でも、貴女にとっては、良いアドバイザ、良い先生だったのでしょうね、きっと。あの方は、そうなんです。役者というのか、なんでも演じてしまうの。もともと、ソウヘイさんが子供の頃に、ずいぶん可愛《かわい》がって下さったんです。だから、あの方のなにかしらのものが、ソウヘイさんに受け継がれているのは、ええ、本当なんですよ。たとえば、ポーカ・フェイスのところとか、人にわからないジョークを言ったりとか……」

「でも、ドクタ・マガタに面識があって、マガタ研究所のことをご存知だったみたいでしたけれど……」

「えっと、そう、あの方は、マガタ・シキと面識があると話していました。まだ、彼女が十代の頃だったと思います。シキさんは、一度会った人は忘れないはず。その後、あの方は、あの研究所で働いていたこともあるんです、しかもご夫婦ともに。研究所では、直接人に会うことはなかったそうですけれど。でも、シキさんは彼のことを覚えていて、あの方がソウヘイさんの代理で来たことを理解されたのです」

「そうだったんですか……。あの、お名前は何とおっしゃるのですか？」

「え、あの方？　うーん、これは言っても良いのかしら……、言ったら、責任を感じちゃうわ」

「でも、何のために、えっと、その代理を買って出て、オメガ城へいらっしゃったのでしょうか？」

「うーん、そうね。私の言うことならなんでもきく、というのが表向きの姿勢ですけれど、実のところは、なにか宝物？　そう、たとえば絵画とかに興味があったのではないかしら？」

「美術がお好きなのですか？」

「ええ、まあ、そうですね。人一倍好きだと思います。えっと、なにか、巻物にして持ち出したりしていませんでしたか？」

「巻物？　いいえ……」

「そう？　私の思い過ごしかもしれませんね」

「建築の図面を借りたとは、言っていました」

「あらまぁ」彼女は、そこでまた、ほほほと笑った。

どうも意味がよくわからない。

「そう、私の友人のために、サインをもらったんですよ」

「あら……。それは、ちょっと行き過ぎというものですね。それでは、嘘のサインになってしまった」

「漢字でした。五文字」

「五文字？　あら、ソウヘイさんは、漢字四文字ですよ」

「え？　でも、えっと、たしか、最後の字が平和のヘイの字でしたけれど」

「まあ、それじゃあ、もしかしてご自分の本名を書かれたのかしら。貴女の前で嘘が書けなかったのかしら。いえ、きっとサイカワのサイの漢字が思い出せなかったんだわ」

セザイマルは、ほほほと笑った。

「お友達に、とんだご迷惑をおかけしました。もし、ご入り用でしたら、本物のソウヘイさんに、サインを書かせましょうか？」

「本当ですか？　そんなことができるんですか？」

「できますよ。私、あの子の母親なんですから」

「それじゃあ、サインをしてもらいたい本をそちらに送りますから、それに書いてもらえますか？　フランスで出版されている本なんです」

「はい、承知しました」

「あの、メールでまた、住所とかをお尋ねしますので、どうかよろしくお願いします。友達が大喜びすると思います。サイカワ先生の大ファンなんです。ソフィアといいます」

「ソフィアさんね。はい、承知しました。それじゃあ、これで失礼をさせていただきます。ミヤチさん、どうかお元気で」

「あ、あの……、そのサイカワ先生、というか、その彼に、連絡がつかないんです。電話がつながらなくて……」

「それは、ごめんなさいね。諦めた方がよろしくてよ。あの方は、そういう方なの。すっといなくなっちゃうんです。大勢が泣かされました」

「泣かされた?」私は頭をフル回転させて考えた。

「貴女は、泣かないように……」

モニタが切り替わり、電話が切れた。

私は、長い溜息をつくしかなかった。

そして、ベッドに戻り、寝直すことにした。

今の電話が夢でありますように、と思った。それどころか、ここ数日のサスペンスも夢だった、と朝になったら思いたい。

けれども、私の記憶は部分的にも消えることなく、しかも、次の日からまた執筆で忙しくなった。新しいエージェントと契約することになり、同じ出版社から本を出すにしても、より有利な条件で契約を結んでくれそうだった。

ソフィアからもらったサインのない本を、日本へ送った。ソフィアには、まえのサインは間違いだったから、今度届くのが本物だ、と説明した。事実そのとおり、偽りのない真実なのだ。

「じゃあ、間違いだった方の本は、どうするの？」

「それは、私の責任だから、私がもらっておきます」

「で、あの人は誰だったの？」ソフィアは食い下がった。「私たちが読めないと思って、むちゃくちゃの文字を書いたわけね。これ、漢字でもなかったりして……」

そんなことはない。私は、漢字を読むアプリを導入し、そのサインを読ませることに成功したのだ。私にとっては、四文字のサイカワよりも、この五文字の彼のサインの方が嬉しいし、大切にしたい。

日曜日には、仕事をお休みにして、レンタカーを借りた。同じく休みのソフィアを誘って、二人でドライブに出かけた。車の運転は苦手だったのだが、何故か運転をしてみたくなった。

そして、あのスーツを買ってもらったブティックにも寄った。ソフィアも行きたがっていたからだ。

ところが、建物もあったし、ドアもウィンドウも記憶どおりだったのに、店はなくなっていた。移転しました、閉店しました、という張り紙もなかった。

すっといなくなっちゃう、という彼女の言葉を思い出して、私は涙が出そうになった。

「どうしたの？」ソフィアがきいた。

「もう、先生には会えないのか……」

森博嗣著作リスト

（2022年10月現在、講談社刊）

〈S&Mシリーズ〉

すべてがFになる
冷たい密室と博士たち
笑わない数学者
詩的私的ジャック
封印再度
幻惑の死と使途
夏のレプリカ
今はもうない
数奇にして模型
有限と微小のパン

〈Vシリーズ〉

黒猫の三角
人形式モナリザ
月は幽咽のデバイス
夢・出逢い・魔性
魔剣天翔
恋恋蓮歩の演習
六人の超音波科学者
捩れ屋敷の利鈍
朽ちる散る落ちる
赤緑黒白

〈四季シリーズ〉

四季 春
四季 夏
四季 秋
四季 冬

〈Gシリーズ〉

φ《ファイ》は壊れたね
θ《シータ》は遊んでくれたよ
τ《タウ》になるまで待って
ε《イプシロン》に誓って
λ《ラムダ》に歯がない
η《イータ》なのに夢のよう
目薬α《アルファ》で殺菌します
ジグβ《ベータ》は神ですか
キウイγ《ガンマ》は時計仕掛け
χ《カイ》の悲劇
ψ《プサイ》の悲劇

〈Wシリーズ〉

彼女は一人で歩くのか？
魔法の色を知っているか？
風は青海を渡るのか？
デボラ、眠っているのか？
私たちは生きているのか？
青白く輝く月を見たか？
ペガサスの解は虚栄か？
血か、死か、無か？
天空の矢はどこへ？
人間のように泣いたのか？

〈WWシリーズ〉

それでもデミアンは一人なのか？
神はいつ問われるのか？
キャサリンはどのように子供を産んだのか？
幽霊を創出したのは誰か？
君たちは絶滅危惧種なのか？
リアルの私はどこにいる？

〈Xシリーズ〉

イナイ×イナイ
キラレ×キラレ
タカイ×タカイ
ムカシ×ムカシ
サイタ×サイタ
ダマシ×ダマシ

〈百年シリーズ〉

女王の百年密室
迷宮百年の睡魔
赤目姫の潮解

〈ヴォイド・シェイパシリーズ〉

ヴォイド・シェイパ
ブラッド・スクーパ
スカル・ブレーカ
フォグ・ハイダ
マインド・クァンチャ

〈クリームシリーズ〉（エッセイ）

つぶやきのクリーム

つぼやきのテリーヌ

つぼねのカトリーヌ

ツンドラモンスーン

つぼみ茸ムース

つぶさにミルフィーユ

月夜のサラサーテ

つんつんブラザーズ

ツベルクリンムーチョ

追懐のコヨーテ

積み木シンドローム
（2022年12月刊行予定）

〈短編集〉

まどろみ消去

地球儀のスライス

今夜はパラシュート博物館へ

虚空の逆マトリクス

レタス・フライ

僕は秋子に借りがある
森博嗣自選短編集

どちらかが魔女
森博嗣シリーズ短編集

〈シリーズ外の小説〉

そして二人だけになった

探偵伯爵と僕

奥様はネットワーカ

カクレカラクリ

ゾラ・一撃・さようなら

銀河不動産の超越

喜嶋先生の静かな世界

トーマの心臓

実験的経験

馬鹿と嘘の弓

歌の終わりは海

オメガ城の惨劇（本書）

〈その他〉

森博嗣のミステリィ工作室

100人の森博嗣

アイソパラメトリック

悪戯王子と猫の物語
（ささきすばる氏との共著）

悠悠おもちゃライフ

人間は考えるFになる
（土屋賢二氏との共著）

君の夢 僕の思考

議論の余地しかない

的を射る言葉

森博嗣の半熟セミナ 博士、質問があります！

庭園鉄道趣味 鉄道に乗れる庭

庭煙鉄道趣味 庭蒸気が走る毎日

DOG&DOLL

TRUCK&TROLL

森には森の風が吹く

森籠もりの日々

森遊びの日々

森語りの日々

森心地の日々

森メトリィの日々

アンチ整理術

＊詳しくは、ホームページ「森博嗣の浮遊工作室」
（https://www.ne.jp/asahi/beat/non/mori/）を参照

著者紹介
森 博嗣
（もり・ひろし）
1957年愛知県生まれ。工学博士。
1996年『すべてがＦになる』で
第1回メフィスト賞を受賞しデビュー。
ミステリィのほか、
ＳＦや剣豪小説などジャンルを問わず
多くの傑作をものしている。
エッセィや新書の著作も多く人気を博する。

冒頭および作中各章の引用文は
『人間機械論』
（ド・ラ・メトリ著、杉捷夫訳、岩波文庫）によりました。

「メフィスト」VOL.1～VOL.5に
掲載された各章を修正し
エピローグを加筆いたしました。

オメガ城《じょう》の惨《さん》劇《げき》

SAIKAWA Sohei's Last Case

2022年10月12日　第1刷発行

著者

森《もり》博嗣《ひろし》

発行者

鈴木章一

発行所

株式会社 講談社

東京都文京区音羽2-12-21　郵便番号 112-8001

電話

編集 03-5395-3506

販売 03-5395-5817

業務 03-5395-3615

印刷所

株式会社KPSプロダクツ

カバー印刷所

千代田オフセット株式会社

製本所

株式会社若林製本工場

定価はカバーに表示してあります。

落丁本・乱丁本は購入書店名を明記のうえ、小社業務あてにお送りください。

送料小社負担にてお取り替えいたします。

なお、この本についてのお問い合わせは文芸第三出版部あてにお願いいたします。

ISBN978-4-06-528955-6

KODANSHA